AF346153

# La trimballe

Matt DRAY

# La trimballe

ROMAN

ISBN : 978-2-9568464-0-6

Couverture de Nathalie Alonso Casale.

Pour Nathalie et Zoé, mes premières humaines

Pour Julien, notre temps commun

*Pour elle, à venir…*

C'est un p'tit oiseau qui prit sa volée qui prit sa,
à la volette
qui prit sa volée.

Il prit sa volée sur un oranger sur un o,
à la volette
sur un oranger.

La branche était sèche l'oiseau est tombé
L'oiseau est, à la volette
L'oiseau est tombé.

Mon petit oiseau où t'es-tu blessé ?
Où t'es-tu, à la volette
Où t'es-tu blessé ?

CHANSON TRADITIONNELLE


« Tout ce que je ressens, tout ce que je vois
et tout ce que j'évalue, n'est-ce pas un songe
inconciliable avec la réalité ? »

SADEGH HEDAYAT
La Chouette aveugle
(Traduit du persan par Roger Lescot)

Je m'en rappelle, car à part Maman, et tous les deux comme ça l'un près de l'autre, personne m'avait jamais pris par la main pour m'emmener plus loin. Je voudrais dire comment ça s'est fait simplement, et comment j'ai pas compris du tout ce qu'il était en train de se passer devant, quand je suis monté chez nous, et puis j'en ai le cœur serré maintenant, pour finir. C'est comme ça. Voilà.

D'abord, c'est Monsieur Duvirier qui m'a joliment attiré jusqu'à chez lui, là, en face de chez nous et sur le même palier donc. Par sa main qui a pris ma main, il m'a tiré en promettant une surprise, un truc que j'en reviendrais pas tellement c'était beau et tout ça et j'ai pas dit non ; c'était peut-être de l'argent qu'il voulait me donner, on en manquait à ce moment-là, et comme je dirais : il faut sauter sur l'occasion. Alors je me suis laissé emporter de l'autre côté de chez nous, surtout parce que devant chez nous justement, notre porte était défendue par trois hommes qui nous tournaient le dos.

C'était chez nous derrière la porte et puis ma mère elle y était chez nous, évidemment ; elle était sûrement derrière ces trois types bâtis comme des portes de prison qui me bouchaient toute la vue, en train de leur faire savoir qu'ils n'avaient rien à foutre devant chez elle et qu'ils fallaient qu'ils foutent le camp. Mais ils bougeaient pas. Je voulais bien voir si elle était là ma mère, en zieutant par le dessous de leurs culs à ces trois types qui se murmuraient des choses dans l'écho du palier. Ce que je pouvais dire, c'est qu'ils étaient pas comme ces espèces de camelots qui se disaient libanais et qui vendaient leurs tapis persans à tous les étages. On les tricotait en bas de la rue Fande et Deuse les tapis, pas loin de chez nous, avec des Chinoises pour faire les petites mains et pour les coudre les tapis, dans des caves minuscules. Ma mère les renvoyait d'un coup de porte bien claquée devant le nez, les vendeurs, parce que c'est de l'arnaque et qu'on peut se les faire soi-même leurs tapis, avec un peu d'imagination et de fil à soi et avec des mains gentilles pour broder tout ça.

On m'a rien dit. Parce qu'il faut du temps, il paraît, avant que les adultes, ces lâches, vous mettent au courant sans tarder quand y'a quelque chose qui tourne pas rond. Monsieur Duvirier, notre voisin qui vivait en face, qui était très vieux et que je comprenais mal quand il se mettait à me parler, à cause de l'âge qu'il y avait dans la bouche aussi, il était bien gentil, pourtant.

D'abord, il m'a installé dans sa petite cuisine où ça sentait encore le chou, repas immonde du midi, une odeur tellement spéciale qui pouvait traverser les murs et assommer n'importe qui. Puis il m'a servi un chocolat, à mon âge, on a que ce qu'on mérite. Je galopais quand même droit à l'âge des grandes perches, je pensais qu'on me prendrait pas longtemps pour un demeuré, mais pourtant ça a continué très longtemps ces conneries-là, jusqu'à ce qu'il n'y ait plus une personne qui me connaisse assez pour me donner mon petit âge et ricaner ridicule avec mon menton tout nu et mes joues un peu trop roses et ma petite taille.

Il paraît donc que j'ai cet âge qui peut pas comprendre des choses graves sans que les larmes viennent tout gâcher et m'empêcher de parler correctement. Bah, après tout, je pouvais bien passer pour un gamin encore une fois et puis surtout quand l'un des trois hommes, ceux qui bloquaient la porte de chez nous, il a fait demi-tour et il est entré chez Monsieur Duvirier. Il s'est ramené jusque dans la cuisine où on baignait avec Monsieur Duvirier dans l'épouvantable odeur de chou. Il se tenait bien droit, bien fort dans ses poings qu'il serrait le long de son corps ; il était grand le type. Il s'est approché de moi et puis il s'est agenouillé pour se mettre à ma hauteur.

Je l'ai plus regardé à ce moment-là. J'y tenais.

Lui, il a posé sa main toute raide sur ma cuisse qui tremblotait pas mal parce que mes pieds touchaient pas le sol à cause du tabouret de la cuisine de chez Monsieur Duvirier qui était trop haut. Le type, il a cru au contraire que j'avais très peur ; il a commencé par me dire qu'il fallait pas que je m'en fasse et puis que je pouvais bien être triste si j'en avais envie parce que je devais l'aimer drôlement fort ma mère et même si j'avais mon âge à ce moment-là, que c'était pareil, qu'on en ait quatre ou cinquante des ans à porter sur soi, qu'on n'est plus rien dans ces cas-là qu'une brebis égarée, loin de son troupeau, et qu'il y a toujours beaucoup de chagrin quand quelqu'un de si cher se met à manquer sur la terre, pour une raison ou pour une autre.

Je comprenais rien de ce qu'il me disait. Mais qu'est-ce qu'il me veut lui ?

– Mais elle va revenir ?

C'est comme ça que je lui ai demandé au type. Alors là, il a pas pu me raconter de salades, c'était plus possible. Il a pris une bonne minute pour respirer à fond et pour savoir comment il fallait me parler maintenant.

Moi, j'attendais, sans battre des cils, sans bouger ma tête.

– Comment dire, il s'est passé quelque chose, tu sais ? qu'il me jette, vague.

– Alors, elle va revenir très vite ?

– Sois certain, cher petit, qu'elle pense très fort à toi. Il a poussé une sorte de soupir. Mais moi je m'en fous qu'il dise qu'elle pense à moi ma mère. C'est pas à lui de me dire ça.

Et puis il a ajouté :

– Non, elle ne va pas revenir tout de suite.

On peut pas croire un type comme ça. Non c'est pas possible.

Moi je pensais au visage de ma mère, et elle était bien là, présente, elle me chuchotait : « T'inquiète pas. Laisse-le partir ce type et je reviendrai. »

Ma mère je voudrais la prendre dans mes bras. Je te dis pas souvent ça, parce que je suis un homme, mais les profondes caresses sont celles qui agissent sur la peau, Maman, elles sont marquées au fer rouge et pour la vie encore qui va durer. Je veux pas des souvenirs froids Maman, loin de tes bras, hein dis ? T'auras pas des bras sans mains ? Mais qu'est-ce que ça pue dans cette cuisine !

Voilà, y'a des choses qu'on dit tout petit et puis c'est fini. Tout meurt. Toujours. Il faut pouvoir croire qu'on pourra encore respirer quand la journée sera finie, et puis on y croit d'abord et puis bientôt on n'y croit plus, surtout quand la nuit nous serre. Je me suis mis à rire comme un dingue dans la cuisine de Monsieur Duvirier, j'étais dans mon petit coin gentil, à l'intérieur, et qu'est-ce que je rigolais, je savais pas pourquoi. Et le type, il s'est relevé et il s'est tiré de la cuisine. Et moi, j'ai fait comme si je n'étais pas seul, je fais comme si, comme si je n'étais pas encore, pas né alors. Je serais comme qui dirait à peine descendu de mon arbre, au début du monde où on se parlait pas encore entre les gens des langues compliquées qui ont fini par rendre tout décourageant et que c'était tout doux partout, qu'on voyait ça que de haut, et qu'on se taisait, dans les arbres encore, plus haut que ça encore, dans les nuages, plus haut que ça encore ; et qu'on se disait qu'on y prendrait pas goût à marcher sur la terre, et même si on allait nous forcer, qu'on irait pas, que tout sent déjà tellement mauvais là-dessus, ça suffit.

J'ai sauté du tabouret trop haut, sans finir mon chocolat qui était devenu tiède trop vite. Alors, Monsieur Duvirier, comme il voulait pas que je sorte de sa cuisine, il a usé d'une ruse plutôt naïve pour tenter de me dissuader (faut excuser le manque d'imagination de Monsieur Duvirier parce que je devais en faire une sacrée sale tête ce matin-là, et c'est pas facile dans ce cas-là) en me disant doucement :

— Tu sais que j'ai rencontré ta mère hier en remontant à la maison et elle m'a dit que tu travaillais bien à l'école ? Et que si tu continuais comme ça, que tu n'aurais pas à t'en faire dans la vie, mon garçon ?

— Peut-être bien, Monsieur Duvirier. Mais ça veut rien dire, vous savez ?

Et puis alors, je lui ai échappé à Monsieur Duvirier, parce qu'il était pas resté assez attentif et que ses yeux aussi ils étaient vieux, comme lui aussi, tout repliés à l'intérieur. Ses paupières étaient drôlement gonflées de sang et il pouvait facilement ressembler à un phoque Monsieur Duvirier.

— J'aimerais bien rentrer chez moi Monsieur Duvirier, faut me comprendre, ma mère a besoin de moi, quoi.

Quelque part j'avais pas tort, c'était mon tour de mettre la table et il fallait pas arriver en retard, elles étaient bien réglées d'avance ces histoires-là, avec ma mère.

— Alors dites, où elle est ma mère, hein ? Je veux la voir, oui tout de suite !

Je me suis approché de la porte de chez nous mais d'un coup je me suis fait barrer l'entrée par un gros bras bien raide.

— Pas par là garçon, faut pas !

J'ai insisté :

— J'habite ici. J'ai ma chambre, ma brosse à dents, mes livres de l'école pour lire et écrire et mes petites affaires personnelles.

— Ça ne change rien, qu'il m'a répondu l'homme, d'une grosse voix autoritaire.

Monsieur Duvirier, il est venu se mêler à notre conversation. Il m'a repris par la main, on s'est déporté vers les escaliers, doucement, et puis il s'est mis à ma hauteur, pas grande, et malgré ses genoux qui lui faisaient mal quand il les pliait, les rhumatismes ça pardonne pas avec l'âge.

Je voudrais jamais arriver jusqu'à l'âge de Monsieur Duvirier, parce que c'est loin quand même et je sais pas si j'aurais assez de patience pour ça. Et puis parce que même avec l'âge on apprend pas plus de choses que quand on est un môme, peut-être pas plus de choses sur la vie, pas plus de choses sur les gens et peut-être rien sur un truc bizarre comme l'amour.

Alors à quoi ça sert de faire vieux, si c'est rien que pour avoir mal au corps ? On parle aux autres pour dire qu'on a mal et puis c'est tout ? Parce qu'il n'y a plus rien d'autre à faire, plus rien d'autre à espérer, on n'est plus dans le présent. Pour bien faire, il aurait fallu mourir enfant, surtout quand on apprend plus tard comment tout va finir. Et c'est pas Monsieur Duvirier qui dirait le contraire ; un jour nous voilà grand et c'est là que tout commence, rien que les mauvaises choses s'acharnent sur vous, même si on sourit, c'est pareil. Même si on a été gâté ou qu'on a été tabassé, torturé, humilié. Même si on a été tellement seul, ça sera jamais aussi terrible et méchant que l'âge adulte. Parce qu'il y a ces petits voyages utiles qui se promènent à l'intérieur, dans le sang, même si ça dure une seconde, je rêve. Ça peut être tout une seconde rêvée. Il aurait fallu mourir enfant qu'on se dit et puis ça continue finalement et puis on meurt pas, et on va faire vieux très vite ; c'est pas sérieux.

Et tant pis s'il est trop tard, moi je m'en fiche pas mal. Et puis Monsieur Duvirier n'a peut-être jamais été un enfant. Alors pour mourir, il faut attendre.

C'est pas que je comprendrais pas, mais il faut du temps ; c'est prendre une autre direction qu'il faudra finir par accepter, au bout du compte, pour la même fin, toujours.

C'est en quelque sorte de cette foutue manière qu'on a voulu m'expliquer que ma mère elle était plus là, mais sans me donner plus de précision, bien sûr.

Comment elle est partie ? Je sais pas si c'est plus simple de le dire autrement, croire ce qu'il y a à croire en moi au lieu de croire que ce qu'on me dit c'est la vérité mais qui n'est peut-être pas la vérité ; c'est pas vrai qu'on sait mentir avant de savoir respirer ? Alors ? Mais je trouvais ça curieux, parce qu'on a voulu m'en cacher des choses et voilà, j'ai traîné longtemps avec cette idée terrible qu'il lui était arrivé un malheur qui dépendait pas d'elle, un de ces malheurs qu'elle aimait pas ma mère et qui était venu la surprendre, entre la vaisselle et le linge, entre le couteau et la fourchette, entre une heure et une autre, joie et tristesse. Ils sont tous bien hypocrites, ces types de la Police et puis le médecin qui est allé à l'intérieur de chez nous pendant que je me laissais distraire par un flic qui cherchait à mettre en valeur mon petit côté fragile. Il insistait celui-là pour me répéter qu'il serait mieux que je me mette vite à en parler de ce que je ressentais tout au fond de moi. Mais il n'y a personne pour y aller tout au fond de quelqu'un quand ça va vraiment pas, je suis sûr que même tous les flics du monde savent pas y faire avec les malheureux.

Monsieur Duvirier, il était pas loin lui, il me regardait avec l'air de penser que c'était pas une façon de faire ça à un gosse. Oui, pauvre Monsieur Duvirier, il pouvait pas savoir que ça allait finir comme ça. Mais qu'est-ce qui doit finir comme ça, bon sang ?

Il s'est fait longuement interroger Monsieur Duvirier ; mais il a pas dit grand-chose et puis parce que les flics qui l'interrogeaient, eux ils comprenaient pas tout ce qu'il leur bafouillait. Monsieur Duvirier répétait les mêmes choses, des trucs à propos des drames que les gens aiment bien entendre quand ça arrive. Ça parlait de moi aussi et puis de ma position pas facile dans la situation dans laquelle on m'avait mis, et les flics, muets, ils hochaient la tête pour dire oui oui, ça voulait dire : « Bien sûr que c'est triste pour ce gosse, on va l'aider. Oui. »

Pour commencer, et pour m'aider oui, les flics ont fait venir une femme chez Monsieur Duvirier et elle m'a tout de suite entraîné par la main que je voulais pas lui donner, dans un coin discret de l'appartement ; c'était pas grand et on a atterri dans une chambre où ça puait la transpiration. On s'est assis sur le lit qui devait être celui de Monsieur Duvirier.

Et elle m'a questionné :

— Tu as de la famille ?

— Non, c'est ma mère ma famille. On est que tous les deux.

— Tu es sûr que ta mère elle n'a pas un cousin quelque part ou une tante, un oncle, un demi-frère, ou une maman elle aussi ? J'avais beau lui répéter que je n'avais jamais vu personne de la famille mettre les pieds chez nous, jamais, elle a pas voulu me croire. Elle s'y est reprise à trois fois pour me faire réussir à cracher un quelconque morceau qui n'existait même pas dans ma tête.

Je suis parti sur autre chose :

— Qu'est-ce qui lui est arrivé à ma mère ?

J'ai fait le dur, j'ai haussé les épaules. La femme, elle a remonté ses petites lunettes carrées sur le haut de son nez tout en longueur. Je voyais bien que je l'embarrassais et elle m'a dit :

— Tu sais, ta Maman, eh bien, son cœur s'est battu et puis... mais... elle n'a pas souffert et je suis sûre qu'elle a pensé très fort à toi juste avant.

C'était comme écouter un de mes profs au collège. C'était vraiment pas clair ce qu'elle disait. Elle puait de la bouche aussi, il faut dire, ça aide pas. Et surtout, c'était pas ça que je voulais entendre ; elle me prenait pour un gentil couillon. Si ma mère avait le cœur à se battre ou qui s'est battu je sais pas quoi, elle me l'aurait dit quand même, j'étais bien le seul à qui elle pouvait dire ça.

J'ai vraiment résisté pour pas pleurer devant cette femme méchante qui cherchait qu'à me foutre un tas de chagrin sur le dos. Parce qu'elle attendait que ça, que je pleure pour qu'elle se trouve une excuse pour me consoler après et pour finir son sale boulot et pour partir enfin parce qu'elle s'en foutait pas mal de qui je suis et où je vais aller quand ils vont refermer la porte de chez nous. C'était une vraie pro, elle !

On a donc fini par quitter la chambre, elle était déçue la femme parce que y'avait rien à tirer de moi. Ça l'avait mise en rage de parler à un mur.

Monsieur Duvirier, il voulait me garder pour quelque temps avec lui. Il m'a dit :

— Ils vont faire des recherches pour te trouver de la famille et tu pourras rester ici en attendant qu'ils te trouvent quelqu'un. Tu n'as pas à t'en faire, je vous connais depuis longtemps ta Maman et toi et je voudrais pas qu'ils te placent dans un foyer ; j'ai signé pour te garder, mon garçon.

— Mais vous le savez, vous, Monsieur Duvirier, ce qui lui est arrivé à ma mère et où elle est partie, hein ? Je vous le demande Monsieur Duvirier, parce que les flics ils ont pas été clairs à ce sujet et je sais pas s'il y a de la vérité ou non dans tout ce qu'ils baragouinent. Mais je suis quand même plus grand qu'ils le pensent, les flics. Y'a une histoire de cœur qui se bat et qui revient pas, qu'ils m'ont dit. Qu'est-ce que vous en dites, vous, Monsieur Duvirier ?

— Que ça peut arriver à n'importe qui, mon garçon ; le cœur, c'est un organe tellement fragile, une petite émotion de trop et... il a fini de se battre et il part, tu comprends ?

— C'est pas le cœur qui est parti, Monsieur Duvirier !

Je sais pas s'il savait quoi que ce soit d'autre au sujet de ma mère Monsieur Duvirier. Alors, j'ai pas continué à le questionner. Ça valait pas la peine. On était tous les deux dans la même nuit. On comprenait rien.

Il m'a demandé si j'avais faim Monsieur Duvirier, parce qu'il avait été faire des courses au marché sur le boulevard Mérire le matin. C'est un drôle de quartier où on vit nous ; je suis né un peu au-dessus, à l'hôpital de La Grisotière ; il y a les trains qui viennent de loin et s'éteignent au bout du quai de la Gare Du Dore pas loin, on les entend tous. On a pas tellement bougé de coin avec ma mère après ma naissance ; c'est elle qui a trouvé l'appartement qui se trouve en face de celui de Monsieur Duvirier et il y a longtemps de ça, quand ma mère avait des amis rien que pour elle et qu'elle faisait des soirées interminables où j'entendais des histoires de temps qui passe, des histoires qui finissent tous par nous emporter dans le sommeil à un moment ou un autre. C'est idiot mais ma mère elle riait, elle disait : j'ai toute la vie devant moi, je suis libre et je veux vivre. Y'avait comme des odeurs de cigares qui les rendaient tous ivres les amis de ma mère, et elle avec, et ils braillaient tous jusqu'au prochain jour et le prochain jour passait comme une lettre à la poste et y avait la prochaine nuit après et puis le jour d'après encore qui revenait et encore un autre jour, ça finissait jamais, et tout le monde s'amusait bien. Moi j'étais déjà au lit depuis longtemps, mais j'entendais tout, j'avais laissé une oreille traîner dans le salon. Personne était prêt pour aller dormir dans ces soirées-là, on dormira quand on sera fatigué de vivre, voilà. J'imagine qu'elle était heureuse aussi, ma mère. C'était avant.

Je me suis rempli le ventre comme j'ai pu avec le repas de Monsieur Duvirier, malgré l'odeur atroce. Mais il s'était donné un mal de chien pour me le préparer son repas, le bouillon mijote, y'avait tout ce qui fallait sur la table.

— Tu vas te régaler, mon garçon.

Fallait pas que je le quitte comme ça Monsieur Duvirier. Il faisait son possible. Et puisqu'il en avait de la vraie peine pour moi, alors j'ai fini toute mon assiette, même si c'était pas bon, surtout la sauce qui avait un sale goût de gras en retour.

Et puis il m'a installé dans son séjour après, pour que je puisse digérer à mon aise :

— Tiens, mon garçon, mets-toi donc là tranquillement ; pose-toi dans mon fauteuil si tu veux, il est très confortable. Dis-moi, tu as encore faim ?

— Non, j'ai plus faim, Monsieur Duvirier, et j'aimerais bien rentrer chez moi maintenant.

— Elle est pas encore partie la Police, mon garçon, alors elle te laissera pas rentrer, tu sais ? Et je peux te jurer que ça vaut même pas la peine que tu essaies.

Alors, j'ai croisé les bras et Monsieur Duvirier, il a allumé sa télé. Toute une histoire là-dedans ; il était question du beau et du mauvais temps, c'était la météo qu'une belle blonde toute jolie avec un sourire exagéré expliquait sur un ton vachement aigu : « Il ne fera pas beau aujourd'hui ! Et tant pis ! Nous aurons encore demain pour y croire ! A demain et bonne soirée ! »

Oui c'est sûr, il n'y aura rien de beau aujourd'hui, rien à voir : soignez-vous, vous pourrez être triste comme vous voulez et il n'y aura rien à en dire ; il fera pas beau, ni dedans ni dehors, un point c'est tout.

Ma mère, elle aimait bien la pluie, je le sais. Le mauvais temps qui donne un peu le cafard et puis des yeux un peu tristes sur les bords. Nous on regardait par la fenêtre de ma chambre tous les gens qui attendaient, grelottant sous leur parapluie trop grand pour eux à l'arrêt de bus ; ils se regardaient pas les gens, c'était chacun pour soi contre le sale temps, comme toujours. Et puis, on s'éloignait de la fenêtre et on fermait les rideaux, c'est tout.

Elle m'a dit, pas plus tard que la semaine dernière :

— Regarde-les comme ils s'ennuient tous, moi aussi je commence à m'ennuyer tu sais, et j'ai peur de devenir comme eux.

— Mais ça va changer, que je lui réponds d'un coup, pour qu'elle oublie un peu où elle en est dans son chagrin.

Et je connais pas tous ses problèmes. Il y a sûrement des choses que j'ignore parce qu'elle sait bien m'en cacher des choses et surtout sur les malheurs de sa vie, ma mère ; les malheurs qui valent pas le coup qu'on leur donne de l'importance qu'elle dit, après tout, tout ça passe et disparaît pour de bon, dès qu'on est sous la douche ou au fond d'un joli rêve, c'est rien que dans la tête qu'on met de la poussière, mais c'est bon quand même de voir le jour se lever de nouveau en espérant que rien ne sera comme hier ; mais il fait pas beau aujourd'hui, Maman, pas beau du tout. Elle vient de le dire, la blonde toute gaie là dans le poste.

Tout le drame des adultes est là, comme un mur indestructible qui leur bouche toute la belle vue. C'est qu'ils ont oublié le plaisir qu'il y a à vraiment s'ennuyer, avec le temps. Leur ennui est devenu comme une chose terrible qui a à voir avec le chagrin ; et plus ils s'obstinent à changer leur ennui en chagrin, plus ils cherchent à faire des grosses bêtises, en fait tout ce qu'on leur a défendu de faire quand ils étaient encore des mioches ; oui. Et ils espèrent être grondés encore, comme avant, mais plus personne fait attention à eux, c'est fini ; on les laisse faire et ils en deviennent atrocement tristes alors, des loques. Ils ont plus qu'à s'en prendre au minot qu'ils ne sont plus du tout, à coup de larmes et d'alcool bien trempé. C'est ma mère qui disait ça. Et ça peut faire mal.

Monsieur Duvirier, il était pas comme ça lui ; il était très vieux et il avait déjà tout dit, tout pleuré certainement. Il avait sans doute déjà engueulé tous les enfants du coin, et surtout dans le temps où il marchait vite et qu'il parlait sans perdre autant de salive que maintenant, qu'il avait un vrai beau visage, sans trous et sans peine. Lui, il avait pas l'air de se poser des questions sur le chagrin. Je crois pas, non. Il était devenu le chagrin tout entier.

J'avais vraiment envie de sortir de chez lui, pourtant.

Mais il m'a prévenu gentiment :

— Ce soir tu bougeras pas d'ici, mon garçon. C'est pas que je t'interdise de sortir mais tu dois comprendre que j'ai signé pour que tu restes avec moi et je suis responsable de toi jusqu'à ce que la Police te trouve de la famille quelque part. Parce que tu en as bien quelque part de la famille, tout le monde en a de la famille, même éloignée, ça reste de la famille, une qui pourra bien te reconnaître, une qui t'aura bien vu une fois, quand tu es né ; ça en voit du monde un nouveau-né, on naît pas toujours seul à ce qu'on croit, tu comprends, mon garçon ?

J'étais sûr pourtant qu'il n'y avait eu personne pour me voir quand je suis né. Bon d'accord je peux pas vraiment être sûr de ce que je dis.

C'est ma mère qui m'a raconté tout ça :

– Même ma mère à moi, elle est pas venue me voir à l'hôpital quand j'ai accouché de toi. Et puis j'avais déjà plus le petit ami qui va avec et qu'on a besoin pour faire un enfant. J'avais encore des amis, mais ils sont pas venus non plus les amis, peut-être parce que c'était les vacances à ce moment-là. C'était l'été et il faisait chaud, alors ils étaient tous partis au bord de la mer.

On s'est couché très tôt. Monsieur Duvirier, dans sa petite chambre qui puait la transpiration et moi, heureusement, dans le salon. Il m'avait sorti et monté un lit qu'on se sert quand on fait du camping, un lit en toile bleue qui tenait par des cordes attachées sur du métal. Quel boucan il faisait le lit quand je m'y suis mis dedans, dès que je bougeais ça grinçait terrible. Parce qu'aussi je me tournais et je me retournais sans cesse, avec une sorte d'angoisse qui me prenait au ventre. Parce que c'était la première nuit que je passais hors de chez moi. Et pourtant rien qu'un bout de palier me séparait de ma chambre, j'en crevais de penser à ça, elle me remuait cette idée dans ma tête. Et puis ma mère qui me cherche partout et que j'entends en train de faire les cent pas dans notre couloir moche ; faudrait qu'elle arrête de s'inquiéter, je suis là, je dors en face. C'est pas facile de s'endormir après dans ces cas-là, putain de lit de camping ridicule ; et puis faut pas bouger et fermer les yeux, c'est tout.

La voix de Monsieur Duvirier, elle m'a dit d'un seul coup :

— Il faut se lever ! C'est l'heure, mon garçon ! Il y a tant de choses à faire et une journée c'est pas long mon garçon, sur l'échelle de la vie entière. Faut pas rester couché mon garçon, on devient vieux trop vite après. On n'a plus le temps. Tu devrais en profiter de la journée qui s'ouvre belle devant tes yeux mon garçon. Allez, lève-toi !

Mais là j'avais plus du tout envie de me lever. J'étais coincé et le vieux lit de camping m'aidait pas à me sortir de ma paresse.

— Et puis je suis bien d'accord mon garçon, pour que tu n'y ailles pas pour l'instant à l'école. T'es en quelle classe maintenant ? En Cinquième ? En Quatrième ? Tu es au Collège ? Tu vas à cette école, en bas de notre rue, comment qu'elle s'appelle cette école mon garçon ? Ah... Charles de Gaulle, c'est ça ? Ah... il est partout celui- là... où qu'on aille, on lui échappe pas. Tu sais qui c'était ?

J'ai pas répondu à Monsieur Duvirier, trop ensommeillé que j'étais, alors il a pas insisté et il a filé dare-dare dans sa cuisine :

— On va se faire un bon petit-déjeuner, mon garçon.

Il avait pourtant pas grand-chose à m'offrir ; un bout de pain de la veille, encore un chocolat tiède et y en avait marre quand même, même si on met du beurre sur le pain.

— Ils sont partis les autres, Monsieur Duvirier ?

— Euh... oui mon garçon. Je crois bien qu'ils sont partis mais tu peux pas y aller chez toi mon garçon, c'est eux qui ont la clé. Ils vont revenir nous voir, ils m'ont dit qu'ils allaient revenir.

Il était très tôt et déjà, par la fenêtre du salon, je voyais s'empiler des morceaux de foule les uns sur les autres, qui se poussaient sérieusement à l'entrée du métro ; la route était bouchée par des camions de marchandises qui savaient plus par où se faufiler pour se sortir de la galère. C'était pas la même vue que chez nous, avec ma mère. De la fenêtre de notre salon, la seule chose qu'on voyait, c'était un bout du Cimetière Laneige, une longue allée pavée qui finissait en une sorte de mirage. De chaque côté, il y avait des tombes, avec tous ceux qui dorment en dessous, habillés comme pour aller au bal dans des boîtes fermées. Ça nous faisait rire avec ma mère de les imaginer attendre qu'on vienne les chercher pour aller danser.

Y'en a toujours des nouveaux qui finissent par arriver aussi. Il est pour où le prochain macchabée, hein ? On se dit avec ma mère, tiens on va les voir les amis et la famille du crevé, alignés les uns derrière les autres, en file indienne, et qui va suivre droitement le cercueil en reniflant des chagrins refroidis par le temps, têtes baissées à compter les pavés de l'allée, pour oublier où ils sont et pour oublier surtout que ça pourrait leur arriver n'importe où et à n'importe quelle heure.

Nous, on va rigoler encore et surtout quand ils vont jeter la rose au fond du trou ; ça fait triste à chaque fois, on dirait comme dans un film, et toi Maman tu veux quelle place ? Là où il y a du soleil tout l'après-midi ? Mais il y fait un peu froid vers cinq heures du soir ; ça te dirait si on te casait dans la deuxième division carrée vingt-trois, entre le Maréchal machin truc de Mirchy et la jeune danseuse d'opéra suicidée, ou entre l'écrivain ronchon qui s'est fait écraser par un camion poubelle le jour de l'an et la riche Baronne de Nunuche presque centenaire qui voulait pas la quitter la vie parce qu'elle avait encore tellement d'argent à dépenser rien que pour elle ?

Personne n'échappe à Madame Mort, personne, et même si on est riche, on doit aussi se résoudre à passer la main ; j'aime bien ça moi. Je la mettrai pas là ma mère quand elle reviendra, d'abord parce qu'elle sera vivante elle et aussi parce qu'elle aimerait pas aller au Cimetière Laneige ; et puis j'aimerais bien qu'on me demande mon avis avant. Je suis bien capable de décider où est-ce qu'on pourrait la mettre ma mère, s'il lui arrive un malheur ; moi je sais où est-ce qu'elle serait bien, mais pas avec ceux-là du cimetière d'en bas, on s'est trop moqué d'eux, ce serait pas régulier d'abord.

Je sais pas ce qu'il en pense Monsieur Duvirier :

— Dites, Monsieur Duvirier, quand est-ce que je pourrais sortir ?

— Pas avant demain je suppose, mon garçon. Il faut attendre que la Police elle revienne nous voir. Parce qu'elle va s'occuper de toi, tu sais, mon garçon. Ils ont promis, je te le répète, mais il faut que tu restes ici, mon garçon. Je vais sortir faire les courses. Toi, tu m'attends là. Je ferme la porte à clé mon garçon ; je voudrais pas qu'il t'arrive quelque chose et qu'on vienne te chercher quand je suis pas là, non.

Alors, je reste dans l'appartement de Monsieur Duvirier, comme un poisson rouge dans son petit bocal. Je me promène pieds nus dans tout l'appartement, parce que j'ai rien à faire d'autre. Il y a des photos de la mère de Monsieur Duvirier un peu partout sur les meubles et je crois qu'elle est morte elle et il y a longtemps déjà. Elle l'a laissé tout seul Monsieur Duvirier ; il paraît qu'il y a des choses qu'il faisait avec elle, qu'il l'emmenait au cinéma et au restaurant et puis que Madame Duvirier elle était contente et il les fait plus ces choses-là Monsieur Duvirier, parce que c'était à deux que ça valait la peine de les faire ces choses-là, et que tout seul c'est plus pareil, ça n'a plus le même goût.

Qu'est-ce qui m'est arrivé ?

Les flics hier ils ont mis le paquet pour me dire que c'était pas sûr que je la revoie ma mère ou alors pas là sur la terre où je suis moi. Alors où ? De l'autre côté de la terre ? Mais où c'est ? Elle va m'attendre longtemps de l'autre côté de la terre, parce que je sais pas où ça se trouve, et que nous on le voit pas ce côté-là. Y'a que ceux qui sont partis qui peuvent y aller de l'autre côté de la terre, et elle pourrait bien finir par se fâcher ma mère :

– Tu en as mis du temps pour la trouver la porte d'entrée de l'autre côté de la terre ; j'ai bien failli perdre tout à fait patience mais bon comme je suis ta mère, je te pardonne mon petit chéri, allez viens je t'emmène faire le tour du propriétaire, y'a tant de belles choses à voir. J'ai même eu le temps de te refaire ta chambre ici ; tu verras comme tu y seras bien, tu verras comme on sera tous les deux et qu'on vivra heureux ; on partira jamais plus l'un sans l'autre.

C'est désolant de rêver à ce point dans le délire quand on a rien d'autre à faire. Parce que ma mère elle m'y attendrait pas de l'autre côté de la terre, c'était sûr. Faudra qu'elle revienne me chercher. C'est comme ça.

Mais qu'est-ce que je deviendrai en attendant ?

Monsieur Duvirier il en mettait du temps avec ses courses ; faut dire qu'il pouvait pas marcher vite, ses jambes avaient déjà marché toute leur vie et elles en pouvaient plus.

À la porte d'entrée de l'appartement, ça a fait « dring ». Je me suis approché et j'ai demandé :

– Qui est derrière ?

– C'est la Police. Tu es avec Monsieur Duvirier ?

– Non, il est parti faire des courses.

– Bon tant pis. Alors, ouvre-nous, petit.

– Peux pas, il est parti avec la clé, Monsieur Duvirier.

Alors, les flics ont soupiré et puis ils ont attendu au moins deux bonnes heures derrière la porte close, sur le palier. Ils savaient plus comment se passer de la patience au bout du temps qui s'étirait, monotone ; on marche et on fait le même tour des centaines de fois, et on se demande parfois si ça se serait pas un homicide pour le cas d'en face ; pour celle qui vivait et on sifflote, lalala qui vivra la verra lalala...

Moi, je me suis endormi sur le canapé de Monsieur Duvirier. C'était un endroit plus confortable que le moche lit de camping.

Et puis il a fini par revenir Monsieur Duvirier, avec un sac qu'il portait dans la main, trois heures pour acheter deux filets de poisson et des patates.

– Monsieur Duvirier, il y a la Police qui vous a attendu très longtemps sur le palier. Je pouvais pas leur ouvrir.

– Ils finiront bien par revenir, mon garçon, t'en fais pas.

Et puis il est parti se planquer dans sa cuisine en me lâchant :

– Ne bouge pas, mon garçon. Je vais nous faire un bon déjeuner, tu m'en diras des nouvelles, j'ai pas résisté, un si beau poisson, et pour pas cher, on va se régaler.

Je préfère dire la vérité : il était pas fameux son poisson, et il est tombé bien d'accord avec moi Monsieur Duvirier, pour dire aussi que c'était de la merde ce poisson :

— Ils l'ont pas pêché celui-là, non, ils l'ont fait dans la ville celui- là, oui, mon garçon. Pas bon.

On en est venu au café. J'y ai pas eu droit alors j'ai protesté mais Monsieur Duvirier, bien gentiment, il m'a dit :

— Mais mon garçon, c'est un excitant le café, c'est pas bon pour ton âge.

— Monsieur Duvirier, je voudrais vous dire que je suis pas un petit môme, que je vais bientôt changer d'âge, ouais, le mois prochain. Je sais que je sais pas tout, je parle pas encore comme les hommes et puis vous me comprenez j'ai mes mots à moi mais vous savez j'en ai déjà bu du café, ma mère elle est pas aussi sévère que vous.

Ça l'a tué comment je lui ai parlé, le pauvre Monsieur Duvirier et alors il a cédé :

— Bon, je t'en sers un mais un tout petit, un serré et avec plus d'eau que de café, d'accord ?

Je le tenais Monsieur Duvirier alors j'ai continué sur ma lancée :

— Parce que faut pas me mentir, Monsieur Duvirier. Ils vont la cacher ma mère et j'aurai pas le droit moi de la revoir, mais c'est moi qui l'aime pourtant, et qui a le droit de la revoir pour de bon. Je vais pas rester tout le temps qu'il me reste à vivre avec vous Monsieur Duvirier, ici, enfermé toute la journée. C'est pas que je vous veux du mal Monsieur Duvirier, mais j'aime pas ça être enfermé, vous voyez ? Quand je viens du dehors et qu'il faut que je remonte chez nous, je suis impatient que la nuit passe pour remettre les pieds dehors.

— Mais il faut bien se coucher, mon garçon.

— Je suis bien d'accord Monsieur Duvirier et c'est bien tout ce qu'on sait encore faire de mieux, dormir. C'est facile, puisque ça vient à un moment ou un autre, même si on dort pas tout de suite, au début de la nuit, mais on dormira de toute façon, et même sans le savoir, c'est ça le truc, c'est dormir.

J'avais l'impression de dire un peu n'importe quoi. Je voulais pas tellement sortir, en fait. Parce qu'il y avait trop de choses qui me faisaient peur dehors à ce moment-là. Mais ce que je voulais, c'était pas vivre toute ma vie chez Monsieur Duvirier à attendre que le programme à la télévision finisse enfin.

Mais ça finissait pas de baver à la télé, tellement qu'on s'est plus parlé avec Monsieur Duvirier, le son était trop fort, on était comme des gens qui sont plus vraiment vivants, juste les yeux pour avaler des images, il y avait une jolie fille sur l'écran qui souriait pour un rien et c'est un Américain qui a fini par la faire monter dans sa belle bagnole. C'est toujours les Américains qui gagnent les meilleures filles et qui ont les plus belles bagnoles du monde ; ce sont des héros ceux-là et Monsieur Duvirier et moi on était comme des légumes sur le canapé, sans cervelle.

Après, c'est pas fini encore ; y'a le jeu préféré de Monsieur Duvirier où il faut répondre à des questions simples. On a rien à gagner quand on est de l'autre côté de l'écran ; on est juste content de bien répondre et on rêve qu'on va toucher des millions ; on changera de maison, tu auras une belle voiture mon petit cœur et les enfants, on les mettra dans une école privée, voilà.

Monsieur Duvirier, il a rien dit quand je me suis levé du canapé, j'en avais ras-le-bol de son jeu télévisé stupide. Il faut qu'il regarde ça tous les soirs, on peut pas y échapper, où qu'on se mette dans l'appartement, la télé, vicieuse, vous colle au derrière comme la mouche à la merde.

Et pourquoi qu'il serait différent des autres, ce sale môme ? qu'il doit se dire Monsieur Duvirier. Mais tu vas y croire toi aussi à toutes ces belles filles toutes nues, avec leurs cuisses amples et leurs sourires niais et ce bonheur coulant au fond des studios de carton- pâte. Ils sont jolis les studios, dis ; mais tu vas donc te mettre à rêver bon sang ? Prends-toi donc le cœur dans mes pinces électriques, je t'avalerai tout cru si tu t'approches de trop près, viens mon garçon, tu seras heureux toi aussi comme Monsieur Duvirier, regarde donc comme il est heureux.

Après y'a les actualités pour savoir tout ce qui se passe dans le monde. Tout ce qui va pas bien surtout. C'est ce qu'il faut pour filer la chair de poule. Il y a tellement trop de pauvres gens sur la terre et on peut pas les aider. C'est pas possible. Je dis que le monde est trop grand et que je suis trop petit dans le salon de Monsieur Duvirier.

Heureusement, au bout de trois heures quand même, Monsieur Duvirier, comme il était vieux, c'était une chance, et qu'il avait les yeux qui se couchaient tout seuls, il a enfin éteint la télé et il m'a dit :

– Bonne nuit, mon garçon.

Mon lit il est déjà ouvert et je suis déjà dedans quand il part se coucher dans sa chambre qui pue, Monsieur Duvirier.

Avant de m'endormir pour de bon, je me répète sans cesse et sans m'arrêter : « Peut-être qu'ils viendront demain les flics et qu'ils me feront sortir d'ici, j'ai rien contre pour une fois, qu'ils fassent un truc comme ça, pour servir. »

La porte d'entrée de chez Monsieur Duvirier s'est mise à trembler subitement à cause des poings qui ont tapé fort dessus. J'avais les yeux ouverts et la tête debout depuis une bonne demi-heure.

Monsieur Duvirier, il est un peu sourd il faut dire, la sonnette il l'entend pas, faut toujours taper comme un dingue à sa porte pour qu'il entende quelque chose ; souvent moi ça me faisait sursauter quand j'étais à la maison, je croyais que l'immeuble était en train de s'écrouler et ma mère elle me disait qu'il fallait pas s'en faire, que l'immeuble il était toujours debout, malgré l'état, et que c'était encore Monsieur Duvirier qui n'entendait pas que quelqu'un voulait qu'il lui ouvre la porte. Et je parle de ça, j'avais peut-être même pas huit ans encore, quand ça me faisait sursauter. Il était déjà sourd Monsieur Duvirier à cette époque et même qu'il était déjà seul et déjà très vieux. Ce qui est bizarre, c'est que je lui ai jamais connu personne à Monsieur Duvirier ; moi j'aimerais bien qu'il se trouve quelqu'un quand même, pour pas qu'il s'attache trop à moi et aussi parce que ça me ferait plaisir qu'il se trouve quelqu'un Monsieur Duvirier, quelqu'un avec qui partager ses repas et sa télé ; ça doit sûrement exister quelqu'un comme ça, dans la rue, en cherchant bien, oui dans la rue y'a toujours quelqu'un à aimer.

C'est la Police qui est entrée chez Monsieur Duvirier et lui il les a gentiment accueillis les flics en leur disant :

– On vous attendait. Vous venez pour le garçon de la maman d'en face ?

– Tout à fait, Monsieur.

Je me suis approché des trois flics qui flottaient dans leur uniforme trop grand et trop lourd, avec l'arme et la matraque, et encore une fois, il y en a eu un qui m'a pris à part, mais pas par la main, il osait pas, non par le haut de mon pull, au niveau de mon épaule gauche, avec rien que deux doigts. On est reparti tous les deux dans la chambre de Monsieur Duvirier, où c'était toujours pas la joie question odeur. Il s'est expliqué après Monsieur Duvirier au sujet de la sale odeur qui couchait dans sa chambre : sa fenêtre était coincée depuis vingt ans au moins et personne voulait la réparer, alors pour les odeurs de transpiration qui pouvaient pas faire un tour dehors, c'était pas tellement de sa faute. Coincée, la fenêtre. Parce que tout le monde a ses odeurs à tuer.

Le flic a cherché à me parler comme je parlais moi pour faire copain. Ça me faisait pitié de l'entendre parler comme ça, comme un môme :

— Alors petit, tu voudrais savoir où est ta mère, hein, petit ? Parce que tu voudrais qu'on te dise ce qui se passe, petit ? Tu es trop jeune pour ça, petit. On peut pas toujours accepter les choses comme elles sont quand on a ton âge et puis une mère, on n'en a qu'une, pas vrai ?

— Ouais bon mais je voudrais savoir si je peux être avec elle maintenant ?

— Pas question, petit, non c'est pas possible. Il faut attendre, il faut que tu sois patient. Ça viendra. C'est trop compliqué pour toi, petit. Je vois bien que tu n'as pas l'air si petit que ça mais c'est pas toujours marrant d'avoir à s'occuper de papiers et de tout ce qui va avec quand on n'y connaît rien, tu sais petit ?

Tout ça n'est pas facile, je dis pas le contraire. Je lui demande quand même au flic :

— Combien de temps je vais devoir y rester chez Monsieur Duvirier, hein ? Parce que je m'ennuie, je voudrais bien au moins voir chez moi rien qu'une fois.

— Il est pas gentil, Monsieur Duvirier ?

— Mais si, c'est pas ça que je veux dire. Mais j'en ai marre de le voir, c'est tout. Je veux repartir chez moi, c'est tout.

— Eh bien, si tu pouvais vraiment nous aider, tu nous dirais où tu en as de la famille ? Et ça irait vite tu comprends, petit, tu pourrais partir d'ici. Tu irais rejoindre les tiens et y'aurait vraiment quelqu'un pour s'occuper de toi. Parce que pour le moment, tu restes chez Monsieur Duvirier. Il te connaît bien. Il a signé des papiers pour te garder en attendant que tu te rappelles où tu en as de la famille parce qu'on peut pas te prendre avec nous, les foyers sont bourrés à craquer de jeunes fugueurs. Et tu es bien ici, petit, hein ? Il te fait pas de mal Monsieur Duvirier, hein ? Tu nous le dirais, n'est-ce pas ?

— Je dirais rien du tout, oui !

Je lui ai pas dit ça au flic mais j'en pensais pas moins. Quand on compte tout ce qu'on voudrait dire à quelqu'un et puis qu'on cache tout ce qu'on voudrait dire en vrai parce qu'on y arrive pas ; ce que je sais c'est que je voudrais vraiment pas être un flic quand je serai tout à fait grand, comme les autres. Je me vois pas faire semblant toute la journée à jouer à celui qui connaît tous les problèmes de la vie et qui rentre bien content chez lui, avec le sentiment du devoir accompli. Chacun de son côté qu'on sera lui et moi ; on a rien à voir l'un avec l'autre, c'est très clair. Et y'a la nuit qui tombera bien vite et puis le flic il m'oubliera quand l'autre matin le remettra debout et qu'il enfilera son uniforme de singe et qu'il se prendra pour un Cow-Boy.

— Je suis fatigué, que j'ai fini par lui dire au flic à la fin.

Aussi, je voulais vraiment me débarrasser de lui parce qu'il a commencé à me questionner au sujet de ma mère et là j'avais vraiment horreur de ça. Il comptait avoir des renseignements précis sur les habitudes de ma mère, si je savais comment qu'elle était habillée la dernière fois que je l'avais vue et ce qu'elle faisait dans la vie, si je connaissais ses secrets ?

— C'était quoi comme secrets, petit ?

Je lui ai répété encore que j'étais fatigué, et que je lui raconterais tout une autre fois, parce que je peux pas répondre, je veux dormir longtemps et je veux qu'on me fiche la paix !

— Mais tu peux me dire si elle avait quelqu'un, petit ? Tu sais... comment... un ami, un petit ami ?

— On est tous les deux, rien que tous les deux, c'est assez, on a besoin de personne d'autre pour se mettre entre nous deux.

Mais il a insisté le flic, ses yeux ont attaqué les miens comme un flingue, prêts à tirer, méchants, des yeux noirs et en forme de bille, comme ceux des requins :

— Quand on est adulte, on a toujours besoin de se trouver quelqu'un dans la vie, petit. Ta mère, elle avait sûrement quelqu'un pour elle ; peut-être qu'il ne venait pas à la maison, peut-être qu'elle ne voulait pas te faire du mal, qu'elle ne voulait pas que tu le rencontres son petit ami et que tu t'imagines des trucs.

J'étais bien certain de ce que j'avais dit. Personne. Mais il me faisait douter, maintenant, ce sale vicieux. Ils savent y faire tous ces flics, la grande Police : vous êtes bien tranquille dans votre coin gentil et ils viennent vous arrêter parce qu'il y a eu un meurtre. Ils ont trouvé que vous, par hasard. Vous avez tué personne mais comme les flics ont besoin d'en finir avec une affaire qui les gonfle sérieux, ils font de vous un coupable idéal, et au bout de trois jours de cellule, vous vous mettez à table, vous avouez l'inavouable : Allez tu l'as tué et nous on t'inculpe, d'accord ? Oui je l'ai tué, j'avoue tout ! Et voilà, le tour est joué !

C'est comme ça qu'il voulait que je fasse le flic qui m'interrogeait au sujet du supposé petit copain de ma mère. Et en vain, j'essayais de me dire que j'étais seul avec ma mère à l'intérieur de moi et que je voyais personne d'autre que nous deux, ou alors c'est quand elle sortait au début de notre vie et qu'elle partait en douce, au milieu de la nuit, alors qu'elle croyait que je dormais déjà depuis longtemps et qu'il y avait plus rien à craindre de moi. Je lui en voulais pas de sortir, c'était un peu de la liberté qu'elle reprenait à un enfant trop petit qui lui en demandait trop. La liberté d'avant, il fallait qu'elle la retrouve un peu quand même, dehors ; elle voulait s'amuser avec les autres, tous ceux qui n'en avaient pas un tout petit mioche à s'occuper du matin au soir. Il faut se croire comme tous ces autres-là. Rire et puis plus penser à rien. Rien qu'à aimer les choses du présent : on va en faire des choses, on a toute la vie devant nous, quelle chance !

Tout ça passe tellement vite et ma mère, je l'ai vue sortir une fois ce mois-ci, c'est vrai, mais où qu'elle allait ? Je sais pas. En tout cas, elle était pas bien, pas bien du tout. Quand elle est revenue, il était tard, très tard. Elle m'a dit avec les yeux mouillés :

— Je t'aime tu sais mon petit... Et j'ai dit : — Oui je sais

Maman, mais tu devrais pas rentrer si tard que ça, tu dors tout le jour après et tu n'es pas bien du tout pour vivre après ; t'as plus de couleurs sur le visage, je sais pas si c'est à cause de moi mais moi j'aime pas ça, Maman.

Le flic, il a fini par me laisser tranquille au bout du compte parce que j'étais dedans moi et je lui parlais plus du tout. Il est reparti rejoindre ses collègues dans le salon qui écoutaient, baignant dans un certain coma, Monsieur Duvirier raconter des épisodes entiers de sa vie ; ça devait vraiment les faire souffrir les pauvres. Les vieux, quand ils vous la racontent leur vie, c'est toujours ennuyeux, je sais pas pourquoi, il manque peut-être les gens dont ils parlent, des vivants quoi.

Moi je suis resté longtemps, très longtemps enfoui à l'intérieur de moi. J'en avais encore moi des tas de vivants comme ma mère pour pas me raconter de salades. Ça me faisait boum dans le cœur aussi ; j'en suis sûr qu'elle doit m'attendre de l'autre côté chez nous, ma mère, ça fait une semaine au moins qu'elle m'attend et je viens toujours pas ; mais elle va partir à ma recherche, elle va me chercher très loin sûre-ment, alors que je suis juste à côté d'elle, c'est dommage.

– Je peux te raconter des histoires, mon garçon ; mes histoires même, si tu veux bien ?

C'était donc à mon tour d'en baver, et sérieusement.

Monsieur Duvirier, il avait déjà tout raconté de sa vie aux flics mais il en avait encore des choses à dire et parce qu'il y avait rien d'autre à faire, parce qu'on était là tous les deux, sur son canapé en feutre marron qui donnait envie de me gratter de partout.

Il faisait déjà nuit noire dehors, alors qu'il devait pas être plus de six heures pourtant. C'est l'hiver et il fait nuit très tôt, tout est fermé déjà et y'en a même des gens qui se couchent entre leurs quatre murs, quand on en a à soi, des murs.

Monsieur Duvirier, il avait rempli sa vie avec beaucoup mais beaucoup d'aventures, qu'il me disait. Il avait enseigné la géographie en Algérie du temps où c'était la France là-bas ; je raconte comme il me raconte ça Monsieur Duvirier :

– C'est tellement beau l'Algérie, mon garçon. Tout le monde s'entendait tellement bien là-bas, quand j'y étais : il y avait les Juifs, il y avait les Arabes et puis il y avait les chrétiens aussi, comme moi, et tout le monde s'entendait bien. C'était pas encore la guerre. Moi j'avais mon ami là-bas : il s'appelle Brahim. Il est pas bien grand mais comme il est beau ; sa peau elle sent comme une friandise, tu vois mon garçon ? Et puis il a des yeux très clairs, bleus comme la mer qu'il y a là-bas, quand on la regarde de loin avec le ciel juste au- dessus et qu'on s'y perd facilement dedans. Il vient des montagnes ; c'est un beau brun, un Berbère, un vrai. Il travaillait à l'école où j'enseignais. Il surveillait les élèves. On sortait ensemble, on prenait le thé aux terrasses ensoleillées de la ville d'Oran, on avait des amis, je connais toute sa famille. On était inséparables. Et puis il y a eu les événements, la guerre quoi, mon garçon ; ils sont venus de France, l'armée ; des militaires aux méthodes brutales, des hommes sans cœur qui ont tout massacré, torturé des femmes et des enfants ; il a fallu que je parte mon garçon et j'ai perdu mon Brahim dans la bataille. J'ai bien voulu le prendre avec moi et le ramener ici, mais il a préféré retourner avec les siens, pour se battre contre moi. Il disait que j'étais comme les militaires français : une canaille. J'ai beaucoup pleuré, tu sais mon garçon. Je suis parti et je l'ai plus jamais revu. J'espère qu'il vit encore. Bon sang, bien sûr qu'il vit encore et je voudrais qu'il sache que je l'ouvrirai ma porte s'il vient ici. Je l'ouvrirai en grand ma porte. Je veux qu'il sache que je l'aime, j'ai laissé mon cœur chez lui, mon garçon, un cœur gros et ensoleillé, oui.

J'étais resté silencieux. Et puis je me suis dit en moi-même que j'avais jamais compris pourquoi il y avait jamais sa femme chez lui ; ni une photo, ni des choses qui concernent les femmes et qui traînent dans sa salle de bain ou dans sa cuisine, je veux dire des parfums, des boucles d'oreilles, des belles odeurs de femme, comme du miel, tout ça. Je pensais peut-être que sa femme elle était morte depuis très longtemps, comme sa mère en fait, et bien avant que je naisse, et qu'il était parfois un peu triste à cause de ça, parce qu'il chantait tout seul chez lui des chansons tristes, et pas toujours dans la langue qu'on se parle ici. Mais c'est de l'amour qui manque dans ses bras, et pas n'importe quel amour, je veux dire qu'il aime les garçons Monsieur Duvirier, c'est ça. Je devrais me méfier alors de lui, même si je crois que c'est Brahim qui lui manque vraiment. Rien que lui. C'était ça l'amour de Monsieur Duvirier. Depuis tout le temps qu'il vit avec le manque, il est tellement vieux maintenant, qu'on aime les garçons ou qu'on aime les filles, c'est pareil, on vit tous avec le manque, pour finir.

Je sais pas pourquoi mais il m'a drôlement touché avec son histoire de l'Algérie Monsieur Duvirier, je lui ai demandé s'il avait une chance de le revoir un jour Brahim :

— Bien sûr que je vais le revoir, Brahim, mon garçon, j'attends que ça. Je vis pour ça mon garçon. Que crois-tu ? On se retrouvera !

— Je savais pas Monsieur Duvirier que vous aviez autant de peine que ça, alors qu'est-ce que vous avez fait quand vous êtes rentré tout seul en France après ?

— J'ai donné quelques cours à des élèves en difficulté et puis on m'a viré et puis j'ai eu un emploi à la météo, dans les statistiques, et à la Poste, mon garçon. Et la vie a continué, lourdement pour moi, parce qu'on peut pas s'empêcher de respirer quand on est toujours en vie, c'est comme ça mon garçon. Continuer, c'est tout ce qu'il reste à faire et vivre dans ses souvenirs.

Monsieur Duvirier a tourné la tête vers la télé et il l'a allumée pour qu'on soit moins seul, qu'il m'a dit, parce qu'il pouvait plus parler de lui et de la vie qui passe à toute vitesse. Et immédiatement, il a éclaté de rire, parce qu'il y en avait une blonde charmante sur l'écran (moi entre parenthèses je dis que ce sont mes préférées les blondes parce qu'elles se laissent approcher plus facilement et qu'elles sont plus faciles à aimer donc), qui présentait joliment micro d'argent en main un artiste « merveilleux » qu'elle avait invité à la rejoindre sur la scène ; il va vous interpréter une belle chanson d'amour... Elle balançait ses seins de droite à gauche et de gauche à droite ça faisait comme un métronome. Il était bien Monsieur Duvirier :

— On peut en oublier des choses mon garçon en regardant la télé, c'est formidable. J'aime beaucoup les émissions avec des animaux, moi, mon garçon, et dis, faut pas qu'on les maltraite les animaux, n'est-ce pas, mon garçon ?

Et puis tout à coup, il a changé de chaîne Monsieur Duvirier. Il m'a regardé et il s'est excusé pour la blonde tellement vulgaire avec son décolleté démesuré et ses nichons musicaux ; il voulait pas que je regarde ça Monsieur Duvirier.

— Oh vous savez moi, Monsieur Duvirier, j'en ai déjà vu des films comme ça avec des filles et des mecs qui sont dans les filles et à poil. Ça l'a franchement remué, Monsieur Duvirier, que je parle comme ça. Il s'est demandé si ma mère s'y prenait bien avec moi question éducation.

J'ai répondu qu'à partir d'un certain âge, on laisse faire les enfants.

Et puis il a fallu encore essayer de dormir cette nuit-là, sans ma mère dans les parages, en respiration. La vie est mal faite. Il faut toujours se coucher, qu'on ait eu tellement d'énergie dans la journée ou non, qu'on ait fièrement montré qu'on savait vivre debout, il faudra se coucher de toute manière, qu'on se soit senti tellement vivant et plein de sang bouillant, le sommeil finit par nous attraper au bout du jour, et il faut redevenir un corps mou, presque mort, dormir. Je comprends pas pourquoi les journées se ressemblent toutes. Il faut toujours se lever. Il faut toujours se coucher. Quel ennui ! Ma mère, elle aimait pas se lever, elle traînait un peu le matin, jusqu'à 10 heures, 11 heures même. Elle aimait bien dormir ma mère, surtout quand elle avait un peu bu la veille. Elle aimait pas se lever, comme elle me répétait :

— Je suis assez grande pour savoir ce que j'ai à faire dans la journée, et j'ai rien à faire aujourd'hui, personne m'attend, alors je dors et puis voilà !

On est vide. Vachement.

Et comme tous les autres sur la terre, tous ceux qui se couchent et qui se disent que c'est chaque fois la même chose sans rien pouvoir y changer, j'ai rien de mieux à faire qu'à me trouver des excuses, de me dire que c'est là que je suis le mieux, couché au fond de mon lit ; le sommeil vaut bien la vie.

On est entré encore dans un autre matin, avec du temps qui n'allait pas vite. Monsieur Duvirier, il m'a encore dit sur un ton comme les Professeurs au Collège :

– J'aimerais bien que tu le ranges ton lit : tu me le plies et tu me le mets dans le placard, mon garçon. Et j'aimerais que tu passes un coup de serpillière dans la cuisine, parce que j'ai très mal au dos, mon garçon.

Alors la journée, elle est tout bonnement passée en corvées de toutes sortes, et les pires.

Monsieur Duvirier, lui, il est resté devant sa télé.

À travers la fenêtre du salon, j'ai regardé la rue aussi et la foule qui foutait la trouille parce que ça faisait longtemps que je l'avais pas vue. Il pleuvait très fort et les grosses gouttes s'écrasaient sur les gens qui s'en foutaient pas mal que ça les mouille. Personne n'est venu nous rendre visite, six jours sans voir ma mère, c'est pas supportable quand même, que j'ai pensé.

Monsieur Duvirier, lui il s'est endormi devant sa télé, devant une série allemande ; c'était pas bien palpitant comme spectacle : une femme quittait son mari violent et elle se mettait avec un autre type, et le mari savait qu'il était trompé mais sa femme elle lui disait : « Je ne suis plus avec toi je fais ce que je veux, fiche-moi la paix ! » Alors le mari l'a étranglée, pour qu'elle aille plus avec un autre. Moi, je trouvais que ça sonnait faux cette histoire et puis c'était mal doublé, mais Monsieur Duvirier, il ronflait maintenant. C'était mieux.

Ce que j'ai fait alors, c'est que je me suis mis à fouiller dans tous ses tiroirs. Je me demandais bien où est-ce qu'il avait pu foutre la clé de son appartement. Je voulais rentrer chez moi, c'est tout. Finalement, je me doutais bien qu'il devait l'avoir sur lui sa clé Monsieur Duvirier. Ça n'allait pas être facile. Je me suis doucement approché de son sommeil mais à peine j'ai tendu la main vers son gilet crasseux qu'il s'est réveillé en sursaut :

– Mon garçon ! Mais qu'est-ce que tu es en train de faire ? Dis donc, dis-moi ! Mais tu veux me voler ?

– Mais non Monsieur Duvirier, c'est pas du tout ça. Je voudrais rentrer chez moi maintenant, ça suffit !

Alors il a bondi de son canapé et puis il m'a serré dans ses bras :

– Mon garçon, dis pas ça ! On est bien là tous les deux ! T'aurais voulu qu'on t'y mette toi dans un centre pour les enfants seuls ? Tu les connais pas toi ces endroits, c'est pas gai, pas gai du tout, mon garçon, d'y être dedans.

– J'ai pigé Monsieur Duvirier, alors arrêtez de me serrer comme ça, je peux plus respirer.

– On me dit que tu es un garçon fragile : que tu es tellement fragile, mon garçon. Je te veux pas de mal, moi. Tu veux rentrer chez toi, c'est ça ?

– Oui, Monsieur Duvirier.

– Mais tu ne peux pas, mon garçon, j'ai signé, tu le sais bien. Tu dois rester avec moi. Je t'en prie, ne fais pas de problèmes. Tout est déjà si compliqué à mon âge.

– Monsieur Duvirier, c'est pas vous qui me parlez comme ça, on vous a dit de me parler comme ça, vous n'y pouvez rien ; et puis vous savez une chose ? On va aller chez moi voir ma mère, et on va tout lui expliquer, voilà. Elle comprendra et elle vous grondera pas, Monsieur Duvirier.

Monsieur Duvirier, il m'a tapoté sur l'épaule et il m'a dit :

– Mon garçon, reste sage, ça va passer. On est tout seul mon garçon, mais ça veut pas dire qu'on aime plus ceux qu'on a aimés. Tout ton petit chagrin c'est comme de la solitude au fond que tu ne sais pas bien maîtriser, moi je sais bien que tu es prêt à tout pour la revoir ta mère, et on peut pas en parler, on peut pas se confier.

Et puis il a ajouté :

– Je m'en vais dormir, mon garçon, regarde un peu la télé si tu veux, ça te distraira, mon garçon, sois raisonnable, fais pas de problèmes.

Il comprenait rien Monsieur Duvirier.

J'ai encore regardé par la fenêtre du salon parce que j'avais pas envie de me coucher en vérité dans le petit lit de camping qu'il fallait que je déplie. Je voulais voir la nuit et des gens dedans qui sont pris dans la nuit ; il y a le métro un tout petit peu plus loin, et une large ouverture qui sert à la fois d'entrée et de sortie, et avec des escaliers qui descendent ou qui montent, ça dépend de quel côté de la journée on est secoué. Y'a plus grand monde. On voit surtout quelques types paumés qui cherchent leur chemin et qui savent pas par où aller, parce qu'ils ont un peu trop bu. Y'en a un qui marche vraiment pas droit, tiens, il a oublié où il habite parce que ce qui l'attend, c'est encore bien pire que tout ce qu'il a bu ; c'est quatre murs et un toit qui ressemblent à une cellule à l'intérieur et une petite famille qui est la sienne et qu'il peut plus aimer. Faut se perdre dans la ville alors et rentrer le plus tard possible.

J'imagine bien moi qu'il en faut du courage pour se réveiller tous les jours et pour se forcer à manger quelque chose, même si on a plus vraiment envie, comme Monsieur Duvirier, mais un ventre ça a pas de cerveau.

Je me suis tapé encore un de ses chocolats avec du lait qu'il m'avait soigneusement préparé Monsieur Duvirier mais il fait chier avec ses chocolats trop chargés en poudre, ça donne un sacré mal au bide.

Et puis il a encore allumé la télé, comme d'habitude, il était très tôt, ça finissait jamais. Mais il y a toujours quelque chose à voir, qu'il me disait :

— Tiens ça, pour une nouvelle ! Il est mort le salaud ! Il en a fait du mal à son pays ! Voilà une sacrée bonne nouvelle !

— Monsieur Duvirier, vous le connaissiez vous ce Président qui est mort comme vous dites dans son pays au bout du monde ?

— Juste de nom, mon garçon. Mais ça suffit. C'était un méchant, mon garçon, c'est bien qu'il soit mort.

Je comprenais pas vraiment de quoi il me parlait Monsieur Duvirier. J'étais plutôt à me demander si j'allais y rester encore des années chez lui. Peut-être bien que personne viendrait plus vérifier si j'étais vivant ou non.

Après la télé pourri, Monsieur Duvirier il m'a demandé d'étendre son linge :

— Faut bien qu'on s'entraide, qu'il m'a dit, et puis en attendant que tu retournes à l'école, faut bien que tu t'occupes, mon garçon.

C'était tout son linge ; y'en avait que pour lui. Des chemises avec des auréoles grosses comme la terre au-dessous des bras, à vous dégoûter carrément, parce qu'elles partaient pas les taches et Monsieur Duvirier il me disait :

– C'est propre, t'en fais pas mon garçon. C'est parce que la trace de la tache elle est incrustée dans la chemise, mais c'est juste une illusion, et on peut rien y faire mais c'est propre.

J'invite qui vous voulez à mettre son nez au-dessus des auréoles crasseuses et dans la seconde, il tombe dans les pommes ! On peut aller très loin dans la saleté quand on n'a plus personne pour s'occuper de vous.

C'est là enfin que les flics, ils ont débarqué. Ouf !

J'ai couru à la porte comme un forcené et tout de suite je les ai attaqués sans prendre de gant :

– Dites-moi que je pars avec vous, que vous m'emmenez loin d'ici, que je vais retrouver ma mère ? Sinon je hurle, je me tue, je vous tue, je me brûle, je vous crame, je vous explose à la gueule, je vous crache dessus !

Et eux tout de suite, les flics ils m'ont attrapé :

– C'est qu'une crise de nerfs, y'a pas de raison de s'inquiéter, qu'elle a d'abord dit la femme flic, coiffée court, avec ses grands yeux de méchante. Tu vas déjà te calmer, p'tite bouille, et on se parlera tous les deux, d'accord hein p'tite bouille ?

– Mais alors, que j'ai dit, vous n'allez pas me prendre avec vous ? Mais qu'est-ce que vous venez foutre ici alors ?

– Justement, on est là pour ça mon p'tit gars, que m'a répondu un autre flic. Il y a que ta mère, elle est dans un endroit où on lui fait des examens approfondis, pour en savoir plus. On voudrait bien savoir ce qui est arrivé, tu comprends ?

– Je crois que je comprends pas tout, parce que je sais pas exactement ce qui est arrivé, si vous me dites qu'elle va aller mieux, je vous dirai que je sais pas ce qui n'allait pas bien.

– Mais tu es d'accord mon p'tit gars pour dire que c'est pas maintenant que tu vas la revoir ta mère ?

– Vous me prenez pour un idiot ou quoi ? Et puis je sais que je suis pas un idiot quand même, elle m'a toujours protégé ma mère et puis je sais bien qu'elle finira par revenir un de ces quatre et qu'on sera enfin ensemble, vous pourrez pas l'empêcher de revenir me chercher.

Monsieur Duvirier, il s'est pas mêlé au combat que je menais seul contre les flics. Lui, il en a seulement embarqué un avec lui dans sa cuisine et puis il a commencé à se plaindre sur mon drôle de comportement, même s'il me trouvait des excuses.

– Bon alors, on va te trouver une famille si tu n'as personne mon p'tit gars. Pour ta mère, ce sont les médecins qui décideront. C'est pas de notre faute, mon p'tit gars, alors t'en prends pas à nous.

À ce moment-là, j'ai vraiment laissé déborder ma petite colère.

– Non ! Non ! Non ! Je veux voir personne ! Rien que ma mère ! Laissez-moi passer !

Je les ai bousculés mais ils tenaient bien debout ces salauds et moi je suis tombé sur la moquette du salon de chez Monsieur Duvirier, j'étais bien trop faible. Les deux flics qui restaient m'ont solidement encerclé et attrapé les mains et les pieds et je criais, je pleurais. Mais je pouvais plus bouger.

À la porte, on a sonné, en insistant, parce que personne n'entendait qu'on sonnait, tellement que je gueulais et je peux avoir une voix qui fait beaucoup de bruit quand je suis à bout de nerfs. Au bout d'un long moment, le flic qui était avec Monsieur Duvirier il a ouvert la porte et deux autres hommes en civil sont entrés et ils se sont approchés de moi, doucement. J'étais allongé sur le sol, visage en larmes et mains tenues dans le dos par les flics. J'arrivais pas à me calmer et l'un des hommes qui venait de rentrer chez Monsieur Duvirier, il avait une sacoche en cuir, il l'a ouverte en deux et il a sorti une seringue, tout était prêt déjà et y'avait plus qu'à me piquer à un endroit où j'avais plus main mise, alors il a fallu à peine dix secondes seulement pour que je me taise tout à fait ; j'ai plus senti aucune colère en moi.

Je sais pas combien de temps j'ai dormi après ça. Quand je me suis réveillé, j'étais sur le canapé qui grattait de Monsieur Duvirier. Tout était redevenu calme dans la maison. D'abord, j'ai aperçu le type qui m'avait piqué avec sa seringue. Il m'auscultait, il me tâtait le bas du ventre. On l'appelait « Docteur ». Les trois flics se tenaient debout derrière lui, les mains dans le dos, en sifflant. Y'en a un qui posait des questions au Docteur à mon sujet et le Docteur il lui répondait calmement, il disait comme ça :

– Tout ira bien, c'est une réaction normale chez un enfant de son âge. Il est trop jeune pour savoir se contrôler ; les émotions sont trop fortes. Mais tout ira bien avec le temps qui passe.

Monsieur Duvirier, il était dans son coin à lui et il me scrutait de loin avec des yeux de chien battu. Il faisait comme si rien n'était grave et il pensait malgré tout que ça allait finir par rentrer dans l'ordre :

– Faut pas aller trop loin avec lui, il craque facilement vous savez, qu'il a fini par balancer à l'assistance.

– Oui, faut y aller doucement, on le sait bien, a répondu un des trois flics.

– Mais faut qu'il parle aussi, allez mon grand, qu'il me dit le Docteur, tu vas me dire ce qui ne va pas ? Dis-le moi ? Je sais que c'est à cause de ta mère que tu te mets dans cet état, dis-moi tout.

J'allais pas dire le contraire, je lui explique alors ce qui va pas :

— On veut pas me laisser la retrouver ma mère, alors qu'est-ce que je peux faire d'autre que de crier et de me battre contre tous ceux qui veulent pas que je la retrouve ma mère, hein ?

— Écoute-moi, mon grand, pour voir ta mère, il faut que tu sois quelqu'un de courageux en ce moment. Faut pas être fragile, mon grand. On va attendre que tu ailles mieux et on va te trouver de la famille quelque part, tu pourras te remettre de tout ce chagrin qui t'assaille.

Il m'a encore doucement tâté le bas du ventre ; c'était pour savoir où j'en étais avec mes émotions. Et puis il a hoché la tête aux trois flics comme pour dire oui :

— Tu vas encore un peu dormir, mon grand, ça vaut mieux pour toi.

Et puis il s'est levé du canapé tout merdique de Monsieur Duvirier. Il a refermé sa sacoche en cuir. Moi j'ai rien dit tellement que je me sentais mal. J'avais comme un sentiment de vertige bizarre, ça faisait un drôle d'effet.

De là où je me trouvais, immobile, j'ai vu le Docteur saluer les trois flics et sortir de l'appartement de Monsieur Duvirier.

Les trois flics étaient prêts à partir aussi. Avant de passer la porte pour de bon, ils n'ont pas manqué de dire à Monsieur Duvirier qu'ils allaient revenir dans deux, trois jours pour me voir.

— Je vous raccompagne à la porte Messieurs. Merci pour votre aide.

Porte fermée. Et silence.

Après ça, Monsieur Duvirier est venu près de moi. Il m'a dit qu'il fallait que je me lève de son canapé et que j'aille dormir dans le lit de camping, parce que j'allais le lui pourrir son foutu canapé. Il avait peur qu'il s'abîme. Et il m'a dit bonne nuit, tout ça, il était pas bien tard mais j'ai facilement fermé les yeux moi ; y'avait ce grand tableau ridicule accroché au mur devant ; un beau cheval de profil qui gambadait dans un champ de coquelicots, avec un ciel tout jaune au-dessus de lui. Mais qui c'est qui a peint ça ? C'est un peu nul quand même. Tant pis. J'avais les yeux fermés enfin et j'étais dans moi, tout à fait tranquille, comme en train de nager, sans fin.

Monsieur Duvirier est sorti le lendemain. Avant ça, il m'a presque jeté hors du lit :

— Allez mon garçon, lève-toi, t'as presque fait le tour du cadran, ça suffit maintenant !

Je l'ai senti plus agressif dans sa voix tremblante qu'avant et surtout quand il m'a ordonné de plier le putain de lit de camping.

— Je vais faire les courses, qu'il a ajouté, et pendant ce temps-là tu feras la vaisselle d'hier et puis celle d'avant-hier, tu es bien d'accord mon garçon ?

J'ai dit oui pour qu'il me lâche et qu'il sorte les faire ses courses, on bouffait toujours la même chose, alors je m'en foutais pas mal de ses courses à la noix.

Il a claqué la porte, en fermant à double tour de l'autre côté et je l'ai entendu descendre les escaliers. Enfin seul. J'ai bien essayé de sortir à mon tour mais y'avait rien à faire, elle était solidement fermée la porte d'entrée. Il prenait pas de risque avec moi. Il aurait pu me laisser sortir faire les courses aussi, je serais revenu avec lui de toute façon ; quand on est pas enfermé, on revient là où on dort, toujours ; et puis j'aime pas qu'on m'interdise de sortir.

Par la fenêtre du salon, j'ai encore regardé la rue vivante avec la foule qui se mettait à gonfler à toute vitesse près de la bouche ouverte du métro. Il devait faire très froid dehors parce que les enfants ils étaient drôlement bien couverts, et les petits surtout, ils avaient des bonnets contre le froid, sur leurs petites têtes et ils portaient des moufles pour se réchauffer les mains et des écharpes épaisses qui leur cachaient une grande partie de la figure. Leur mère les tirait par la main, fallait pas arriver en retard à l'école, et puis les autres, les plus grands, ils y allaient tout seuls à l'école, en courant, comme toujours. J'aimerais bien me mettre à courir moi aussi et arriver en retard au Collège, parce que je suis parti trop tard de la maison ; ça m'arrive souvent, parce que ma mère elle est jamais prête à temps et que je dois toujours l'attendre pour partir, surtout quand elle a un boulot à faire dehors. On part toujours ensemble, on se sépare à l'entrée du métro, elle va je ne sais où et pour y faire je ne sais quoi et moi je vais plus loin, à pied, en bas de la rue, et j'arrive en retard et je me fais engueuler par le surveillant à l'entrée du Collège, comme d'habitude.

Je me suis lavé, je me suis habillé, et puis j'ai fait cette putain de vaisselle à la noix. La graisse résiste longtemps, et puis comme j'avais plus rien d'autre à faire et que Monsieur Duvirier il était toujours pas là, alors j'ai ouvert des tiroirs au hasard. Il y en avait un peu partout des tiroirs dans l'appartement : y'avait des tas de papiers dedans, des centaines de chiffres raturés sur les papiers et des vieilles listes de courses. Et puis j'ai fini par trouver des photos dans un grand dossier cartonné de couleur jaune et vachement usé. Je me suis dit qu'elles devaient être vieilles les photos. On dirait de l'autre côté du monde dessus, pas ici en tout cas, c'est pas gris dans les nuages, il y a des montagnes tellement hautes et des couchers de soleil comme dans les films, c'est très beau. Derrière les photos, c'est marqué : « Algérie », avec une vieille date. Il y a une autre photo aussi dans le paquet poussiéreux : c'est Monsieur Duvirier qui est dessus mais alors en beaucoup plus jeune et il y a un jeune garçon qui est à côté de lui, il aurait mon âge que ça m'étonnerait pas, il est pas très grand et des cheveux très noirs, c'est peut-être bien le Brahim de Monsieur Duvirier, c'est bizarre mais bon on peut aimer qui on veut après tout, si on aime, on peut.

Je remets les photos dans le dossier cartonné et je referme les tiroirs. Après tout, les souvenirs des autres sont pas les miens. On en a des tas de photos aussi avec ma mère ; on les regarde souvent, y'a celles où je suis tout petit et quand elle me trimballait au square.

— Un jour tu es sorti tout seul du square, t'as voulu traverser la rue et je t'ai rattrapé à temps. T'as manqué de peu de te faire faucher par un camion !

Elle m'en raconte des histoires de moi quand j'étais petit et qu'on se retrouve tous les deux, parce qu'on est que tous les deux chez nous ; alors on ouvre un autre album de photos où elle est dedans elle aussi, toute petite, avec un air triste, elle a de longs cheveux blonds qui lui tombent dans le bas du dos, c'est joli. Et quels beaux yeux aussi. Je crois bien que j'ai les mêmes, en plus grands peut-être et puis ils sont bleus les miens et que ceux de ma mère ils sont marron clair. On regarde toutes les photos.

— Tu te souviens le jour où on a tellement ri sur le lit en jouant que tu m'as cassé le nez sans faire exprès en balançant ta tête ?

– Peut-être que je m'en souviens oui Maman, si tu me dis que ça s'est passé, je m'en souviens, oui, d'accord.

Et puis on range les photos et voilà une autre journée qui tombe dans le soir ; mais demain sera aujourd'hui et tout recommencera, on ouvrira les autres albums de photos et on rira tellement fort mais je te casserai pas le nez cette fois-ci Maman, non je ferai attention, c'est promis.

Monsieur Duvirier, il revient avec un petit sac plastique dans les mains : ce sont les courses. Je me dis qu'il est encore parti deux bonnes heures pour presque rien ramener.

– Alors tu as fait ce que je t'ai demandé, mon garçon ?

– Oui, elle est faite la vaisselle ; c'est essuyé et c'est rangé, Monsieur Duvirier.

Il est parti dans sa cuisine. Je l'ai suivi. Il a sorti un morceau de viande du sac en plastique :

– C'est une tranche pour deux, mon garçon. J'ai pas des moyens énormes, mon garçon, il faut bien que tu comprennes, même quand on a travaillé pendant quarante ans, c'est pas pour ça qu'on est riche après quand on a fini de travailler, ça veut rien dire, il faut placer de l'argent quand on commence à travailler pour en avoir quand on sera vieux, mon garçon, et c'est pas ce que j'ai fait. J'ai plus grand-chose maintenant, mon garçon.

Il m'explique tout ça Monsieur Duvirier, mais moi je m'en fous, c'est que j'ai vachement la dalle moi, et même pour une demi tranche de steak, je veux bien l'écouter pour de faux, si je veux bouffer aussi après.

Il a quand même acheté une petite bouteille de vin rouge Monsieur Duvirier avec sa tranche de steak. J'ai pas encore dit qu'il buvait pas mal Monsieur Duvirier ? J'ai vu ça quand il a commencé à me raconter les histoires de sa vie avec l'Algérie, Brahim, et le retour difficile en France, ses histoires à la météo et toute sa solitude, il a eu très soif :

– Ça fait longtemps que j'ai pas bu, mon garçon.

Mais moi je le crois pas. Il boit tous les jours Monsieur Duvirier. Quand j'entends du bruit quand je suis chez nous avec ma mère, je l'entends qui monte les escaliers Monsieur Duvirier, ça s'entend qu'il marche pas droit. J'ouvre la porte et je lui demande s'il a besoin d'aide, mais il crie que non, qu'il sait très bien se débrouiller tout seul, voilà. Il boit. Faut pas se cacher que j'aimerais bien lui toucher deux trois mots à ce sujet à Monsieur Duvirier, mais j'ose pas parce que je pense qu'il le prendrait mal.

Il commence par deux bons verres de vin rouge presque cul sec, Monsieur Duvirier. Et puis il fait cuire à la poêle la petite tranche de steak. Il l'a pas encore coupée en deux. Il fait ça une fois que la tranche elle est dans l'assiette. La grosse part elle est toujours pour lui, toujours, je dis pas qu'il le fait exprès mais c'est comme ça, toujours.

On mange des patates avec la demi-tranche de steak chacun et puis il boit encore quelques verres de vin rouge, Monsieur Duvirier :

– Mais c'est pas vraiment boire, qu'il me dit Monsieur Duvirier, c'est pour accompagner la viande, c'est toujours mieux pour l'estomac. Et puis j'ai toujours été habitué comme ça. Il ne faut donc pas que ça change, mon garçon.

Mais après il continue de boire quand je fais la vaisselle, c'est toujours mon tour. Il emporte la bouteille, il me dit qu'il va la jeter aux ordures et qu'il faut qu'il descende au sous-sol pour ça. Il s'en va, sans oublier de fermer la porte à clé le bougre. La bouteille il la termine sur le chemin en descendant aux ordures, c'est sûr, parce que quand il remonte des ordures Monsieur Duvirier, il n'est pas vraiment le même que quand il est parti ; il y a des choses qu'il dit qu'il dirait pas s'il n'avait pas bu vraiment trop. Je peux pas oublier que j'ai déjà vu ma mère dans cet état aussi ; boire et finir par parler de tout et de rien et surtout de ce qui fait tellement mal et qu'on sait pas le dire vraiment avec des mots quand on a pas bu et qu'on dit tout ça plus facilement quand on est ivre.

Oui, je l'ai déjà vue comme ça ma mère, c'est vrai, et pas qu'une fois. Quand elle était ivre, elle me disait même parfois que je l'avais empêchée de faire sa vie comme elle avait rêvé la faire, qu'elle m'avait eu trop jeune et que je lui avais demandé trop de sa personne. Voilà. On se laisse faire et y'a un môme qui apparaît par en dessous. On voudrait bien que rien sorte au bout du compte, que ce soit rien qu'une grosse blague un ventre qui gonfle, rien que de l'eau dedans ou rien que de l'air doux et on éclaterait de rire : quelle peur j'ai eu bon sang ! Mais c'était rien que pour rire, quel soulagement ! Ça aurait pu arriver à ma mère. Elle serait repartie dans sa vie, sans un môme dans mon genre pour lui pourrir l'existence et ça serait pas de ma faute si elle s'en sort pas, ma mère.

Je sais pas si elle disait la vérité ma mère quand elle buvait, et peu importe après tout, mais moi c'est juste que ça me faisait pleurer à l'intérieur de l'entendre dire des trucs comme ça, et je lui en veux un peu pour ça, c'est vrai.

Ils sont revenus les flics, le lendemain, comme prévu. Ils étaient toujours trois, et c'était les trois mêmes. C'était toujours les mêmes flics qui tournaient dans le quartier, de toute façon, à deux trois exceptions près. J'avais déjà vu leurs bobines dehors, en train d'emmerder les types un peu foncés qui faisaient rugir le moteur de leurs bagnoles de course en bas des immeubles et de chercher des noises aux clodos complètement faits. Les flics ils faisaient gicler leur carnet à amendes de leurs vestes bleues en toile comme on dégaine un revolver dans le Far-West et voilà comment on gagne sa vie ; en contrôlant les autres, ceux qu'ont pas des sourires comme il faut et puis des couleurs naïves sur toute la figure, et des cicatrices, et puis ceux qui ont plus de dents et pas de quoi manger et ceux qui hurlent à tout le monde qu'ils sont malheureux. Chacun son rôle, il est bien fait le monde, y'en a pour tous les goûts.

Monsieur Duvirier a fait avancer les trois flics devant moi. J'étais assis sur le canapé. Tout de suite il y en un qui l'ouvre et qui demande à Monsieur Duvirier comment que je me porte et si je me suis calmé depuis l'autre fois.

– Oui... oui... oui... répond Monsieur Duvirier, ça va mieux, il a bien mangé depuis, il fait ce qu'on lui demande, il est bien gentil, bon il a encore de la peine mais ça va beaucoup mieux.

On a pensé que j'étais trop loin pour entendre tout ce qui se disait à mon sujet. Mais j'entendais tout et puis ce qui était vrai là-dedans, c'est que j'avais encore de la peine, c'est sûr. Il a raison Monsieur Duvirier pour ça, mais je m'ennuie beaucoup aussi et ça j'aimerais bien qu'il le dise aussi aux flics.

– Tu vas te mettre ici, me dit un des trois flics, le plus grand. Assis-toi sur cette chaise.

Lui, il en prend une pour s'asseoir dessus et il prend un air faussement détendu.

– Bon... bien... tu peux me dire si tu connais Monsieur Barbot ? Disons, si je dis... euh... ton oncle Jules ? Oui ?

– Non.

– Parce que lui il te connaît. C'est un cousin de la sœur de la mère de ta mère, tu me suis ?

– Bah oui, c'est pas si compliqué que ça, mais l'oncle Jules, je connais pas. Ma mère elle m'a jamais parlé de lui.

– Bon très bien, mais lui il connaît ta mère ; il sait beaucoup de choses sur elle, ils ont passé pas mal de vacances ensemble quand ils étaient gosses, dans le Sud. Alors t'es bien sûr qu'elle t'a jamais parlé de lui ?

– Je vous répète que je sais pas qui c'est ! Ma mère elle a jamais eu de famille, quelques amis à peine au début et puis plus rien. Ils sont tous partis ou alors ils sont tous morts, je sais pas.

– C'est pas ça que je veux entendre mon gars, je veux juste savoir si tu n'as pas rien qu'un tout petit souvenir de l'oncle Jules, parce qu'il nous a assuré qu'il t'avait vu une fois, vers trois ou quatre ans, il sait plus exactement pour la date, mais il t'a vu, ça il en est certain.

– Non, je me souviens pas.

– Ouais mais toi tu étais trop petit. Après tout, on n'a pas de vrais souvenirs avant six ans.

C'est stupide ce qu'il disait. Je me souvenais de plein de choses avant mes six ans.

Le grand flic a poursuivi son interrogatoire.

– L'oncle Jules il est bien d'accord pour te faire venir chez lui, il habite dans le Sud avec sa femme, c'est-à-dire ta tante. Il va téléphoner ici chez Monsieur Duvirier, ce soir, tu l'écouteras bien attentivement, oui ? Il te dira comment venir chez lui, il va t'envoyer de l'argent, assez d'argent pour t'acheter un billet de train. Parce qu'il peut pas venir te chercher ici. Il doit surveiller ses bêtes. Il demande que ça de t'accueillir. Et puis c'est très loin d'ici, ça te fera du bien, mon gars. Plus tu seras loin d'ici, mieux ce sera. Tu comprends ?

– Pas tellement.

Le grand flic s'est levé de sa chaise et ils sont tous partis. Monsieur Duvirier m'a regardé longtemps dans les yeux.

Je savais pas quoi dire. On dirait qu'il avait l'air triste.

Il a fallu attendre huit heures du soir pour que le téléphone de Monsieur Duvirier il se mette à sonner. Il s'est pas vraiment pressé pour répondre. D'abord, il a posé la main sur la télécommande et il a baissé le son de la télé et puis il s'est levé tranquillement du canapé, ça sonnait encore, une chance, et il a enfin décroché le téléphone, Monsieur Duvirier.

– Allo ? Oui ? Bonjour. Ah oui… oui cher Monsieur, vous êtes l'oncle Jules ? Oui, nous attendions votre appel. Très bien, oui. Je vous le passe. Ne quittez pas. Voici.

Il m'a tendu le combiné Monsieur Duvirier, c'était un vieux téléphone gris avec un fil torsadé et je me suis levé pour le prendre le combiné, sinon c'était pas possible de l'atteindre de l'endroit où je me trouvais, le fil était trop court.

J'ai dit timide : – Allo ? Une voix grave avec un accent marqué m'a répondu : c'était celle de l'oncle Jules. Il s'est présenté et puis après un bon raclement de la gorge, il m'a demandé si je la reconnaissais sa voix.

J'ai dit non.

Alors il a dit :

– Bon bah c'est normal. Ça fait longtemps. C'est pas grave, mon petit, et puis je voulais te dire, mon petit, que j'ai beaucoup de peine pour toi, pour ce qui est arrivé ; j'l'ai souvent répété à elle qu'elle était pas faite pour vivre dans une aussi grande ville que celle-là. Tôt ou tard, ça allait mal finir.

Je l'écoutais bien sagement l'oncle Jules mais pourtant j'étais pas d'accord avec ce qu'il me racontait. Mais lui, il avait des idées solides au sujet de la ville.

– On m'enlèvera pas de la tête, mon petit, que c'est pas normal de vivre toute une vie dans une ville comme celle-là, frappadingue, au milieu de tous ces immeubles en béton gris, trop hauts, et toute cette immonde pollution qu'on trouve dans le métro et dans les caniveaux. Et puis toutes les races mélangées les unes aux autres, alors qu'elles vont pas ensemble, c'est forcé, c'est pas naturel, mon petit. Tous des dingues là-dedans ! La ville elle en tue du monde, bien plus que chez nous, mon petit ! Largement plus ! Mais t'en fais pas, mon petit, je vais te faire venir ici. T'as plus à avoir peur.

– Mais j'y suis né moi ici... j'y ai grandi moi dans la ville.
Je veux pas venir dans un endroit que je connais pas, Monsieur.

– Tu sais plus ce que tu racontes, mon petit. Parce qu'il faut que tu saches que moi je l'aime bien ta mère : elle venait ici chez nous tous les étés, oui, chez mes parents et on s'entendait bien mon petit. Alors je voudrais pas te laisser te débrouiller tout seul. On va te faire venir chez nous, c'est très beau par ici, un endroit sauvage, tu verras, y'a beaucoup de place et y'a de quoi manger, et des animaux ; tu t'y feras bien mon petit, tu te plairas.

J'en avais marre de l'écouter l'oncle Jules, qu'est-ce qu'il parlait bon sang ! Et je comprenais pas bien pourquoi il me voulait avec lui, à cause qu'il l'aimait bien ma mère mais ça suffit pas quand même, alors moi j'ai insisté en lui répétant que je viendrais pas. Mais là, l'oncle Jules il a monté le son de sa voix, il s'est emporté un peu :

— Mais mon petit, dis pas n'importe quoi. Qu'est-ce que tu vas faire tout seul ? Rien. Moi ici, je vais t'apprendre un métier et tu feras quelque chose de tes mains ! J'ai pas d'enfant et toi tu seras comme mon fils, d'accord ? Je vais t'envoyer de l'argent par la poste. Tu prendras un billet de train pour chez nous et tout se passera bien, tu m'as compris, mon petit ? Tu devrais penser un peu à ta mère, elle voudrait bien que tu sois loin de la ville maintenant qu'elle peut plus te protéger, mon petit. Et puis tu verras ta tante elle aime beaucoup les enfants, elle a pas pu en avoir mais alors qu'est-ce qu'elle les aime les enfants, elle t'attend elle aussi, elle t'attend, viens vite.

Et il m'a dit au revoir, l'oncle Jules, pendant que j'entendais la soi-disant tante, sa femme, derrière lui qui lui demandait :

— Alors... dis-moi... alors, il va venir le petit ?

— Oui il va venir et il est très gentil le petit, il va venir !

Et puis il a raccroché. J'ai raccroché aussi de mon côté. Et Monsieur Duvirier, il m'a demandé :

— Alors, mon garçon, ça s'arrange ? Tu vas partir ?

Je lui ai expliqué pour l'argent et tout le reste, qu'ils avaient pas pu avoir d'enfant l'oncle et la tante et qu'ils comptaient beaucoup sur moi pour être leur fils puisque j'étais tout seul maintenant, et qu'il faut toujours une famille, même si c'est pas la vraie, il faut en avoir une, avec un père et une mère, même s'ils sont faux.

En fin de soirée, Monsieur Duvirier, je l'ai senti un peu triste. Il se lamentait devant sa télé ouverte qui n'arrivait pas à le consoler. Non, ça l'intéressait pas trop le programme musical, les petites chanteuses bouffonnes qui cherchaient une place dans le monde du show-biz et qui chantaient comme des casseroles : c'était faux dès les premières mesures, et c'est vite barbant quand ça chante sur le mauvais ton et que les fesses elles remuent pour un rien, dans le sens contraire du rythme.

Je crois qu'il se faisait des soucis à mon sujet, Monsieur Duvirier, parce qu'il s'est retourné à un moment, il m'a regardé les yeux mouillés, sans rien dire, pendant un long moment.

Je disais rien moi non plus. Et puis, il a fini par me lâcher :

— Dis-moi mon garçon, tu es sûr que c'est quelqu'un de bien cet oncle Jules qu'ils t'ont trouvé ?

— Je n'en sais rien moi Monsieur Duvirier, je le connais pas ce type, je l'ai jamais vu.

— Parce que tu peux rester le temps que tu veux ici, mon garçon. Il y a de la place pour nous deux, tu le sais, n'est-ce pas ? Si tu veux, tu auras pour toi tout seul une tranche entière de viande.

Je lui ai répondu que je voulais dormir maintenant, que j'étais mort de fatigue et que j'avais pas les idées très claires.

Monsieur Duvirier il avait les larmes au bord des yeux. Je peux pas voir ça. Et je veux pas qu'on pense à moi comme ça, non. Si j'étais bien ici ou ailleurs, avec un oncle inconnu ou un vieux débris, les gens qui sont trop seuls veulent vous garder pour eux, ils veulent quelqu'un à qui parler, et à mon âge il y a de la marge, on peut me garder plus longtemps que les autres de l'immeuble qui sont tous vieux pour la plupart et terriblement ennuyeux. Monsieur Duvirier, il aurait dû aimer quelqu'un d'autre depuis tout ce temps, au lieu de rêver à l'Algérie et à son Brahim. Elle aurait pu être mieux que ça sa vie quand même, s'il avait trouvé quelqu'un à vraiment aimer Monsieur Duvirier, au lieu de rester convaincu qu'il allait retrouver tout ce qu'il avait perdu. Moi je dis qu'il n'y a personne qui voudrait rester ici avec Monsieur Duvirier aujourd'hui et même si je restais au bout du compte avec lui, il sait pas qu'il se donnerait bien du mal avec moi, parce que je fais chier le monde avec le temps moi, et là, ma mère, elle me donnerait pas tort.

Trois jours après, Monsieur Duvirier est remonté du rez-de-chaussée où il y a les boîtes aux lettres en fer, avec l'enveloppe de l'oncle Jules.

– Elle est arrivée, l'enveloppe de ton oncle ! qu'il m'a dit en me réveillant.

Et me revoilà les yeux ouverts sur un nouveau jour que j'ai vraiment pas envie de voir.

Ça fait trois jours que je l'attends cette maudite enveloppe et depuis trois jours Monsieur Duvirier il me répète sans cesse comme il en a de la peine à me voir partir bientôt, alors il redouble d'efforts, il est aux petits soins avec moi. Déjà, je fais plus la vaisselle, et puis je peux dormir jusqu'à midi si je veux. Monsieur Duvirier il me dit que de toute façon, ce sont les vacances à mon école, alors je peux faire tout ce qui me plaît. Il est malin Monsieur Duvirier.

Hier soir il m'a montré des photos de son enfance qu'il a passée dans un bled qui s'appelle Courniré, dans le Nord. Je connais pas. Ça m'a ennuyé.

– Tiens, mon garçon…  Il m'a donné l'enveloppe Monsieur Duvirier.

– Ouvre-là toi, mon garçon.

J'ai pris l'enveloppe bien sûr et je l'ai ouverte en la déchirant là où il fallait pas. J'ai trouvé une lettre à l'intérieur de l'enveloppe ; elle était signée par l'oncle Jules et sa femme la tante Nicole. Bon sang, comme les mots étaient heureux dans la lettre, ils sentaient le bonheur à plein nez, et ça voulait dire qu'eux aussi alors ils étaient heureux de me savoir sur le départ, pour les retrouver :

« Comme on est impatient de te voir et de te prendre dans nos bras, mon grand bonhomme ! Ta chambre est prête et on t'a inscrit au collège le plus proche, à quinze kilomètres. »

Fais chier.

Dans le fond de l'enveloppe, il y a de l'argent, je sais combien ça fait en tout et ce qu'on peut se payer avec ça, mais sur la lettre, l'oncle Jules, il est très clair au sujet de l'argent : « Tu as juste de quoi acheter un billet de train pour chez nous et un peu à manger pour passer le voyage, c'est tout. »

Ils m'écrivent aussi pour me faire savoir où il faut que je le prenne mon aller sans retour, et où est-ce qu'il faut que je descende, le nom de la gare là-bas, c'est imprononçable. Eux deux, ils m'attendront le dix-sept de ce mois à seize heures quarante-sept précises et juste devant la sortie de la gare, la sortie sud. Il a une grosse voiture l'oncle Jules, un peu comme dans les séries américaines, il paraît, et puis deux gros chiens. Ils seront là aussi pour m'accueillir, on montera tous les cinq là-dedans et hop à la maison ! J'aime pas les odeurs de chiens, surtout quand ils sont mouillés, mais on rentrera à la maison et tout ira bien. Il faudra pas qu'il pleuve, à cause des chiens.

Monsieur Duvirier, il m'a demandé quand est-ce que je devais partir.

— C'est écrit dans la lettre que je dois prendre un billet après- demain, Monsieur Duvirier.

Alors il va dans la cuisine et il nous prépare à manger Monsieur Duvirier ; j'aime vraiment pas comment il est Monsieur Duvirier, on dirait qu'il a vraiment plus envie d'être seul, mais alors plus du tout.

Quand on a fini de manger, il n'allume pas la télé Monsieur Duvirier, non. Il met un disque. Il bougonne un peu parce que ça fait longtemps qu'elle a pas marché sa vieille platine et il lui faut réparer, remettre un fil en place. Tout s'arrange et il pose le disque sur la platine, il décroche le saphir et le laisse soigneusement tomber sur le disque en train de tourner et puis la musique elle vient.

Monsieur Duvirier il me dit :

— J'y étais à ce concert de Karajan en 64, un spécial Brahms, c'était en Allemagne. Comme c'est beau. Tu trouves pas ça beau, mon garçon, non ?

Moi, ça me dit trop rien sa musique en Allemagne et puis c'est trop fort, et puis on entend trop de violons à la fois, ça serait pour faire pleurer que ça m'étonnerait pas, tiens.

Monsieur Duvirier, il s'en fout de ce que je pense, il continue dans son délire ; il s'ouvre une bouteille de vin rouge, parce que là il est vraiment trop triste pour vivre à jeun. Il boit tout ce qu'il peut boire.

Je voudrais bien qu'il arrête cette foutue musique, alors moi, mé-chamment, je l'attaque sur son petit copain Brahim :

— J'ai vu des photos de votre copain Brahim, Monsieur Duvirier, vous vous tenez par la taille, mais il a mon âge non ?

— Qu'est-ce que tu veux dire, mon garçon ? Et alors, oui, il a plus que ton âge... et même s'il avait ton âge alors ?

Et puis il explose de rage Monsieur Duvirier :

– Mais quoi alors ? Quoi ? Il est à moi Brahim, rien qu'à moi ! J'ai payé le prix fort ! Oui, le prix fort pour qu'il reste avec moi ! Rien qu'avec moi ! Dis, mais et toi, pourquoi tu pars ? Pourquoi tu veux me quitter ? Tu veux de l'argent toi aussi ?

Il y a l'enveloppe de l'oncle Jules sur le buffet et Monsieur Duvirier il la prend dans sa main toute tremblante l'enveloppe et il me pointe du doigt Monsieur Duvirier. Je lui dis :

– Mais qu'est-ce que vous êtes de train de faire avec mon enveloppe, Monsieur Duvirier ?

Lui il me rétorque :

– Je veux que tu m'aimes, mon garçon, sinon tu partiras pas.

Il est complètement ivre Monsieur Duvirier, ça tourne plus bien rond dans sa tête, je sais bien que c'est pas facile de vivre avec des souvenirs comme les siens, je dis pas, mais tout de même un vieux Monsieur comme Monsieur Duvirier qui se met dans cet état parce qu'il veut qu'on l'aime et qui aime les garçons et qui n'a plus que le temps des montres à compter pour compter son chagrin, c'est vraiment déplorable.

– Y'a plus rien à la télé, y'a plus personne de vivant ici Monsieur Duvirier et Brahim vous croyez pas qu'il a fini par grandir et qu'il vous a oublié ?

Il se met à chialer Monsieur Duvirier. Et il s'écroule sur sa moquette sale. Il se met à bafouiller avec une voix toute fine :

– Si tu veux de l'argent, mon garçon, je t'en donne. Je te donne tout ce que j'ai, mon garçon. Tout ! Je te donne tout !

Il abandonne pas Monsieur Duvirier et puis il reste le chantage avec l'enveloppe qu'il serre tout contre son foutu cœur.

– Reste avec moi, mon garçon. Je veux que tu dormes avec moi, mon garçon, reste et je te rendrai ton enveloppe. Tous tes oncles et tes tantes du monde peuvent bien attendre encore un peu, moi je t'aime mon garçon. Dors avec moi et tu partiras après si tu veux.

Il est gonflé Monsieur Duvirier.

– Vous perdez la boule, Monsieur Duvirier. Je sais bien que vous vous en voulez d'avoir quitté l'Algérie sans celui que vous aimiez, mais on peut rien y faire Monsieur Duvirier, c'est pas moi qui vais les remplacer les fantômes, Monsieur Duvirier.

– Mais je veux que tu dormes avec moi, mon garçon, je veux pas dormir seul, plus jamais.

Il rampe jusqu'à mes pieds. Je suis debout. Il lâche l'enveloppe parce qu'il m'entoure les chevilles avec ses bras. Il veut que je m'agenouille et que je l'embrasse Monsieur Duvirier mais ce qu'il pue de la bouche bon sang, c'est pas croyable ; je dis que quand on pue comme ça, c'est qu'on dirait qu'on est mort déjà. Il veut pas me lâcher Monsieur Duvirier. Alors je tape bien fort dans ses couilles, enfin ce qui lui reste de couilles, et je remonte avec mon pied jusqu'au bas de son ventre. Il se met à hurler et c'est drôlement efficace, il lâche prise tout de suite.

Il sanglote de chagrin Monsieur Duvirier.

— Pardon... Pardon, mon garçon. Mais je vous aime beaucoup ta mère et toi, je sais pas ce qui m'arrive.

— C'est pas de votre faute Monsieur Duvirier : c'est à cause du temps qui passe et qui vous rend complètement dingue. Je vais vous aider, Monsieur Duvirier. Je vais vous traîner jusqu'à votre chambre et vous allez faire un bon dodo. C'est fini.

C'est difficile, mais on finit par y arriver jusque dans sa chambre irrespirable. On peut vraiment pas l'ouvrir la fenêtre. J'ai vraiment essayé. C'est pas la peine.

— J'ai rien fait de mal, qu'il me répète Monsieur Duvirier, comme un perroquet imbécile.

Je sais bien qu'il a fait rien fait de mal, il a pas besoin de me le dire. Mais ce que je voudrais maintenant, c'est qu'il se couche et qu'il puisse penser à autre chose dans le sommeil, à un quelque chose de plus tendre que ce que la vie lui offre quand il a les yeux ouverts.

Je le rentre dans son lit, je le borde, je lui caresse un peu le haut du front pour lui faire comprendre : « Dodo maintenant Monsieur Duvirier », et il bronche pas. Il se retourne et il s'endort tout de suite. Il se met à ronfler. C'est vraiment fini.

Moi, je retourne dans le salon, je m'assois sur le canapé et je bouge plus pendant une minute entière, et ça peut être long. Et puis je ramasse l'enveloppe de l'oncle Jules sur la moquette, je la plie en deux et je l'enfonce dans la poche de mon jean. C'est là que je vois que Monsieur Duvirier, il a laissé la clé de chez lui sur le vieux buffet. Ça serait pas régulier que je me dis si je partais maintenant parce que je sais pas si Monsieur Duvirier il va passer la journée dans l'état où il est. Et puis tant pis. Je vais me le payer ce foutu billet de train pour chez l'oncle Jules, je vais foutre le camp pour de bon d'ici. Je prends mon sac à dos, celui que les flics ils m'ont amené avec des affaires à moi, j'enfile mon manteau qui me va encore bien et j'ouvre la porte d'entrée.

Une fois sur le palier, je lève mes yeux et en face, il se trouve que c'est chez nous avec ma mère. Je voudrais bien qu'elle m'ait attendu tout le temps que j'ai passé chez Monsieur Duvirier et qu'elle m'en veuille pas trop. J'approche de la porte de chez nous, j'ai la main qui tremble et je m'appuie sur la poignée de la porte pour rentrer mais la porte elle est fermée. Alors je tape à la porte, je sonne. Elle vient pas ouvrir la porte ma mère. Je me dis qu'elle est vraiment partie à ma recherche, dans la rue et que j'ai qu'à y aller moi aussi dans la rue, pour la retrouver.

Allez ! En avant !

Je dévale les escaliers à toute vitesse sans jamais m'arrêter une seule fois, les yeux perdus à compter en vain les marches que je dépasse, à m'en donner mal à la tête.

Une fois en bas, je reprends mon souffle. Je m'avance vers la porte de l'immeuble, je la tiens dans mes mains, comme elle est difficile à ouvrir. Mais je tire de toutes mes forces pour arriver à l'ouvrir et j'y arrive, livrant mes derniers efforts. Et enfin, je passe de l'autre côté, dans la rue.

Comme il fait froid dehors mais comme c'est bon d'avoir froid et de se retrouver dans la rue à nouveau. Je m'en fous pas mal de pas être assez couvert pour dehors, j'y suis, j'y reste.

Faut pas que je montre tout de suite le bout de mon nez aux gens de la rue, je me sens pas bien. Faut pas que je les regarde dans les yeux tous les autres qui se croisent et s'entrecroisent devant moi, non. Ils croient toujours les gens qu'on leur veut du mal. Ça doit être ça le mal de la ville que l'oncle Jules il voulait dire au téléphone.

Ma mère aussi on la regarde un peu de travers dans ces cas-là, dès qu'on sort ensemble tous les deux pour se livrer à la rue. On se trouve tous un peu louches et on cache tout ce qu'on peut cacher de soi à l'intérieur, on se défend comme on peut avec ce qu'on a. Faut surtout pas tomber dans les bras de l'autre ; on est déjà assez emmerdé comme ça pour essayer de les aimer les autres, ça fait mal.

Elle me dit souvent, ma mère, comme ça, quand on est dans la rue tous les deux :

— Comme je me sens seule au milieu de la foule...

— Mais moi je suis là, je te laisse pas tomber Maman, que je me tue à lui répéter.

— Mais toi aussi tu partiras ; tu grandis tellement vite...

Je marche et je me rends pas tellement compte où je vais, je m'en fous, l'important c'est d'en être sorti de chez Monsieur Duvirier, il me casse les pieds ; j'espère qu'il n'en mourra pas de sa peine pourtant. Enfin, je préfère oublier. Je sais même pas si je penserais encore à lui tout à fait quand je vivrai plus grand, si j'y arrive. Il me restera peut-être le souvenir lointain de tous ces jours et toutes ces nuits difficiles où il parlait des choses qui passent et de sa solitude complètement dingue à vous foutre une sacrée trouille et puis l'odeur du vin rouge aussi, celle qui vous donne le tournis même quand c'est que l'autre qui boit.

J'ai jamais bien su expliquer ce que je ressens quand je vis, alors je m'exprime comme je peux. Je me dis toujours que je me lèverai plus demain, alors je pense à tout ce que je voudrais dire très vite avant que tout finisse, mais c'est difficile à faire ça. De toute façon, ce qui est sûr, c'est que là, je suis seul, je marche et je marche encore, je sais pas vers où, je sais même pas l'heure qu'il est, et il y a les autres qui sont dans la rue, tous des inconnus. Y'a ceux qui sont bien habillés avec leur attaché-case à la main et qui se dépêchent, à se ruiner la santé des pieds à la tête ; ils savent où ils vont eux d'abord. Et y' en a d'autres encore, ceux qu'on appelle les « immigrés » dans cette putain de télé, des Noirs et des Arabes, et tout un tas de Chinois qui glissent sur le boulevard, tête en avant, ils se mélangent les uns aux autres, sans se regarder. Et ça passe. Et ça repasse. On entend pas un mot. La vie, elle peut être vraiment très monotone comme ça, bah ouais à quoi ça sert alors d'y rester sur la terre, si c'est pour marcher sans cesse et rien se dire et jamais sourire ?

Je l'ai pas encore dit mais je veux pas en arriver là quand même. De toute manière, je crois que je saurais pas faire. Mais faut se méfier ; quand il faut manger et qu'on peut pas toujours se payer à manger comme on veut, je crois qu'on peut devenir triste. On ferait n'importe quoi pour rester vivant, on marche et on trime, et le bonheur, on s'en fiche pas mal alors, c'est pas bien important. C'est secondaire. Faut rester en vie coûte que coûte, c'est bizarre.

J'avais faim moi aussi. Parce que j'avais rien avalé depuis au moins hier midi. Il y avait bien l'argent de l'oncle Jules au fond de ma poche, dans l'enveloppe, pour le transformer en nourriture. Je pouvais bien me payer au moins un pain au chocolat, avec tout cet argent, bah oui on verrait pas la différence, parce que j'ai faim.

Près du métro Leningrad, il y a un boulanger kabyle que je connais de vue. Tiens, j'ai si peu marché que ça depuis je suis parti de chez nous, alors ? Je rentre chez le boulanger et je me paye un petit pain au chocolat, il est un peu sec en bouche mais j'ai tellement faim que je l'avale en une seule fois sans le déguster, sous les rails du métro aérien.

La rue elle est bien mouillée parce qu'il vient de pleuvoir très fort dans ce coin-là y'a pas si longtemps que ça. Pour tout dire je sais pas bien quoi faire avec mes jambes. Oui, je commence à avoir sérieuse-ment mal aux guibolles, j'ai perdu l'habitude. Et je sais pas quoi faire non plus de mes mains, si je les mets dans ma poche ou pas. Il y a bien une station de métro un peu plus loin, je pourrais aller plus vite que maintenant, hein qu'est-ce que t'en penses ?

J'achète donc un ticket de métro au type qui somnole là derrière son guichet. Il s'attend pas à ce que je lui demande autre chose qu'un ticket ou un nom de rue dans le quartier. Il manque de conversation le type ; à peine bonjour et puis le prix que j'ai à payer en échange d'un ticket et puis à peine au revoir et puis c'est tout. Et pour tous les autres qui me filent le train, ce sera la même chose, pas plus ni moins. C'est pour ça qu'il manque de conversation ce mou derrière son guichet vitré ; il parle trop peu dans une journée, alors au bout de dix ans, ça se voit forcément, il a perdu la langue.

Je monte sur le quai en extérieur. Il gèle là-haut. C'est par là que je devrais aller pour me rendre à la gare et acheter mon billet de train pour aller chez l'oncle Jules, ça fait dix-huit stations si j'ai bien compté, avec un changement. C'est la prochaine station ? Faut que j'aille jusqu'à la Gare Des Passes ; c'est un long voyage à travers la ville. Je devrais être en cours à cette heure-là. Je n'ai pas tellement d'amis moi au collège, je reste toujours un peu seul, alors qui pourrait bien relever mon absence à part ce con de surveillant ? Je la finirai pas l'année scolaire de toute façon, alors à quoi ça sert de me faire du mouron. On voudrait bien que je foute le camp avant l'heure, à cause de mes mauvais résultats, surtout en français.

— Le mieux pour vous, c'est de préparer une bonne orientation, qu'il m'a dit la dernière fois dans son bureau tout moche, le Proviseur. On manque de personnel chez les fontainiers et dans l'électronique aussi.

— Mais je veux pas faire ces conneries-là moi !

Il s'en fout bien de ce que j'en pense. C'est lui qui décide, un point c'est tout.

J'ai des idées moi. Mais y'a jamais personne au collège pour vous écouter et les Profs les premiers, eux qui ont déjà leur vie à s'occuper, ils s'ennuient tellement ; c'est vrai, c'est assez de donner les mêmes cours aux élèves du même âge pendant trente ans et quelques poussières, la grammaire c'est la même et rien change jamais. Ils passent leur temps à se plaindre et à compter les semaines qui restent avant le premier jour des vacances et en attendant, ils piétinent des milliers de kilomètres dans une classe triste qui ressemble à une prison. Faut voir comme les fenêtres sont si hautes, et comme il est difficile de les ouvrir et de s'envoler.

J'ai encore eu un rapport sur mon compte y'a deux semaines au motif que je les dérange mes camarades, même si je leur parle pas, je les dérange : « Fais des bruits de bouche, des moulinets avec ses ciseaux, sort ni livre ni trousse ni stylo et n'écrit rien de tout le cours de français (forcément puisque j'ai jamais de stylo sur moi), veuillez agréer Madame machin chose tralala l'assurance de ma tralala distinguée, il faudra venir en retenue jusqu'à 18 heures 30, mardi en 12. » Généralement, j'y vais pas en retenue. Alors ça s'accumule : les heures deviennent des jours et les jours des semaines entières. Parfois je dois même venir pendant les vacances. Mais je viens pas. Ça fait des problèmes.

Le métro est là, bien rugissant du tonnerre. Les portes du wagon gueulent un bon coup en s'ouvrant et je m'engouffre à l'intérieur. Y'a pas mal de monde dedans et ils font tous un peu la gueule quand ils me voient débarquer les voyageurs qui sont déjà bien sonnés dans leur caisse, et surtout parce qu'il y a vraiment plus de place. Mais moi j'insiste, je reste debout. À ma gauche, il y a cette grosse vache qui prend toute la place, elle a le rimmel qui lui coule dans l'oreille. À ma droite, il y a un homme qui a bien quatre fois mon âge et puis qui sent l'alcool à pleine bouche. Fait étrange : il a pas rasé sa moustache depuis l'adolescence, les poils ils sont pas durs, c'est tout doux et puis largement mouillé le tout, parce qu'il a cette sale manie de se lécher constamment les babines, pour rien.

Y'a quelque chose qui le démange ou quoi ?

À vrai dire, ça m'occupe d'essayer de comprendre ce qui se cache dans la tête des gens. La grosse vache ronchonne un peu parce qu'elle croit que je fais exprès de lui marcher sur les pieds et de l'écraser sur la vitre du wagon. Mais c'est pas de ma faute, ça secoue sérieusement là-dedans. Un voyage en métro, aux heures de pointe, c'est comme une boite de conserve qu'on jetterait d'une montagne, remplie de vers de terre imbéciles qui se cogneraient les uns aux autres sans se dire pardon et qui finiraient leur folle course dans une décharge. C'est tout nous quoi !

Au bout de la ligne, je suis plus tranquille, parce que tout le monde doit descendre, c'est la place du Carré Rouge où trône en permanence le monument en forme d'arc bâti à la gloire de la guerre, l'Arc de Rion. On le voit pas quand on est sous terre. Je change de ligne, faut traverser tout un tas d'interminables couloirs qui sentent la pisse. Je m'achète un sandwich en cours de route avec du jambon et avec un œuf dur dedans, écrasé, et puis avec du beurre ; ça me remplit un peu le ventre et je mange pendant que je marche, à toute allure, parce que je suis dans le même sens que la foule et elle me laisse pas m'arrêter, je suis pris dans son rouleau compresseur, j'ai pas le choix. Presque personne parle mais quel boucan pourtant là- dessous, tous ces milliers de pas qui résonnent comme pas possible, ça me monte très vite à la tête. Pour tous ceux qui sont habitués, la plupart, tout ce boucan terrible veut plus rien dire du tout.

C'est long pour changer de ligne. J'ai vu qu'il fallait que je prenne la ligne six pour me rendre jusqu'à la Gare Des Passes. C'est par là. Allons-y ! Y'a encore un bon bout de chemin avant d'arriver sur l'autre quai. Alors je m'achète à boire dans un distributeur automatique, un coca tiède et un jus d'orange avec de la pulpe morte on dirait, mais c'est des vitamines.

– Il te faut des vitamines, comme me dit ma mère, il en faut pour grandir, c'est pour grandir, tu comprends ?

Grandir et après ? Elle me dit pas toujours la vérité sur la vie ma mère. Qu'est-ce qu'il y a au bout quand on a fini de grandir, hein ? Tu le sais toi, Maman ? C'est bien tout raté, parce qu'on a plus de force, alors c'est chacun pour soi et c'est déjà bien assez.

J'en ai souvent moi de la peine d'avoir des sentiments pour la vie qui passe comme ça et pour ma mère, parce qu'il faudrait que je sois plus dur à l'intérieur, mais j'y arrive pas toujours, alors je me laisse seulement porter par ce que je suis. C'est comme avec Monsieur Duvirier, je crois pas qu'il me voulait du mal et puis s'il voulait me toucher, c'était pour avoir moins mal que ça, l'excuse est bonne. Mais j'aurais dû lui dire méchamment qu'il est qu'un vieux salaud, un vieux pervers, que s'il voulait le garder près de lui son petit garçon de l'Algérie, qu'il fallait pas qu'il le paye autant pour se faire du bien, mais je peux pas dire tout ça, parce que c'est pas comme ça que je suis, j'ai toujours beaucoup de peine pour les choses, je suis pas dur.

Il y a moins de monde pour la direction de la Gare Des Passes. J'ai facilement trouvé une place assise dans le wagon, ça fait vachement du bien de poser son cul quelquefois. On roule très vite aussi et ça secoue pas mal mais je suis à ma place et je bouge pas. Je me suis encore payé un sandwich parce que j'ai encore faim. Un sandwich au poulet avec de la mayonnaise qui déborde de partout, c'est dur à avaler tout ça. Personne vient s'asseoir à côté de moi, tant mieux, j'ai quatre places pour moi tout seul, royal. Je digère mal et je lorgne à travers la vitre du wagon, de l'autre côté.

On est dehors maintenant et la première chose que je vois c'est la Grande tour, la Tour Mémelle. C'est idiot comme monument mais on dit que c'est pourtant ce qu'on a de plus beau ici, et que le monde entier nous l'envie, c'est bizarre quand même. Elle est faite tout en os de mammouths la Grande Tour Mémelle, c'est original mais ça veut rien dire du tout. J'y suis monté une fois avec ma mère et tout en haut, quand on est tout en haut, on peut facilement s'approcher de la rambarde de sécurité et passer la tête de l'autre côté pour regarder en bas. On se sent tout de suite attiré par le vide ; si on voulait, on pourrait sauter et s'aplatir bien gentiment sur les foules bien alignées de touristes qui font la queue sur le parvis de la Grande Tour. Ça a déjà été fait.

Avec de la chance, on peut même faire crever avec soi un passant ou deux. Ma mère, elle peut pas regarder le vide, à cause qu'elle a le vertige.

Il y a de drôles de gens qui montent dans mon wagon après la Tour Mémelle ; ils sont là pour faire des affaires on dirait, ils ont un air sérieux, et ils portent des costumes sur mesure. Ils décrochent pas un sourire bien sûr. Et puis ils sont pour la plupart suivis par des femmes chics enveloppées dans des manteaux de fourrure qui se trémoussent pour un rien et qui jettent des coups d'œil furtifs par-ci par-là pour voir s'il y a quelqu'un de mieux qu'elles dans le wagon. On dirait un autre monde par ici, un monde que j'ai pas vu souvent.

La ville elle est soigneusement découpée en deux parties bien distinctes l'une de l'autre, deux parties où crèchent deux sortes de gens ; d'un côté, en haut à droite les pauvres, de l'autre en bas à gauche les riches. C'est ce qu'on appelle la Rive Froide et la Rive Chaude, et le grand fleuve qu'on appelle La Peine a tracé une ligne à l'horizontale entre les deux. Le fossé entre pauvres et riches se fait aussi un petit peu à la verticale aujourd'hui, quand on y regarde de plus près. Le fleuve a quand même bien fait les choses des deux côtés, ou alors je me dis qu'on s'est servi de lui pour marquer la différence entre ceux qui ont de l'argent et ceux qui en ont pas du tout. C'est vieux comme principe.

Si on pousse bien son regard de l'autre côté des barrières du métro aérien, on peut voir l'intérieur des appartements. Il y a toujours quelque chose qui se passe de pas commun dans certains d'entre eux. Je viens de voir, il faut me croire, une femme toute nue qui se rinçait dans sa douche ouverte. Mais le métro s'en fiche, il continue sa route. C'est toujours la même chose. Il s'attarde pas. Mais j'ai eu le temps de reluquer les petits seins de la femme, et c'est à croire qu'elle le fait exprès de se montrer devant les voyageurs éphémères. Moi j'y serais bien descendu dans sa salle de bains, pour voir de quoi elle avait l'air en entier la femme, si en plus d'être bien foutue, elle était douce et gentille et si elle pouvait ressembler à ma mère. Mais c'est manqué, je peux pas descendre, je reste dans le wagon et on retourne dans le souterrain, c'est tout noir maintenant autour de moi, y'a plus rien à voir.

Dans la Gare Des Passes, comme dans toutes les autres gares qui entourent la ville, il y fait tellement froid et toute l'année durant qu'on a pas envie d'y rester plus d'un quart d'heure. Il y a tous les gens qui partent et qui veulent pas rater leur train et qui croisent tous ceux qui reviennent d'on sait où, ils font tous un boucan terrible, en bande. On se dit adieu ou on se retrouve, qu'importe. Là où ça fait de la peine, c'est de voir ceux qui partent jamais et qui viennent hanter les lieux presque comme des fantômes, et qui tendent la main pour une pièce ou deux ou plus, au bon vouloir du voyageur pressé, lui qui veut pas s'attarder et qui est même choqué qu'on lui demande de l'argent alors qu'il part en vacances se dorer la pilule après avoir tant trimé tout au long de l'année. Et puis, dans le registre de ceux qui restent et qui partent jamais, il y a tous les vendeurs compressés dans leur minuscule boutique en carton, qui passent leur journée à vendre des bonbons et des cigarettes ou des magazines et à confondre le chewing-gum sans sucre et le chocolat light. Comme ça fait de la peine tout ça ; si je fais pas assez attention à ce que je regarde, je vais mourir de quelque chose qui aura à voir avec une peine immense que j'aurais jamais pu guérir.

Je viens de croiser un clodo complètement pété, qui a bien failli me foutre en l'air sur son passage. Il porte un nombre incroyable de sacs en plastique dans les mains. Qu'est-ce qu'il tremble, bon sang ! Il est allé poser son cul dans un coin, plus loin entre deux colonnes. Il a retourné son vieux chapeau d'Indien sur le sol carrelé de la gare. Je suis repassé devant lui et j'ai glissé un peu de monnaie dans son chapeau. Je voulais comme ça un peu éponger ma peine, et puis pour oublier j'ai dévoré une crêpe au jambon et au gruyère et j'ai choisi une canette de coca dans une machine qui vous parle et vous obéit dès que vous lui refilez de l'argent. Et puis j'en ai pris une deuxième cannette et puis une troisième avec une barre de chocolat dans une autre machine, et un gâteau sec avec des noisettes dedans. Ça m'a bien calé. J'ai regardé tout ce qui se passait autour de moi et je me sentais pas très bien, pour dire la vérité.

Enfin, je me suis levé et j'ai quitté la petite terrasse, et puis je me suis avancé vers les quais. Là, la faim m'est revenue, c'est bizarre. Mais j'ai voulu m'approcher des trains. Y'en avait qui étaient en train de partir justement ; j'avais l'impression d'être dedans et de partir moi aussi, pour de bon. Il paraît qu'on oublie tout quand on s'éloigne à la campagne, bof, j'ai quand même l'impression que les gens s'inventent sans cesse des choses très belles pour continuer à vivre tranquillement. Ils rêvent qu'ils vont très loin d'ici et qu'ils reviendront jamais. Mais c'est jamais ce qui arrive. Jamais.

Et puis je suis retourné en arrière et j'ai acheté un magazine avec des photos de femmes à poil. Le vendeur n'a pas fait attention à ce que j'achetais, tellement il va vite avec les clients, c'est toujours à cause des trains qu'il faut pas rater. Dans ce genre de magazines, c'est surtout les images qui comptent, faut pas perdre son temps à lire les légendes ; il y a toujours de belles filles dedans, c'est pour ça qu'on l'achète d'ailleurs. Mais comme elles sont belles, elles ont la peau si lisse et les yeux si clairs. Moi ça me fait toujours l'impression qu'elles existent pas en vrai toutes ces filles à poil, je veux dire dans la vraie vie, qu'elles sont là, souriant dans les magazines, pour moi, rien que pour moi mais que c'est là qu'elles habitent, dans le magazine, et que je pourrais jamais les toucher autrement que de mettre le doigt sur le papier.

J'ai jeté le magazine au fond d'une poubelle. Ça me plaisait plus. Et puis j'ai avancé jusqu'à un guichet pour acheter le billet de train pour chez l'oncle Jules. J'avais pas vraiment envie mais bon. C'était l'inconnu. Et je me répète, mais même au meilleur de ma petite mémoire, celle que j'ai avec ma mère, de tout ce que je me souviens de moi et d'elle et de la ville, jamais je dis bien jamais il y a eu d'oncle Jules, ni de près ni de loin. Et puis lui, il veut bien m'accueillir parce que c'est un de mes oncles machin chose et que je peux pas rester seul dans la ville, que c'est trop dangereux, et qu'en plus comme il dit, ils voudraient tellement aimer un enfant lui et sa femme gentille la tante, ça se vaut bien comme raisonnement, on peut pas dire le contraire.

Un autre train s'en va et je lui tourne le dos. Voilà un voyageur qui arrive à toute allure sur le quai et qui se met en boule parce qu'il l'a manqué le train ; il y aura pas de vacances pour lui, pas pour tout de suite en tout cas, c'est dommage. Ce train-là, il partait pour la mer, à ce que je crois. Le voyageur qui n'en est pas encore un reste alors sur le quai avec l'odeur de pipi, il jette ses deux grosses valises sur le sol et il s'assoit sur l'une d'elles, il doit se dire qu'il est bien con d'avoir raté le train pour la mer.

Je suis arrivé devant un guichet, c'était tout droit. De l'autre côté de la vitre, bien tassée sur un fauteuil en plastique qu'elle faisait tourner un coup à gauche un coup à droite, se tenait une femme pas très jolie. Je me disais qu'elle pourrait être pas mal si au moins elle faisait un effort dans les yeux et qu'elle souriait, ça serait vachement mieux pour elle et pour les clients qui lui adressent la parole. J'ai remarqué que tous ceux qui travaillent derrière des guichets, où que ce soit dans la ville, ils font toujours des sacrées têtes d'enterrement. On dirait qu'ils viennent de perdre leur mère la veille. Ils sont toujours pas bien, ils ont jamais le moral, ils ont jamais envie de sourire, ils ont envie de rien du tout, peu importe d'être souriant ou pas, ils s'en fichent. C'est comme dans les supermarchés quand j'accompagne ma mère. Eh bien quand on arrive à la caisse, les caddies chargés de nourriture et de produits pour la vaisselle et les chiottes, c'est bien rare qu'on soit sympathique avec nous, comme avec tous les autres qui suivent derrière nous. Bien sûr je vais pas jusqu'à dire qu'ils sont bien agréables les gens qui font leurs courses, il y en a qui montrent vraiment une sale tête, si mauvaise qu'on préférerait rester crever de faim chez soi. C'est pas facile dans ces cas-là après d'être poli et de garder le sourire. Surtout que pour une centaine de gens dans ce genre, il y en a qu'un dans le paquet qui dit « Bonjour », alors forcément celui-là on le voit pas, il passe inaperçu, la méchanceté l'emporte.

La femme pas jolie derrière son guichet, bien à l'abri, a approché ses grosses lèvres de la vitre et elle m'a dit :

– Oui, vous désirez ?

Je lui ai gentiment demandé un billet de train pour chez l'oncle Jules. Pendant que je faisais la queue, j'avais relu dans sa lettre le nom de la gare pour être bien sûr de pas faire d'erreur.

La femme m'a prié de patienter.

– Je vais regarder s'il y a de la place pour tout de suite.

Elle s'est mise à taper nerveusement sur son clavier en plastique dur.

– Oui… oui… c'est bon, il reste une place. Alors, je vous sors un aller-retour ?

– Non, rien qu'un aller sans retour s'il vous plaît.

– Donc un aller simple ?

– Voilà, Madame. Un aller simple.

Elle a retapé sur son clavier et elle m'a dit le montant que je devais lui payer.

– Quarante et soixante-dix centimes !

J'ai été surpris par le montant, c'était beaucoup. Et puis je me suis très vite rendu compte de la bêtise que j'avais faite. De ma poche, j'ai sorti tout l'argent qui me restait de ce que m'avait envoyé l'oncle Jules, c'est-à-dire pas grand-chose. Ça dépassait pas sept ou huit. Enfin c'était pas quarante et soixante-dix centimes de toute manière. C'était donc précis ce que m'avait envoyé l'oncle Jules, cinquante tout rond. Pour me payer le billet de train et un petit sandwich sans crudités pendant le voyage. J'avais tout dépensé. Faut dire que j'avais traversé toute la ville. Et il est rare de voyager gratos dans une ville comme celle-là, faut toujours perdre de l'argent.

J'ai pas eu l'air bête, c'est sûr, quand j'ai avoué à la femme derrière le guichet que j'avais plus l'argent pour me le payer le billet. Alors, elle a sursauté et elle m'a dit vachement sévèrement sur un ton vachement familier :

– Alors gamin tu me fais perdre mon temps et tu crois que j'en ai moi du temps à perdre ici avec toi ? Alors on commande un billet et on a pas l'argent ? C'est pas moi qui vais te le payer ton billet quand même ? Dis tu as vu derrière toi tous ceux qui attendent de passer leur commande ? Ils sont pressés eux ! Ils ont pas le temps de s'amuser au petit voyageur distrait comme à la dînette ! Et c'est à moi qu'ils vont venir se plaindre de l'attente ! Ils vont m'insulter même !

J'en ai pris plein la gueule. Je savais plus très bien où me mettre, ça poussait dans mon dos, les gens mécontents commençaient à montrer les dents. Alors je me suis enfui par une brèche sans rien répondre à la femme derrière le guichet, j'avais trop la honte de me trouver bête à cause que j'avais plus d'argent pour la payer. Quand on a plus rien dans les poches, les gens en profitent pour vous couvrir de honte et de remords. Souvent avec ma mère, je cache pas qu'il y a des fins de mois qu'elle appelle « difficiles », et la concierge de chez nous, Madame Laquais, elle le sait très bien qu'on a pas tellement ce qu'il faut pour vivre comme il faut et elle le répète à tout le monde. Faut donc voir comme elle bave ça aux autres locataires :

– C'est pas sérieux, Messieurs Dames, il est pas bien nourri cet enfant, elle dépense tout ce qu'on lui donne en quinze jours.

Elle parle mal de ma mère et elle dit que je suis un gosse mal entretenu et mal élevé, et on lui fait les gros yeux après à ma mère, quelle honte ! Heureusement, j'ai entendu dire qu'on supprimait petit à petit les concierges dans les immeubles de la ville, elles deviennent trop chères et vraiment trop bavardes, et c'est une bonne chose. Oh je m'en fais pas pour la vieille Laquais, elle trouvera quelque part d'autre où cafter, les endroits comme ça manquent pas sur la terre. Le pire dans tout ça, c'est qu'elle est méchante juste parce qu'elle croit qu'on vit mieux qu'elle, en vie comme en étages.

Quand je me suis trouvé assez loin du guichet, je me suis arrêté et j'ai compté calmement l'argent qui me restait en ouvrant la paume de ma main vers le ciel de la gare. Ouais ça faisait à peine sept et dix centimes. Mais qu'est-ce que je vais dire à l'oncle Jules moi ? J'avais pas de téléphone privé moi, un qu'on se balade tout le temps sur soi et qui est tout petit, et pour appeler d'une cabine, il fallait acheter une carte à dix au moins, c'est le minimum. J'avais pas envie de l'appeler l'oncle Jules pour lui raconter mes déboires, non. Et puis qu'est-ce que j'aurais pas pris dans les oreilles si j'avais fini par craquer et lui avouer à l'oncle Jules comment que j'avais dépensé tout son argent, en bouffe et en femmes nues toutes glacées. Il m'aurait certainement pas cru et m'aurait traité de petit voleur à la noix. Alors je me serais vachement vexé et pas question d'y aller chez eux après ça ! Le mieux que j'avais à faire maintenant, c'était de trouver de l'argent avant que le soir me cueille. Elle me l'avait bien dit la femme derrière le guichet avant de me hurler dessus :

– Le départ est prévu ce soir à dix-neuf heures trente-quatre.

Putain je fais pas attention à l'argent moi, faut dire que j'en avais jamais eu autant dans la poche, de la thune, de la vraie.

Et comme disait un de mes profs en me prenant à part dans le couloir pendant la récré :

– Tu la connais pas toi la vie, tu payes pas de factures !

Ma mère elle me donne jamais un centime quand je suis au collège. Déjà je passe midi dans cette chiotte de cantine, c'est immangeable ce qu'ils servent à bouffer. Et il faut tenir tout l'après- midi après, avec presque rien dans le bide, ça fait que je suis pas épais comme garçon. Ma mère elle se fâche souvent à cause de ça : « Mais qu'est-ce que t'es maigre, merde ! »

Bon sang je vais pas lui dire que c'est à cause de la cantine, que je bouffe pas la merde qu'on nous refile chaque midi sans compter les odeurs. Je me prendrais une bonne claque sur le nez si je me laissais aller à la confession. À ce propos ça me fait penser que je me suis vachement engueulé avec elle le mois dernier, et je me rappelle même plus à cause de quoi. Elle en a pleuré cette fois-ci, alors je lui ai tout de suite dit d'arrêter de chialer, que c'était pas la peine et que j'étais vraiment désolé. On s'est réconcilié parce qu'une mère c'est comme ça, même si vous lui faites vachement mal, que vous n'êtes qu'un salaud pitoyable, un criminel, le pire de tous, celui qui finit dans les livres d'histoire avec deux pages rien que pour lui, un vrai tyran, elle vous pardonnera toujours. Alors j'aimerais bien faire la plus grosse connerie de la terre que je me dis en moi-même, je voudrais faire la plus mauvaise des choses, la pire, la plus horrible des choses, celle qui n'a jamais été faite, même si ça tue tant de monde, qu'on dirait de moi dans tous les journaux de la terre : « Il est le plus cruel et le plus froid des assassins ». Si au moins elle pouvait être là pour me pardonner, ma mère, ce serait bien, ça voudrait dire que c'est plus la peine que je le prenne ce billet de train pour chez l'oncle Jules puisque je rentre chez nous et que tout finit bien.

J'ai plongé ma tête froide la première tout au fond du métro crade et pour tout dire je savais franchement plus où aller. Je suis parti dans une autre direction, au hasard. Je me disais que je laissais beaucoup d'énergie à marcher comme un dingue, sans but, et je me rajoutais que j'avais pas l'expérience qu'ils ont les adultes quand ils marchent, je savais pas alterner coup de vitesse et moment de repos, c'était une marche tout d'un trait, très vite ; ça faisait que j'étais vite essoufflé et que je sentais mes mollets gonflés de douleur. J'imaginais sans peine des largement plus vieux que moi qui me disaient en ricanant :

« Dis donc moi à ton âge j'avais la patate, je pouvais faire le tour de la terre sans m'arrêter ! »

Tout ça me fait suer.

Les gens racontent presque toujours la même chose, les uns et les autres, et ils mentent pas mal aussi ; ils finissent par se plaindre, toujours, dans le présent alors que le passé c'était toujours super. C'est difficile de s'échapper du présent, il est là il nous tourne autour quand on respire, c'est pas comme le passé qu'on peut facilement arranger, facilement tromper quand il a fait mal, quand c'était le présent. Et même sur l'avenir on peut mentir, on peut bien se dire qu'on s'en fout parce qu'on sera mort avant, c'est pareil.

J'ai tapé des pieds sur le quai pour faire tomber ma fatigue dans le fond de mes chaussettes. J'attends que le métro vienne me cueillir. À ce moment-là, du présent, qu'est-ce que j'en pense moi ? J'attends et le présent est là et je peux pas me dire qu'il existe pas, il y a tous les autres voyageurs qui commencent à s'agglutiner derrière moi ; on s'embête tous ensemble sans se regarder et on guette tous les mêmes wagons qui se font attendre ; le présent nous pèse, on sait pas quoi en faire.

Je rencontre la ville par les souterrains qui la rongent ; y'a plus de lumière là-dessous, je veux dire la lumière du jour. Ça fait qu'on doit avoir une drôle de figure tous avec les contours et les ombres qui appartiennent aux ampoules. On devient tous des monstres. Le souterrain nous fait des grandes cicatrices sur la figure, comme la peur.

Et le métro pénètre sur le quai comme une fusée qui s'en va déchirer le ciel en deux. J'entre dedans et je m'installe sur une banquette martyrisée par des coups de cutter, la mousse s'en va par petits paquets inégaux quand je m'assieds mais c'est pas grave, je suis tellement fatigué, je m'en fous. Je commence à rêver qu'on va vite se retrouver avec ma mère dans une maison qui nous ressemble et de la grande fenêtre, on regardera tous les gens dehors qui se tiennent comme des poteaux, en silence, et on se moquera d'eux, de toutes ces ombres molles qui s'en vont nulle part et qui parlent toutes seules.

Mes paupières sont lourdes et elles me tombent sur les yeux.

Pour pas gagner si facilement le sommeil, j'ai changé de ligne, j'en ai pris une à la perpendiculaire de celle que j'avais empruntée. J'ai voulu m'enfuir de l'autre côté de la ville pour pas avoir à remonter vers chez nous par la ligne 4. Il y a le Bois de La Reine, là au bout de la ligne jaune que je vais prendre, il fait plus froid qu'ailleurs. Il y a un grand nombre de grandes filles pas mal du tout qui sortent la nuit dans le bois et des hommes aux yeux de chasseurs qui leur tournent autour. Ça parle de faire l'amour et de combien il faut comme argent pour le faire. Mais il fait froid je le répète, tellement froid, mais je serai tranquille là-bas, je me sentirai un peu loin de tout ce à quoi je suis en train de penser maintenant. Je trouverai un coin secret et je m'endormirai sous un arbre ; il y aura beaucoup de vent et du bruit dans les feuilles sur l'arbre à cause du vent et tout ça fera de la musique, et ça me bercera, je pourrai dormir un bout et ça sera vachement bien.

Parce que si je dors dans le wagon pendant qu'il roule, j'ai peur que quelqu'un de méchant vienne s'asseoir à côté de moi pour me faire les poches. On est vulnérable quand on dort. Et même si j'ai rien de bien important dans mes poches, ça me gêne. Parce que mes poches sont la seule maison qui me reste. Quand j'y mets mes mains dedans, c'est comme si j'étais à l'abri du monde. Y'as pas mal de gens et pas des plus nets qui montent à la station Gare du Pont. Ils reviennent pas de vacances tous ceux-là. Non. Ça me fait penser qu'il y avait une famille qui habitait le quatrième dans notre immeuble et qui partait chaque été en vacances. C'était pour se détendre, qu'ils disaient tous en chœur à ma mère. Le père il est mort un été, le cœur a lâché, ça lui est arrivé sur la plage en plein soleil après une partie de tennis qu'il avait perdue. C'est à devenir dingue, il y a eu un déménagement après et puis sa femme est devenue folle, ils l'ont enfermée depuis mais je sais pas où. Ma mère m'a raconté toute leur histoire en une seule fois et ça la faisait rire. Elle m'avait dit en conclusion que ça valait pas la peine de partir en vacances, c'est là qu'on relâche tous les nerfs et c'est jamais bon de les relâcher d'un coup ; on meurt. Bien sûr nous on y est jamais parti en vacances, et ça veut pas dire qu'on meurt pas, au bout du compte. Enfin je veux dire que ma mère a peut-être tort finalement.

Mon voisin de banquette a sursauté comme une puce, il va rater sa sortie. Non ça y est, il sort juste à temps du wagon mais il a oublié son livre sur la banquette. Comme je suis curieux, je tire le bouquin vers moi et j'essaie de déchiffrer le titre. Ce que je peux dire c'est que ça doit pas être un de ces bouquins qu'on nous force à lire au collège, un qui ennuie dès les premières pages et qui se traîne en longueur et qu'on y parle d'un siècle qui n'est pas le nôtre. Qu'est-ce que ça peut bien me foutre les problèmes d'avant ? Mais après tout ils ont bien leur place au collège ces bouquins-là : si on se trouve à vous rendre les choses intéressantes, c'est plus le collège alors, c'est la liberté, et c'est bien une chose qui n'existe pas entre les murs d'un collège. Il faut absolument qu'on nous ennuie avec tout un tas de somnifères qui ressemblent à des livres par exemple, pour faire le tri dans les élèves ; ceux qui craquent les premiers s'en vont tout seuls, pas besoin de les raccompagner à la sortie. Ils vont apprendre un métier qu'on fait avec les mains, sans la tête et ils resteront tout en bas de l'échelle pour toute la vie. Pour les autres qui tiennent le coup dans l'ennui des choses qu'on leur apprend, ils finiront par gouverner les plus pauvres, les premiers virés de l'école qui sont en train d'en baver pour un salaire de souris. C'est ainsi que la vie est faite et c'est ma propre opinion. L'école fait le tri tout à fait exprès, et c'est la seule méthode qu'ils ont trouvé les chefs de toutes les écoles pour faire le bonheur des uns et le malheur des autres plus tard.

Je commence à lire le livre que l'homme pressé a oublié sur notre banquette. Ça commence fort ; d'abord il est écrit dans une page marquée « introduction » qu'il faudrait pas naître si on veut pas de problème dans la vie. C'est la seule solution. C'est pas bête. La suite m'a l'air très compliquée, c'est dommage. Je préfère pas continuer à lire. Je ferme le livre et je l'enfonce dans le fond de ma poche. On verra pour plus tard que je me dis. Je colle mon front contre la vitre sale du wagon, on est à l'arrêt. Il y a un quai de l'autre côté et une foule incroyable d'anonymes qui attendent le métro. Finalement on est bien tous des nouveau-nés, pas d'erreur. On est pas libre de choisir d'y venir au monde ou pas, c'est que dans les livres qu'on peut dire des trucs comme ça. Et voilà que je m'endors. Je suis libre. Je pèse plus rien. Je suis pas né. Personne me connaît. Personne me connaîtra jamais. Alors que le voyage continue ou pas, qu'il fasse beau ou mauvais temps, chaud ou froid, je m'en fiche ; que je la retrouve ou pas ma mère, c'est plus mon affaire, je suis pas né, elle m'a pas gardé dans le ventre, elle peut faire ce qu'elle veut de sa vie, je sais même pas qui elle est, elle sait même pas qui je suis, tout le monde est libre et tout le monde est content, voilà.

On sait plus très bien comment on se réveille quand on a dormi avec des cauchemars plein la cervelle, ça se piétine là-dedans, on dirait de la boue. Pour me sortir de ce trou à rats qu'est le sommeil, j'ai senti une petite tape sur mon épaule droite. Je pensais que c'était encore les fantômes sans visage qui voyageaient dans ma tête et qui me voulaient vraiment du mal, et puis j'ai entendu des mots :

– Alors garçon, oh, tu te réveilles, c'est fini, t'es arrivé au terminus, faut descendre, garçon !

J'ai doucement ouvert les yeux. J'étais recroquevillé sur ma banquette comme un petit né, un tout petit. J'ai levé les yeux vers la voix ; c'est pas ma mère qui vient de me réveiller, mais un parfait inconnu. Un type qui me paraissait immense, pas très vieux mais plus que moi quand même, un adulte, avec des joues maigres et des cheveux assez gras et puis mi-longs et avec un peu de barbe pour lui enfermer le visage. Les fringues qu'il portait l'inconnu elles étaient pas terribles : il avait une veste kaki, ça faisait un peu comme un militaire qui aurait déserté depuis trop longtemps, y'avait un drapeau cousu sur le côté de la veste, je sais pas quel pays, c'était peut-être Cuba ou bien l'Allemagne, j'ai jamais été très fort en géo ; j'ai une fois dépassé la moyenne, c'est tout. Bon j'avais appris bêtement tout par cœur alors c'est facile et on se rappelle plus après.

Malgré la veste qu'il portait et que je trouvais ringarde, je peux dire que ce type il avait une chose positive pour lui : son regard. Il avait un regard qui donnait à voir pas mal de choses et ça c'était pas commun. J'avais vu un peu de ça dans les yeux de Monsieur Duvirier aussi mais ça avait toujours à voir avec de la peine. On me dit que j'ai des jolis petits yeux moi aussi mais ça veut pas dire qu'il y a dedans quelque chose d'intéressant.

Le type il me regarde et il me balance :

– Mais qu'est-ce que tu fais à dormir comme ça, garçon ? Dis, y'a pas ta mère qui t'attend quelque part ?

– Non, elle m'attend nulle part, je sais pas où aller.

Eh bien fous le camp d'ici déjà, garçon ! Je me lève de ma banquette et je sors du wagon. Il y a le conducteur du métro qui se pointe devant nous et qui commence à pousser une gueulante d'enfer :

– Putain mais vous allez vous tirer ou quoi ? Je suis en retard sur l'horaire à cause de vos conneries !

Le type qui m'a sorti du sommeil il la joue sévère :

– Tu nous fais chier avec tes horaires à la con, mon brave !

– Mais moi je travaille !

Et machin oui moi ceci cela, moi je perds pas mon temps à traîner, tralala, le service il doit repartir dans l'autre sens, ça veut rien dire toutes ces conneries-là...

On décampe.

Mon type a accéléré, a monté des escaliers qui poussaient jusqu'à la lumière du jour, la vraie. Je suivais péniblement derrière. Il devait s'en foutre pas mal que je lui file le train, il comptait sa monnaie pendant que ses jambes le remontaient en haut, sous le ciel. Je suis donc arrivé en second dans le plein jour et le type il était là, debout, à quelques mètres de la sortie.

– Qu'est-ce t'as à me suivre, garçon ?

– Je te suis pas, je sors.

Il est parti s'asseoir sur un banc, un peu plus loin. Je l'ai suivi, peut-être parce que j'avais rien d'autre à faire que de le suivre.  Il s'est allumé une cigarette qu'il s'était roulée avec les mains. Il a levé la tête et il m'a vu arriver près de son banc. Alors, il m'a dit :

– Assieds-toi là, garçon !

Alors je me suis assis. Il a tiré sur sa cigarette et il a basculé sa tête en arrière. Et puis il m'a regardé :

– Qu'est-ce que tu me veux, garçon ? Qu'est-ce qui va pas ? T'as trop dormi et tu sais plus bien où tu es ? C'est ça ? Eh bien t'es là, dans toute cette merde, avec tous ces gens qui te regardent pas, t'es là, tout seul ! Alors rentre vite chez toi et fous-moi la paix !

– J'ai nulle part où rentrer, Monsieur.

– Faut pas m'appeler Monsieur, garçon, moi c'est Mars que je m'appelle, et c'est comme ça que je veux qu'on m'appelle, c'est simple, t'es capable de retenir mon nom ? Je suis quand même le Dieu Romain de la guerre, quoi ! Alors, c'est Mars tu m'as compris, garçon ?

– C'est Mars d'accord c'est compris, j'ai bien compris, le Dieu de la guerre tous ces machins-là, tout ce que vous voudrez !

– Bon ça suffit, arrête ! Alors où elle est ta mère ?

— Je sais pas où elle est ma mère. Elle a disparu. Je sais pas du tout où elle est.

Je pouvais pas en dire davantage, c'est vrai, et parce que je crois que je pourrais me mettre à pleurer si je cherchais à essayer de savoir où elle était ma mère, c'est pas commode.

— Disparue ? Putain, garçon, je pige rien ! Bon allez, viens !

Il avait fini de s'envoyer sa clope dans les poumons. Il s'est levé de son banc. Il était vachement grand Mars, plus grand que dans le métro et il avait des bras très longs. C'est pas facile de décrire un homme, on regarde d'abord les choses qui le déforment, et sûrement que son plus gros défaut c'était ses fringues, avec ses bras si longs il ressemblait à un pingouin.

On est donc parti ensemble, c'était chouette de sa part de me laisser partir avec lui. Mais lui pourtant il s'en foutait pas mal. Il avait pas l'air d'avoir aussi peur du monde que moi. Je le connaissais pas mais c'était le seul mec à peu près vivant que je tenais de si près et comme j'avais une sacrée trouille de me retrouver seul de nouveau, j'ai pas hésité à le coller.

Et puis d'abord il savait où aller lui. On a repris le métro et on a filé droit jusqu'à la station La Rappel, tout au nord de la ville. Il m'avait bien fait comprendre qu'il avait une grande piaule qu'il squattait là-haut. Il voulait bien me prendre avec lui pour quelques jours mais pas plus, parce que quand même il me répétait qu'il était pas Mère Térésa.

— Et puis pour bouffer, faudra que tu te débrouilles garçon, t'as qu'à apprendre à faire la manche, parce que je crois que pour le minimum de l'État, t'es marron, t'as pas l'âge qu'il faut. T'as quel âge au juste ?

— C'est pas compliqué à deviner, que je lui ai envoyé.

— Écoute, garçon, tu me raconteras toute ton histoire quand on sera arrivé où je crèche, d'accord ?

C'est ça oui, que je criais à l'intérieur, je dirai tout, oui ; qui je suis et où j'étais hier, et la semaine dernière, toute ma petite vie. Tout, je le jure.

On sort du métro. On longe un petit square mal entretenu où végètent dedans comme des allumés des dizaines de clodos, des types sans âge qui sont étalés sur les bancs. Y'en a d'autres qui sont debout et qui se refilent de la came sous le manteau. Avec Mars on s'enfonce dans une petite rue parallèle vachement sombre, et y'a tout de suite une sacrée odeur de merde de chien qui me rentre illico dans les narines, c'est pas supportable. Même Mars il se met à gueuler qu'il en a marre de cette rue à merde qui n'est jamais ni balayée, ni lavée, rien, parce que les services de nettoyage gouvernés par la ville, vachement riche, ils s'occupent que des rues qui valent le coup et où les touristes dépensent tout leur argent et où les puissants promènent leur cul doré qu'il faut pas salir, ils s'occupent pas des rues des pauvres, celles qu'on est en train de repousser de l'autre côté du périphérique. Pour ceux qui veulent pas partir, alors on leur laisse la merde, à force ils finiront bien par foutre le camp et on pourra construire des beaux appartements qu'on lâchera à prix d'or. Salauds de pauvres.

Parce qu'il paraît qu'ils veulent le raser le squat de Mars. Il me dit :

— Y'a des gros balèzes de la Mairie qui sont venus pour négocier notre départ le mois dernier. Je leur ai foutu sur la gueule comme pas possible. Les flics ont débarqué en nombre. Je me suis muré dans mon trou. Faut connaître la technique maintenant pour entrer chez moi. Tu vas comprendre, garçon, nous y voilà : déjà faut qu'on entre par le 14 de la rue Rabelé. Entre ! Tu vas jusqu'au bout du couloir, attention y'a une marche, te prends pas dedans, trop tard, t'as mal garçon ?

— Non ça va Mars mais ça surprend. 84

— Ouais, il fait noir comme dans une tombe, même si on a pas les yeux ouverts pour voir dedans sa tombe, si c'est noir à l'intérieur quand on referme tout et qu'on enterre, mais c'est pas sûr du tout.

— C'est vrai ça, on en sait rien.

— Bon vas-y, avance ! Va jusqu'au bout je te dis, tu me suis, tu montes l'escalier, je suis là, je t'attends, vas-y viens, garçon, et puis traverse la petite cour.

Encore des escaliers.

Je les monte. Tous les escaliers. Sont comme chez nous, en plus pourri quand même. Faudrait pas que je me retrouve à nouveau chez Monsieur Duvirier, qu'est-ce que je prendrais ! Une sacrée dérouillée, même si c'est pas mon père, il me mettrait sur la gueule à cause de toute la peine que je lui ai fait, parce que je suis parti sans dire au revoir.

Mars il continue à m'ouvrir la piste avec sa voix de dur :

— Monte jusqu'au quatrième, garçon ! Bibi va nous ouvrir la porte. Il sait bien que c'est moi qui arrive, c'est moi, c'est Mars, parce que je joue « Au clair de la lune » avec mon poing sur sa porte, il me reconnaît, il m'ouvre et on s'embrasse. Je te présente un petit mec, Bibi, il est là pour quelques jours. Bibi, c'est un mec gentil, ils sont rares les mecs comme lui.

— Oui Mars, ils sont rares...

Et Bibi nous fait un grand sourire qui lui prend toute la figure. Elle est toute ronde sa figure, bien en chair, il joue avec les bretelles qui lui tiennent son pantalon trop grand. On est dans son petit appartement, ça ressemble plutôt à un débarras.

— C'est quoi toute cette fumée ? que je demande.

— Je me fais une friture, qu'il nous dit Bibi l'air un peu niais. Après Mars il ouvre la fenêtre dans sa chambre minuscule.

Dehors, il y a une petite corniche, faut donc qu'on se mette dessus, c'est un peu haut quand on regarde en bas mais Mars il me dit de pas regarder en bas, de siffler de la bouche en regardant le ciel :

— Tiens joue-le donc l'air d' « Au clair de la lune », t'oublieras que t'es dans les nuages.

Et hop on va jusqu'au bout de la corniche, un petit saut de rien du tout sur un toit en pente, la vieille tôle se met à trembler, c'est fragile, faut pas rester trop longtemps là-dessus. En remontant le toit, une petite lucarne. Mars tape au carreau de la petite lucarne et après vingt secondes, y'a une petite main qui ouvre la petite lucarne. Mars il me fait passer le premier. Les mains me récupèrent de l'autre côté. Des mains vachement douces qui piquent pas et qui me prennent par la taille. Et me voilà les pieds sur un tabouret, je saute du tabouret, les mains appartiennent à une fille, elle se met à sourire, je peux bien le croire qu'elle est belle, j'arrête pas de la regarder. Elle a fini de me sourire.

Mars il débarque juste après sur le tabouret, comme un grand, il a pas besoin d'aide ni des jolies mains de la fille. Il saute du tabouret et la fille, immédiatement, elle se jette dans ses bras, un petit baiser sur la bouche avec un « Salut mon Mars ! » et puis voilà.

C'est assez grand comme piaule, à première vue ; y'a des tas d'objets et des meubles tous différents un peu partout dans la piaule. On dirait un magasin.

— On a tout récupéré dans la rue, qu'elle me balance la jeune fille. Faut pas être difficile.

Elle se présente : elle s'appelle Zira. C'est un drôle de nom, mais c'est joli comme nom. Ça sonne bien. Je demande à Mars, alors qu'il s'étale de tout son long sur un grand canapé troué de partout :

— Dis-moi Mars, je t'embête mais quand Bibi il est pas là et que tu veux rentrer, tu fais comment ?

— Écoute garçon, Bibi, il bouge jamais de chez lui, je lui ramène sa bouffe, il reste devant sa télé toute la journée, il dort, il m'ouvre la porte et c'est la même chose tous les jours, il veut pas sortir de chez lui, ça fait trente ans que ça dure. Un jour il y a longtemps, il avait un boulot, une famille, des emmerdes, tous les trucs de la vie et on a tué quelqu'un devant lui, dans la rue. Alors il est rentré chez lui et il a foutu tout le monde dehors, et il n'est plus jamais sorti, voilà.

C'est très clair, y'a rien à ajouter. Forcément, il est toujours là pour lui ouvrir la porte à Mars : c'est bien pratique de pouvoir toujours compter sur Bibi mais il doit s'ennuyer quand même au bout du compte.

La belle Zira refile une bière fraîche à Mars. Il se la boit d'un seul coup. Ça rafraîchit vachement. Il m'en propose pas une parce qu'il dit que je suis trop jeune pour commencer, surtout parce que lui il a commencé trop tôt les conneries et la bière et maintenant c'est très dur d'arrêter tout ça. Zira, elle est là à l'écouter pieusement, avant qu'elle se jette sur le canapé, tout près de Mars elle se fait une petite place. Mars il me dit que je peux m'installer dans le fond du squat, y'a un petit lit qui fera bien l'affaire pour moi, c'est confortable.

– Vas-y, garçon ! Barre-toi là-bas !

Je traîne pas. Je me barre. Zira elle se met à lui murmurer des choses à Mars, dans l'oreille, pendant que je m'éloigne. Des choses qui le font rire Mars. Tellement qu'il se met à rire Mars qu'il l'embrasse dans le cou Zira, elle éclate de rire elle aussi et moi j'arrive enfin au fond du squat. J'ouvre un rideau et derrière y'a le petit lit qui m'attend, comme prévu. Une grosse couverture recouvre le lit, on dirait la même que dans le film avec Moïse, avec la mer rouge qui s'ouvre en deux que j'ai vu avec ma mère il y a un bon bout de temps, c'est la même couverture, celle dans laquelle on enroule le petit bébé Moïse et qu'on le jette dans la rivière après. On en récupère des choses dans la rue, c'est une grande maison à ciel ouvert la rue ; une grande maison à l'abandon piétinée par des millions d'humains chaque jour qui respectent rien. Chacun se sert à sa convenance et chacun se fait sa maison à soi une fois rentré, avec les restes des objets parfois si moches et si cassés que même un chien n'en voudrait pas pour décorer sa niche.

Ça me rappelle qu'elle en a récupéré des trucs aussi ma mère, dans la rue. Elle m'a offert un truc un jour en rentrant du boulot, un petit piano en bois peint en rouge, j'étais petit. Elle l'avait trouvé dans la rue Monterre, le piano. La peinture se décollait facilement, et le Do marchait plus, c'est bien dommage quand on veut apprendre la musique. Et puis un jour, je l'ai cassé sans faire exprès, j'ai caché les morceaux sous mon lit, pardon Maman.

J'ai tiré le rideau, je me suis couché dans le petit lit, sous la couverture de Moïse et j'ai fermé les yeux, voilà.

Chacun rêve avec l'âge qu'il a, et quelque chose de tellement personnel que personne au monde peut jamais comprendre ce que son voisin rêve. C'est ça que je pense.

Y'avait pas un bruit et j'avais le plafond pour faire le ciel, j'étais encore dessus, sur la terre je veux dire. De toute façon, on sait pas mettre nos foutus pieds ailleurs. Et j'étais forcé d'admettre que j'étais encore avec moi et que j'avais le même petit cœur qui battait sous ma peau. Si seulement j'avais pu dire que c'était un rêve que je venais de faire, mais non c'en était pas un. Y'avait eu des espèces de monstres qui m'avaient couru après pendant tout le sommeil, je saignais des sueurs froides. Ma mère me dit que j'ai toujours trop d'imagination, surtout quand je parle ; elle me dit ma mère que si je mettais par écrit tout ce que je dis en dehors de ma tête, que ça finirait peut-être par faire un livre, même un que tout le monde voudrait lire.

Mais là c'est trop dur, je peux pas me lever, j'ai la couverture de Moïse qui me gratte le menton. J'ai tellement froid, peut-être parce que je suis triste ou alors c'est encore la fatigue qui s'en va pas et qui s'en ira jamais plus. Je devrais encore dormir. Mais qu'est-ce qu'ils doivent penser l'oncle Jules et la tante Nicole de moi ? Ils y sont peut-être encore à leur foutue gare du Sud en train de m'attendre, mais j'arrive pas et mon train il est déjà reparti dans l'autre sens depuis très longtemps, il fait nuit et tout et le quai est désert, je l'entends d'ici l'oncle Jules avec sa grosse voix et son accent terrible.

– Putain, bon sang le petit con, et mon argent alors ? Mais qu'est- ce qu'il va en faire de mon argent, c'est pas possible ! Mon argent ! Il va tout dépenser dans cette maudite ville qui pue !

J'avais plus qu'à me cacher tout le reste du temps qu'il me restait à vivre. J'espérais, odieux, qu'ils seraient déjà morts et enterrés si par hasard je m'y retrouvais un jour dans leur Sud, pour pas avoir à les rencontrer. En fait, j'avais vraiment envie d'être oublié par tous ceux, petits et grands, qui m'avaient connu ou même aperçu rien qu'un petit moment ici et là tout au long de ma courte existence. J'ai de la peine comme ça toutes les fois où je me couche et puis quand je me lève, c'est pire encore, je souffre tellement que je voudrais tout de suite me recoucher.

J'ai senti une main se poser sur mon front, on voudrait bien que je me réveille vraiment, je rêve encore ou pas ? C'est pas les monstres ! Non, cette main est délicieuse, elle me caresse doucement le front. Sur le haut de la main il y a un grain de beauté, c'est la main de Zira, voilà tout et Zira elle me dit en chuchotant que j'ai beaucoup dormi et qu'elle va sortir, alors elle préfère me réveiller. Mars, lui il est déjà parti faire ses affaires dehors. Je la regarde Zira. Elle est vraiment très belle, pas trop grande, avec un joli visage qui peut que vous faire dire qu'elle est vraiment très belle, elle a des yeux comme la forme des amandes, ils sont verts je crois, mais ils changent de couleur, ça dépend de l'endroit où elle se trouve Zira, comment qu'elle se comporte la lumière avec elle, comment elle la voit la lumière la belle Zira, si elle penche vers la gauche, ses yeux se mettent à rougir et c'est vachement beau aussi, je m'enfonce dedans, je sais pas pourquoi, j'aime.

– Tu voudrais quelque chose à boire ? qu'elle me demande Zira.

– Euh...non... oui... heu, juste un peu d'eau peut-être, mais j'ai faim en fait, c'est plutôt ça oui, j'ai comme un grand trou dans le ventre qui me rend bizarre.

Ça l'inquiète mon état. Alors elle me dit tout de suite :

– Je vais te préparer une salade comme on fait chez moi, en Espagne.

Je lui dis que ça m'étonne pas, qu'elle ressemble vachement à une belle Espagnole, à cause des cheveux noirs et de son teint sombre, mais elle me répond qu'il faut pas toujours se fier à l'apparence et qu'il y a beaucoup de blonds en Espagne contrairement à ce qu'on croit aussi, du côté de chez elle par exemple, ils sont presque tous blonds. Je veux bien croire tout ce qu'elle me dit Zira, d'accord les Espagnols ont tous les cheveux blonds et j'ai carrément tout faux et puis ça s'arrête là, j'aime toujours.

Elle se met donc à cuisiner. Je m'assis sur une chaise qui grince. La cuisine elle est dans la même piaule où y'a déjà le canapé crasseux, un peu en retrait. C'est Mars qui a construit tout ça, c'est très simple et ça marche, ils tirent le gaz d'un autre appartement et pour l'électricité, c'est pareil, il y en a encore un autre qui paye pour eux sans le savoir. On en trouve toujours un plus riche que soi, pas de beaucoup, mais c'est assez pour se servir. Elle va vite pour faire sa fameuse salade verte avec des tomates grosses comme la terre. J'ai déjà tout ça en bouche, elle m'a servi comme si j'avais dix estomacs, Zira.

Et puis on parle un peu :

– D'où tu viens toi ? qu'elle me demande.

Comme c'est toujours la même chose que je raconte, j'essaie de faire dans la nuance. Je lui dis presque tout ce que je sais de ma vie et de ce qui m'est arrivé, elle me dit qu'elle trouve mon histoire très touchante. Bon c'est classique comme réponse je suis d'accord mais comme elle me le dit Zira, ça fait des petits bonds sous ma poitrine et j'ai diablement envie d'avoir plein d'histoires à raconter pour la toucher encore.

Elle a pas mangé grand-chose Zira. Tout à coup, elle me dit :

– Je vais aux toilettes, je reviens, qu'elle me lance, directe. Ça fait déjà un bon quart d'heure que je suis en train de l'attendre quand je me lève de la chaise pour regarder de plus près tout ce qu'il y a dans le squat, un tas de trucs inutiles, des babioles à moitié détraquées, des fauteuils empilés les uns sur les autres, parce qu'il n'y a pas la place pour tous les mettre, des fringues qui pendent à des cintres et des mannequins qui n'ont pas de traits, ça me fait penser au grenier des Galeries Larillette, un grand magasin sur le boulevard Baldman. Ma mère m'y avait emmené un jour de Noël, tout là-haut. Surtout parce qu'elle devait y voir quelqu'un qui y travaillait, un mec. J'étais tout petit encore, et ma mère elle m'avait dit que c'était mon père qu'elle devait voir, il réparait les mannequins ! À un moment elle m'avait laissé seul au milieu de mannequins fracassés les uns contre les autres. Je me suis mis à avoir vachement peur.

J'entendais comme une grosse engueulade au loin. Je me sentais comme au milieu des morts, j'ai d'abord commencé par sangloter et puis je me suis mis à crier. Ma mère est revenue vers moi. Et j'ai dit à ma mère que Papa il me faisait peur, qu'ils étaient trop nombreux les Papas et qu'ils étaient tous morts. Ma mère a essayé de me consoler sur le chemin du retour.

– Oui mon grand, j'ai fait une bêtise, excuse-moi, mais non on est que tous les deux, que tous les deux, c'était pour s'amuser que je t'ai emmené là-haut.

Moi j'avais pas trouvé ça drôle. Mais alors pas du tout.

Quand elle revient enfin des toilettes Zira, je dois dire que je lui trouve un drôle d'air, elle a le teint jaune et un regard qui file ailleurs, comme loin de moi, et moi je lui demande si ça va. Elle me sourit avec malice Zira et elle me répond qu'elle va bien, que tout va bien, tout va super.

– Mars quand est-ce qu'il va revenir ?

– On sait jamais avec lui mais il est quand même bon Mars, je l'aime, qu'elle me dit Zira, même si je sais qu'il me prend pour une gourde, je m'en fiche, ça pourra jamais être aussi pire que de l'endroit où je suis parti tu sais.

Je sais pas quoi dire, mais il y a des vies qui vont pas à certaines personnes, on se dit qu'est-ce qu'ils font avec une vie si moche alors qu'ils sont tellement gentils au fond, tellement doux avec les autres. Zira, c'en est une comme ça, une fille carrément sympa. Je vois qu'elle a comme des bleus sur les bras, j'ai l'impression que c'est parce qu'elle mange pas assez, mais elle est bien qu'elle me dit, elle se sent bien, elle se sent vivante quand même, alors on s'occupe de la vaisselle ensemble, elle lave et moi j'essuie. Elle me dit que je peux rester au squat si j'en ai envie mais qu'elle, elle doit sortir faire des trucs pour elle, et trouver quelque chose à manger pour ce soir mais y'a pas de problème, je peux rester là toute la journée pour me reposer, elle dira pas à Mars que j'ai pas bougé d'ici, non, elle dira que je suis sorti et que c'est moi qui ai trouvé de quoi manger pour nous tous, voilà, et ça passera bien pour une fois. Il faut mentir.

Mars, il est pas rentré si tard que ça. J'étais toujours debout, en train d'écouter silencieux Zira, qui s'était mise à chanter depuis une heure des vieilles chansons d'ici qui sonnaient un peu ringardes, mais elle avait une jolie voix. C'était quand même bon de l'entendre. Mars il a débarqué rapidement par la lucarne, et tout de suite il m'a demandé si j'étais sorti. Zira, elle a parlé pour moi. Comme c'était convenu entre nous. Mars il a rien dit pendant un long moment, le temps qu'il se désape et après il m'a regardé dans les yeux en me disant :

– Alors garçon, tu voudrais venir avec moi demain, j'ai besoin d'un renfort ? D'accord ?

– Oui, si tu veux Mars, d'accord.

On s'est tous mis à table et on a avalé des raviolis en boîte un peu trop tièdes à mon goût, et qui m'ont filé un putain de mal de bide après. Je sais pas ce qu'elles valent ces boîtes de conserve quand on les réchauffe pas ce qu'il faut, mais faut bien manger après tout. Le gaz manquait pour ce soir.

Et puis je suis reparti dans mon petit coin, derrière le rideau, je me suis allongé sur le lit pour essayer de les digérer les raviolis, coriaces, et j'ai entendu qu'on se faisait des choses de l'autre côté, sur le canapé, y'avait bien le son de la vieille télé qui couvrait, mais c'était pourtant facile à savoir ce qui se passait même si j'aimais pas imaginer ça. Zira elle s'est mise à pousser un long cri qui est doucement monté et puis c'est monté très haut et elle a crié très fort, et Mars, de son côté, on dirait qu'il avait la bouche fermée, il a crié mais depuis l'intérieur de son ventre que c'est venu, et puis il s'est tout de suite levé après ça, j'ai entendu le bruit de ses pieds nus courant sur le sol, comme une petite bête, il est allé pisser en fait. Ça a fait un grand bruit quand il a pissé aux chiottes, comme une cascade. C'est sûr, j'en ai jamais vu une de ma vie une cascade, en vrai, mais je sais que c'est de l'eau furieuse qui tombe sur de l'eau calme, comme aux chiottes, et la rencontre des deux ça fait un bruit du tonnerre, c'est très fort, c'était ça.

Ça va vite, faire des choses à deux parfois, peut-être parce que y'a trop d'envie, c'est comme une sorte de maladie qui revient sans cesse et qu'il faut se refiler les uns aux autres, une maladie si honteuse qu'on ose pas souvent dire qu'on se sent vachement bien après. Pour aimer, il faut toucher, paraît-il. Pour ceux qui ont grandi, c'est comme ça. Moi c'est quelque chose que j'ignore complètement, mais je crois que je voudrais bien voir ce que ça fait de toucher quelqu'un d'autre que moi, pas comme prendre sa mère dans ses bras, ou des choses comme ça qui comptent pas, c'est pas pareil, non se frotter contre la peau d'une inconnue, une vraie qui me plairait et aller plus loin aussi, dedans, loin et voir ce que ça fait.

À quoi on peut penser quand on arrive pas à dormir la nuit, comme c'est toujours mon cas ? Ça y est, ça me reprend. Je pense plus quand je suis allongé que quand je suis sur mes deux jambes. Me voilà sous la couverture de Moïse, mes deux mains sur mon ventre, j'en fait un puzzle de mes mains toutes molles, qui veulent rien dire, un jeu idiot. Je ferais mieux de lire un bouquin, tiens et pourquoi pas celui que j'ai pris dans le métro, de ce type qui n'est pas né ; pas né, pas vu, pas pris. Il me plaisait bien le début. Oui mais le hic, c'est que le bouquin il est dans la poche de mon blouson et que mon blouson il est près du canapé où y'a Mars et sa nana, Zira ; je vais pas aller le chercher quand même, faudrait être gonflé, si ça se trouve ils ont rien sur eux, à poil qu'ils sont, moi ça me gênerait oui, et ça me rappellerait un drôle de souvenir : le soir où ma mère avait un copain à elle chez nous, pour dîner. J'étais petit, j'avais à peine quatre ans. Alors à la fin du dîner, elle m'avait envoyé au lit, normal. Mais j'arrivais pas à dormir, comme d'habitude. Alors j'ai fini par me lever de mon lit et je suis allé trouver ma mère dans sa chambre, pour qu'elle me raconte une foutue histoire de prince charmant et de princesse qui m'aiderait à glisser dans le sommeil. J'ai ouvert la porte de sa chambre et je l'ai vue dans son lit avec le copain en question, au-dessus d'elle. D'un coup, ils se sont tournés vers moi et ils se sont mis à rire en envoyant tous les draps en l'air. Et hop ma mère elle m'a emporté d'un seul bras avec elle hors de sa chambre, je m'en souviens bien, ça m'avait fait un drôle d'effet, et puis elle m'a dit en me recouchant dans mon lit :

– C'est un copain, un super copain, tu vois, on rigolait !

Elle a pris son temps pour me border et me poser tout un tas de questions sur ce que j'avais fait à l'école et tout ça, tout ça. Et puis elle a quitté ma chambre. J'ai pas plus dormi que ça après. J'essayais de comprendre ce qui s'était passé. Mais je comprenais rien bien sûr. On oublie pas ces choses-là. On s'arrange pour pas trop y penser dans le présent, voilà tout. Mais ça revient parfois hanter ma petite cervelle, surtout quand je raconte à tous ceux qui pensent qu'elle avait un mec ma mère, comme ce sale flic qui m'avait interrogé chez Monsieur Du-virier à ce sujet, qu'on était rien que tous les deux, depuis toute la vie.

Et voilà, comme ça va être long de fermer les yeux, maintenant, les heures passent bien sûr et je tremble pas des cils. J'ai peut-être peur de jamais revenir de dormir, c'est ça oui, et si ça se trouve je suis pas prêt pour la revoir ma mère seule dans sa chambre ou ailleurs.

D'abord, le lendemain, Mars a pris une bonne douche avant de sortir. Il m'a dit :

— Tu peux en profiter toi aussi, garçon, l'eau est gratos quand elle coule ici, c'est la ville qui rince ! Allez, lave-toi bordel ! On est sale vite fait dans cette ville, c'est dingue tout ce qu'on peut puer après une journée passée dans la rue, je supporte pas.

Il avait de drôles de principes Mars. Et comme je voulais pas le contrarier, non plus qu'il me dise que je pue parce que ça faisait depuis plusieurs jours que je m'étais pas lavé, je suis passé sous la douche après lui ; c'est vrai que ça fait du bien et on sent bon après.

Et je changerais bien de fringues aussi, parce que je n'avais plus rien de propre dans mon sac à dos, celui que j'avais emporté que chez Monsieur Duvirier. On m'avait pas laissé une seule fois rentrer chez ma mère, y'avait un flic qui m'avait rapporté le nécessaire, mais ça suffisait pas.

— On va t'en trouver des fringues, garçon. Jette un œil sur les cintres là-bas, y'a sûrement des trucs à ta taille, des trucs à Zira, elle est faite comme toi et elle porte le style mec alors vas-y sers-toi.

Je me suis donc servi. J'ai pris, non sans être gêné, un jean qui appartenait à Zira. Il m'allait comme s'il avait été fait pour moi. Elle avait déjà dû y glisser ses jolies jambes Zira, moi je pensais à ça surtout quand je l'ai enfilé, comme il sentait bon, elle, et je cache pas ça me faisait quelque chose de savoir qu'il était à elle le jean, j'espérais seulement qu'elle m'en voudrait pas. Et elle m'en a pas voulu quand elle s'est réveillée et qu'elle m'a vu avec son jean avant qu'on parte avec Mars, elle m'a dit :

— T'inquiètes pas, ça me gêne pas et il te va plutôt bien.

C'était tant mieux. Elle m'a même refilé un de ses pulls en laine, noir, parce qu'il faisait frisquet dehors.

— Il te va aussi bien que mon jean.

Bien.

Et puis on est sorti par la petite lucarne avec Mars, lui en premier et moi en second, il m'a aidé à monter sur le toit. Pour retrouver la rue, il a bien sûr fallu encore monter sur la corniche, repasser par chez Bibi, il était en train de se raser :

– Salut Bibi, je repasse ce soir à 20 heures, qu'il annonce Mars.

Bibi, il répond :

– Pas de problème, Mars, je reste là, et je t'ouvrirai, Mars. Pas de problème.  Je le suis toujours, Mars. On finit par longer le long couloir et on retombe sur la rue Rabelé, celle qui sent toujours aussi fort la merde de chien, putain. Mars il en voit un, un chien, avec son maître qui l'étrangle par la laisse, il va lui botter le cul au maître qui laisse son chien faire sa crotte au beau milieu du trottoir. Il se met à l'attraper par le col de son manteau et il l'engueule. Le type il dit qu'il est désolé et qu'il va ramasser la merde, et avec ses doigts en plus qu'il le fait, sans prendre de gants.

– T'as intérêt sinon je te plante, sale con, on a pas idée d'avoir un chien en ville !

Mars, ce qu'il déteste par-dessus tout, c'est tous ces gens qui vivent avec la solitude et qui en ont vachement peur. Alors ils se prennent d'affection pour un chien et tout ça rien que pour essayer d'être moins seul, moins dévorés par toutes les saloperies de la vie qui les accablent, pour avoir l'air d'exister pour quelqu'un qui se rapproche un peu de l'humain ; et c'est vrai, tiens : ne dit-on pas que le chien est le meilleur ami de l'homme ?

– Ouais, bah ça dépend de quel homme ! qu'il gueule Mars.

En fait, c'est qu'ils ont rien trouvé de mieux, ces genres de type. Ils donnent tout leur amour à leur petite boule à quatre pattes, mais ça pense pas comme eux les chiens, ça aime n'importe qui d'abord, et puis ça aime pas être seul les chiens alors ça donne, parce que dès qu'ils sont seuls les chiens, sans les hommes, ils sont perdus, enfin c'est ce qu'on croit mais c'est pas ça en fait, c'est l'homme qui crée la demande, rien d'autre.

On marche jusqu'à l'entrée de la station La Rappel. Rien n'a bougé d'une poussière. Les camés sont là, ils ont pas bougé eux non plus ; ils errent toujours comme des fantômes qui n'ont plus de regard, les seringues orphelines s'enfouissent dans le sable gris du square avec une étonnante facilité.

Mars il croise un brave qu'il connaît :

– Salut ! Refile-moi un carnet, je te file 2.

Le brave, qui a la gueule de quelqu'un qui a raté sa naissance ou qui est tombé de très haut juste après être sorti du ventre de sa mère, il sort un carnet de 10 tickets pour voyager dans le métro qu'il refile à Mars. 2 comme promis en retour, et l'affaire est faite. Le brave va plus loin.

– Suis-moi, garçon !

– D'accord Mars !

On passe à deux au tourniquet avec le coupon magique.

– C'est mieux d'être comme tout le monde et de pas se faire remarquer, garçon.

– J'ai pas dit le contraire, Mars.

Et sur le quai, on attend, on se parle pas. La foule commence à grossir tout autour de nous. On sait pas toujours comment et d'où elle surgit la foule, quand on lui tourne le dos, elle vient vite. Et puis y'a de tout dans la foule, toutes les sortes de gueules, toutes les tailles, toutes les couleurs, moi ça me fait toujours un peu mal au cœur de voir tellement trop de gens d'un coup. Le métro arrive sur le quai, les portes se détachent, on s'engouffre dedans avec Mars, et il me fait un signe :

– Y'a deux places libres là, viens, magne-toi, garçon.

On est assis côte à côte, je prends la parole puisqu'elle est libre :

– On va où Mars ?

– On file jusqu'à Ronronnes, qu'il me répond, tu connais, garçon ?

– Euh… oui, c'est pas si loin de chez moi, j'habite près du Cimetière Laneige, la fenêtre du salon donne juste au-dessus. Si ça me remue pas trop de souvenirs, je veux bien y aller jusqu'à Ronronnes, mais pas plus loin s'il te plaît, Mars, pas plus loin, parce que je veux pas, et si je croise ma mère et qu'elle me dit : « mais où t'étais ? » et qu'elle m'en fout une devant tout le monde, je vais pas aimer ça, moi.

Mars, il me dit :

– Écoute garçon, arrête de flipper pour des conneries ; je suis pas sûr que tu vas la revoir ta mère tu vois, et surtout après ce que tu as raconté à Zira. Tu peux piger ?

– Pas ça non, Mars. Arrête !

– Où elle est alors, garçon ?

Je colle toute ma tête contre la vitre du wagon, je regarde de l'autre côté, aussi loin que je peux, et j'oublie de quoi il me parle Mars et lui il insiste pas, il doit le savoir que c'est pas des choses à dire à un enfant de mon âge.

Enfin, on arrive à Ronronnes, il est midi et heureusement c'est pas le jour du marché. Je déteste. Tous ces vendeurs allumés qui hurlent comme des dingues pour écouler leur stock de fruits et légumes qui finissent par pourrir quand l'après-midi commence, ça me fait mal aux tympans.

Mars il bondit de la banquette :

— Allez lève-toi on descend, garçon.

Il va vachement vite, je le lâche pas. Le métro repart sans nous. Et puis on remonte à la surface du jour, il y a un soleil du tonnerre qui nous brûle les yeux. Il est là Mars, devant moi. Il remonte la rue Droletemps en face, j'essaie de pas le perdre de vue, et puis après une centaine de mètres, il se retourne enfin sur moi, il me chope par le haut du pull et il m'attire dans une impasse. Au bout de l'impasse, il y a un grand trou dans un mur dans lequel on s'engouffre tous les deux, moi en premier, lui en second, pour cette fois. Derrière le grand trou se trouve un terrain vague. Mars il appelle un mec qui est en train de peindre sur un mur avec du bleu qui sent un peu comme l'alcool. Le mec il s'arrête de peindre pour dire salut à Mars :

— Dis-moi tu l'as vu « l'asticot » ? demande Mars.

— Ouais, il est à la « Blanche ».

— La « Blanche », c'est quoi ? je demande à Mars.

— C'est là qu'on reçoit !

— Qu'on reçoit quoi ?

— Ce qu'on doit me donner ! Pose pas trop de questions, garçon !

— Bon. Alors on va dans la « Blanche » ensemble ? Je te suis, alors, Mars ?

— Non ! Je vais tout seul à la « Blanche » ! Au sous-sol !

Et puis Mars me dit de l'attendre dans la cour, avec le peintre qui a son pantalon qui lui descend au milieu du cul. Je lui dis que je comprends pas bien alors pourquoi il m'a dit de venir avec lui Mars. Il me répond que c'est pour faire le guet qu'il m'a dit de venir.

— Si t'aperçois quelqu'un de louche, tu viens me prévenir, d'accord, garçon ?

— Ouais, des flics ? que je fais tout fier.

— Voilà.

— Bon.

Je reste dans la cour, je bougerai pas. Mars disparaît au sous-sol. Je fais bien quelques pas pour me dégourdir les jambes et éviter une phlébite (un bon conseil de ma mère pour pas mourir) mais je tourne vite en rond. Je crois bien que le peintre il essaie de faire un truc pas mal avec sa bombe, c'est comme une longue phrase qui veut rien dire mais il a son idée, il signe de son nom d'artiste à la noix et puis c'est fini. «

Salut ! » qu'il me fait avant de filer par le trou d'où on est venu avec Mars.

Je suis absolument seul maintenant et Mars il en prend du temps pour faire son affaire à la « Blanche ». Faut que je surveille. Mais malheureusement, je me mets à penser à quelque chose de vachement triste qui me concerne. Je suis bien fatigué déjà, je sais pas si je vais tenir debout encore longtemps. C'est souvent aussi quand il fait jour que j'ai envie de dormir. Ma mère elle me dit toujours que je dois avoir quelque chose de sale dans le sang pour être fatigué de la sorte quand il fait jour, mais c'est pas de la comédie. On m'a fait des examens, elle voulait quand même que je sois parfait ma mère, comme le Saint du jour de ma naissance. C'était un signe, qu'elle répétait. Elle voulait pas que je flanche avec ma santé ma mère: «Je l'ai fait et il est né et comme il est je le prends et je m'en occupe et faut qu'il marche ! » Ma mère elle s'est mise en tête de bien s'occuper de moi. Elle va plus loin que ça, même les fois où je vais vraiment pas bien, elle me cherche, me provoque :

— Si tu es malade c'est que tu aimes pas la vie, c'est que tu veux pas vivre, c'est que tu crois pas en la vie, et tu me fais beaucoup de mal, et c'est donc que tu m'aimes pas.

Tout ça a le don de me mettre dans tous mes états, mais ça me soigne en fait, parce que j'ai honte de lui donner autant de mal à ma mère. Voilà. Elle a des idées bizarres parfois, je peux pas dire pourquoi. On peut facilement conclure que c'est peut-être pas vraiment gentil d'agir comme ça, d'accord, mais y'en a bien des pires, y'a des mères qui n'aiment pas les petits qu'elles ont fait avec le ventre et qui finissent par les jeter par la fenêtre.

— Je te dis tout ça, mon fils, parce que la vie te fera pas de cadeaux, il faut résister !

C'est donc toujours les mêmes moments malades qui reviennent me hanter sans cesse, toutes les déceptions que ma mère a à mon sujet. Tout ça parce que je suis pas bien, que j'ai chopé un mauvais rhume ou une bronchite avec de l'asthme, parce que je me suis pas assez couvert, que je respire une fois sur deux et que c'est pour ça que je suis interdit de sport. C'est pas tout ça mais ma mère, je l'aime bien pourtant, et puis je me dis que ça a pas dû être toujours facile pour elle. Elle était tellement jeune quand elle m'a eu. Elle a rencontré mon soi-disant père dans un bal de pompiers, un 14 juillet, ouais c'est la Fête Nationale chez nous ! Elle se souvient pas de ce qui s'est passé quand le bal a fermé, mais je suis venu neuf mois après le bal justement, à Pâques je suis arrivé, comme l'œuf caché au fond du jardin.

Ce qui est sûr, c'est qu'il est pas resté longtemps avec ma mère, mon père. À la place, elle m'a. Je sais pas ce que ça vaut pour elle comme échange ?... Mais bon. Et puis je sais bien que je lui en ai fait voir de toutes les couleurs à ma mère. Oh je sais bien que je dois pas être le seul gosse du monde à être méchant. Elle cherche seulement à se défendre ma mère, quand je lui résiste trop, que je joue à l'homme. Parce qu'il paraît qu'on dit que c'est pas toujours pur un enfant, et que ça peut être vachement vache même, quand il s'y met.

Mars il m'a retrouvé accroupi contre un mur du terrain vague qui tombait en ruine. J'étais parti au fond d'un sommeil vaseux. Il m'a secoué avec force et il m'a dit sur le ton de la colère :

— Mais qu'est-ce que tu fous, garçon ? Je t'ai demandé de faire le guet, pas de pioncer !

J'ai ouvert les yeux, complètement abasourdi par mon petit coma :

— Mais Mars, y'a personne qui est venu, aucun flic...

J'étais confus, je sais bien. Et surtout, pas clair du tout.

— Ouais, c'est ça, bon allez viens, on se tire ! qu'il me dit Mars. C'était un ordre. Une fois que je me suis remis debout, j'ai vu plus clair devant mes yeux. C'était toujours le terrain vague. J'ai demandé des précisions moi pour la « Blanche » et si tout s'était passé comme il l'avait voulu Mars :

— Je suis un intermédiaire, voilà ce qu'on me paye pour ça, garçon !

De là, il me présente une dizaine de billets de cinquante. Il en fait un éventail et il me fait de l'air avec, parce qu'il me trouvait le teint bien pâle. J'avais jamais vu autant d'argent dans une seule main. J'en devenais encore plus pâle. Pourtant, c'est que du papier. Mais ce qu'on peut faire avec, oh là là...

— Je transporte, je ramasse, je rends, et en retour je reçois ma commission et puis c'est tout, garçon. Pour le reste, ça m'intéresse pas, tu vois ? Je fais ça quand je manque de thune. Faut pas avoir honte de trafiquer un peu, garçon, si tu avais connu tout ce que j'ai dû supporter depuis que je suis venu dans ce putain de monde, tu te mettrais vite à chialer et tu me dirais oui c'est vrai et que ça se vaut ce que je fais pour ramasser de l'oseille.

Ça peut naturellement se comprendre, je dis pas. C'était donc à cause de la sale tête que je faisais qu'il me renseignait sur sa vie Mars. Sans doute devait-il penser que je le jugeais mal, et que je le rangeais du côté des voyous maintenant avec ces histoires de faire l'intermédiaire pour de la drogue, mais moi je m'en foutais pas mal de ce qu'il faisait, je l'écoutais c'est tout, la bouche ouverte, un peu comme un imbécile qui gobe les mouches, mais la vérité, c'était que j'étais vachement concentré. Ma bouche fonctionne souvent comme une oreille, je l'ouvre en grand quand j'entends quelque chose qui m'intéresse, c'est pour dire.

Il m'a dit ensuite Mars :

— On va aller boire un coup ! Tu sais jouer au billard, garçon ?

— Je crois pas non, j'ai jamais joué, que je lui réponds.

— C'est pas grave. Tout s'apprend. En avant !

Et alors on a quitté le terrain vague, tandis qu'au-dessus le soleil disparaissait dans les nuages. La route, on se l'est dévorée à pied, en longeant d'abord le boulevard De Mérire, marchant entre deux sortes de boutiques, celles des Chinois et celles des Arabes. Ils se surveillent sévère du coin de l'œil, ils peuvent pas se voir ni vivre ensemble et pourtant ils sont là, côte à côte. C'est à n'y rien comprendre mais c'est le bizness qui veut ça et chacun veut sa part du gâteau, Chinois ou Arabes, ils sont tous pareils, ils se défendent comme des soldats quand ça sent l'argent.

Puis on dégringole sur la place Julien Candalot : c'est un héros de la Résistance, mort pour le pays, le con, alors qu'il avait pas trente ans. Plus personne le pleure. On croise des types tout au long du chemin, Mars il en salue quelques-uns qui le connaissent :

— Comment ça va toi ?

— Ouais pas mal, mais bon tu vois, c'est dur quand même pour les affaires...

Ils sont tous à frotter leurs baskets neuves sur le bord du trottoir ; ils restent au même endroit toute la journée, passant le temps à serrer les mains des mecs qu'ils connaissent, ils peuvent pas aller plus loin, dans un autre quartier, surtout pas ; ils quitteront pas leur petit périmètre qu'ils défendent bec et ongles. Ils bougeront pas, des fois qu'ils rateraient quelque chose de très important, on sait jamais.

Je voudrais demander à Mars de marcher un peu moins vite, j'ai dû mal à le suivre, mais il a vraiment trop d'avance sur moi et c'est pas sûr alors qu'il m'entende.

Après une bonne demi-heure de marche, Mars il me dit :

— C'est là, rentrons, vite. Il tape dans la main du patron derrière le bar, Mars. Il connaît même son prénom, c'est Larbi, c'est un Arabe, il a une sacrée bonne poigne parce que quand il me serre la main au-dessus du comptoir, ça me fait drôlement mal, j'ai l'impression qu'il m'a écrasé tous les os en un seul coup. Il a une grosse main bien ferme, elle me rappelle celle de Monsieur Habar, un Arabe qui vit au deuxième étage de notre immeuble. Il est gentil Monsieur Habar, et franchement il a pas eu de chance faut le dire. Il travaille sur les bagnoles, il est mécanicien chez Peugeot ; parfois il va pas bien, et il se met à boire, parce que sa femme elle est partie. Elle a pris les enfants aussi, tout ça à cause d'une histoire de fric à la con. Alors il est seul Monsieur Habar, et alors il boit un peu trop pour oublier qu'il est seul. Il me fait toujours un sourire quand il me voit, saoul ou pas, toujours, parce que je ressemble à son fils aîné qu'il ne voit plus depuis longtemps et que j'ai les mêmes yeux que lui et qu'il lui manque vachement. C'est fou ce qu'on peut voir quand on a bu, y'a tellement plus de malheurs à voir que quand on boit pas. On voit ceux qu'on aime et qui sont partis dans les yeux de quelqu'un d'autre, c'est triste. Mais ça fait rien, je lui en veux pas à Monsieur Habar, je sais pas ce qu'il va devenir. Il lui manque deux moitiés de doigt à la main gauche, à cause d'un accident avec un démonte-pneu. Un jour où il se sentait encore plus mal que d'habitude, il a fini par me lâcher :

– Je vais en finir avec la vie, j'en ai assez !

Moi j'ai essayé de le réconforter comme je le pouvais, je lui ai dit que c'était pas sûr que ça change les choses de se foutre en l'air pour de bon, les choses elles restent telles qu'elles sont, même si on est plus là.

– Il faut penser à vos enfants Monsieur Habar !

Alors Monsieur Habar il me prenait dans ses gros bras et il pleurait vachement fort, et moi j'étouffais un peu mais je le laissais faire, je sentais bien qu'elle était là la plus grande tristesse du monde, dans ses bras à lui. Il parlait après ça d'aller faire sa retraite de mécano sur une île où y'a des filles qui demandent que ça de vous aimer et où on peut boire et danser, et tout ça pour pas cher du tout, il paraît. Il avait les mains tellement froides, tout le temps. J'ai remarqué que les gens qui sont tristes ont toujours les mains froides, elles tremblent tellement leurs mains qu'ils peuvent plus les contrôler, elles cherchent où s'accrocher, un petit être, n'importe lequel, mais elles peuvent pas toujours.

Mars il demande à Larbi de lui refiler les cannes pour le billard. OK ! Chacun sa queue et la partie commence. Il m' explique vaguement les règles du jeu Mars. Moi je sais bien quand même qu'il faut tirer les boules dans les trous mais la question des couleurs, des numéros, pleines ou non, c'est ça que je comprends pas bien à vrai dire. Mars il me dit tout ce qu'il sait, Larbi lui apporte une bière, et à moi il me demande ce que je veux. Évidemment Mars il parle pour moi :

– Apporte-lui un jus de quelque chose, ce que t'as et ça ira bien.

Mais là je dis non, je dis que je veux bien ce qu'il boit Mars, ouais une bière, et qu'il faut qu'il arrête de me prendre pour un gosse, y'en a marre. Mars veut bien essayer de pas me prendre pour un gamin. Il veut bien, pour une fois :

— Fais-lui un « galopin » au gamin !

Larbi m'apporte une petite bière, la moitié de celle de Mars. Mais ça me va. Je prends le verre et j'avale le liquide. Il a déjà mis pas mal de boules dans les trous. J'ai du retard. Faut que je me reprenne. J'ai fini la petite bière. Y'a comme une forme de délire qui s'empare de moi, je me sens capable d'être plus fort que Mars et de le battre au billard, j'ai les yeux qui pétillent. Mais je rate encore mon coup. Et si je demandais une autre bière ? Mais il veut pas qu'on la serve Mars, et c'est lui qui décide, c'est comme chez lui ici. Je peux rien dire. Ma mère elle en achetait bien du vin, mais du vin blanc, un peu sucré. J'en ai bu une fois, en douce et ben ça m'a vraiment donné envie de gerber comme goût, ça donne un sacré mal de tête le vin blanc. Il paraît que c'est toujours ce que boivent les femmes dans les films, les femmes dans le genre de ma mère, quand la vie est moche et qu'on a plus assez de force pour la supporter telle qu'elle est la vie, avec son poids lourd.

Mars il gagne, il est fort au billard, y'a rien à dire. Il me console en me jurant que je gagnerai un jour moi aussi, parce qu'on finit tous par gagner un jour ou l'autre à quelque chose. Il laisse les cannes sur le tapis vert du billard et puis il s'envoie encore un verre que lui offre Larbi avant de partir.

— Allez Salut ! À plus tard !

— Salut Mars !

Devant l'entrée du café, Mars croise un type à qui il manque pas mal de dents et qui lui glisse un billet de dix.

— OK ! N'oublie pas que tu me dois encore quarante ! Tu mes les dois ces quarante rutes, c'est mon fric ! Je veux en voir la couleur, t'as compris ?

— La semaine prochaine, Mars. Sans faute.

— On s'attarde pas, on file, qu'il me balance juste après Mars en guise de conclusion.

Voilà. Des journées comme ça s'étirent jusqu'au soir sans qu'il se soit passé vraiment quelque chose d'important. On a pas fait grand-chose, nous, et il est déjà presque cinq heures du soir. On a pas vu passer son ennui. On continue à marcher en regardant la tronche des autres et en lisant tous les noms de rues et on oublie comment les heures passent.

C'est quand on est entré dans un autre bar, après avoir quand même pas mal marché dans la rue de La Chaudière, que Mars a commencé par me raconter des choses sur lui. Bien sûr, c'était la bière qui faisait son effet et qui libérait facilement la parole ; il paraît que l'alcool est le meilleur sérum de vérité qui existe et qui soit réellement efficace. Et c'est vrai. J'avais déjà entendu ma mère me dire des choses très personnelles dans des états qui ressemblaient à peu près à celui de Mars maintenant. Mais moi j'aimais pas trop l'écouter dans ces cas-là, ma mère. Parce qu'après je pensais qu'à ce qu'elle m'avait avoué, et ça me donnait mal au cœur, mais elle voulait que je l'entende, y'avait pas moyen de lui échapper.

On s'est collé contre le comptoir doré du bar le « Nerf à Cheval ». Il connaissait le patron Mars, bien sûr, il connaît tout le monde dans le Nord de la ville où j'ai l'impression que sont rassemblés tous les assoiffés de la terre. L'alcool les rend plus forts que jamais, même si ça fait des dégâts après, c'est pas bien grave.

Il s'appelle Ben le patron et c'est un Kabyle, pas comme Larbi, qui est arabe je le répète. Il paraît qu'il y a une différence. Je la sais pas. Si j'ai bien compris, il est mal foutu en ce moment question santé Ben. Bon il tient encore debout, même s'il vient tout juste de se faire opérer, qu'il lui fait savoir à Mars. Il est reparti de l'hosto avec une cicatrice en étoile sous le menton.

– C'était la gorge le problème, Mars. C'est une saleté de cancer ! Je te jure, je suis passé à deux doigts de rendre l'âme une bonne fois pour toutes !

Il a eu vachement peur Ben, il le cache pas. Il en a même attrapé des cheveux blancs, qu'il nous raconte. Maintenant y'a une machine à faire de l'oxygène qui le suit partout où il va Ben, tiens elle est là, derrière lui, coincée entre les bouteilles d'alcool et les verres sales. Il y a tout un tas de boutons sur la machine et puis quand elle fait « bip » c'est qu'il faut en prendre un coup, pour respirer. La mort, il peut en parler Ben, il en a des trucs à dire sur elle, lui qui l'a vue de près :

– Tu sais Mars, j'ai bien cru que c'était mon tour cette fois- ci. J'ai revu toute ma vie défiler dans ma tête. Tout, je te dis ! Quand j'étais vendeur chez Porsche et ça marchait terrible, et puis le moment où je suis devenu barman et quand j'ai commencé à boire et à fumer, et à me mettre à ressembler à tous ces malades que je sers ici, à toute heure. Quand je vois toutes ces bouteilles qui me parlent et que je vais vers elles pour me servir et ça va jusqu'à quatre-vingt-dix degrés, t'imagines pour ma gueule ? Les pires alcools, ils sont tout en haut de l'étagère, c'est pas facile de les attraper mais une fois par semaine, y'a un poivrot qui me fait la courte échelle et j'en attrape une, de ces bouteilles pour dingues. Que même elles seraient à cent mille mètres d'altitude ces bouteilles-là, qu'on trouverait quand même le moyen de les attraper les bouteilles et de se servir.

Mars écoute Ben d'une seule oreille, et pas la plus attentive, tandis que moi je reste vachement scotché à tout ce qu'il nous dit, quelle histoire ! Et Ben, il s'arrête pas, même s'il voit que Mars, ça l'intéresse plus trop ce qu'il raconte.

Il se tourne vers moi Ben, étant son seul public, il fait tout pour que je le quitte pas des yeux et il poursuit :

– Quand je suis arrivé à l'hosto, ils m'ont dit que j'avais aucune chance de m'en tirer. Un cancer de la gorge comme ça, c'est inopérable. Moi je croyais que c'était la fin de tout, qu'on allait vite fait me mettre sous terre. Je verrai tous les potes qui viendraient voir ma tombe, ils resteraient pas longtemps au-dessus de mon corps tout rabougri, et ils iraient boire un coup à ma santé et moi je resterais comme un con, tout seul dans le noir. Ça me foutait drôlement les jetons.

Mars se met à chanter tout à coup, alors Ben il s'arrête de parler. C'est une chanson sur un mec qui est mort d'avoir bu et d'avoir confondu du gin avec de l'eau de javel. Ça fait rire Ben. Il va pisser un coup et pendant qu'il est aux chiottes Ben, la machine à oxygène, elle se met à faire « bip ». C'est raté. Mars il me dit :

– Faut pas l'écouter trop longtemps Ben, parce qu'après, si tu te mets à croire tout ce qu'il dit, il va plus jamais te lâcher, fais-moi confiance, j'en sais quelque chose, garçon ! Ça peut aller loin, il va finir par demander ce que tu penses de toutes les salopes de bonnes femmes qui viennent chez lui avec des gosses sur les bras en lui demandant des comptes parce qu'il les a baisées quand il était plein comme une huître et que c'est lui le père, c'est des histoires de merde, à chaque fois !

Il y en a une justement qui fait son entrée chez Ben mais elle est seule celle-là, elle a pas de gosse sur les bras, non. Elle a envie d'un verre. Ben il est revenu de pisser alors il prend la commande, ce sera un verre de rouge, un Côte de Blaye, c'est très fort et ça soulage vachement bien. Mars, il jette un coup d'œil à cette femme à la veste noire en cuir souple qui lui tombe sur les genoux. Elle porte des hauts talons mais elle a pas l'air d'être bien à l'aise dessus, elle est blonde, mais c'est pas sa vraie couleur, c'est une fausse blonde, elle doit bien avoir passé quarante ans depuis belle lurette. Alors elle lui lance un petit sourire à Mars. C'est pas facile de voir si elle a encore quelque chose à offrir quand on la regarde sourire, elle, parce que ça lui fait des grosses rides qui lui remontent sur le front quand elle sourit, et sa peau, épaisse, sous les paupières et la bouche, pas mal appuyée avec un rouge à lèvres pimpant. On se demande si elle peut embrasser une autre bouche que la sienne, parce qu'elle est drôlement bizarre sa bouche quand elle la remue, tout rentre vers l'intérieur, comme pour se cacher, alors pour aller vers la bouche de quelqu'un d'autre, c'est pas gagné.

Une femme, et je trouve là que c'est un peu comme pour ma mère, je comprends quand même que ça vieillit beaucoup plus vite qu'un homme, n'importe lequel. La beauté est une chose qui passe plus vite chez une femme, on lui voit très tôt les défauts sur la figure et surtout dans les cuisses. Et ça prend des proportions tellement énormes pour le moindre petit bout de sein qui danse plus, ça me dépasse. Et il est difficile de tout dissimuler à mesure que les années passent, on trouve plus assez de ruses dans les boîtes de maquillage.

Elle voudrait bien lui parler à Mars, la femme, alors elle se rapproche doucement, comme un petit animal vers sa proie, elle plaisante, elle veut savoir pourquoi Mars il la regarde comme ça, c'est tellement fort, et ça la dérange, ce sont ses mots à elle, je mens pas. Mars répond pas, il se met à regarder ailleurs. « Je te regarde pas ! » qu'il veut lui dire, c'est tout. Elle a des ongles vachement longs qu'elle a coloriés en rouge, ils ont dû mal à tenir à ses doigts. Elle en a même cassé deux. Et un troisième est en train de se faire la malle. C'est comme la reine d'un pays déchu qui aurait perdu toute sa fortune à cause du temps qui passe. Alors elle aurait échoué dans ce coin-là, par hasard, avec pour seul souvenir de sa grandeur ses ongles longs. Elle boit pas mal. Et elle tourne vite de l'œil. Qui en voudrait d'une reine comme ça qui n'a plus de royaume et qui se laisse aller comme ça ? Elle paye un coup à boire à Mars. Elle m'a pas encore vu. Elle sait pas que je suis avec Mars, mais je suis là, plus petit bien sûr que toute la foule du bar qui grossit peu à peu, repoussée par la nuit noire et par le temps glacial qu'il fait dehors. La nuit fout la trouille plus qu'on l'imagine et rentre à l'intérieur de tout le monde, de tous ceux qui sont en manque de tendresse, moi compris. Je le sens comme ça. C'est ce qu'il m'a dit Mars avant de rentrer chez Ben :

– Regarde pas trop les gens dans les yeux, garçon ! Tu vas vite avoir le tournis ! Tu supporteras pas ! T'as pas l'habitude !

Après tout, comme je le répète, j'étais le plus petit du bar alors je voyais vraiment personne les yeux dans les yeux mais j'imaginais. Faut de la joie !

– De l'oxygène, vite !

Ben nous tourne le dos et il allume sa machine ; on respire un grand coup avec lui. C'est fini. Il se retourne vers nous, il a un visage drôlement content maintenant, alors il se sert un demi :

– On m'a pourtant conseillé d'arrêter de boire à cause du sale cancer. Mais je suis pas mort moi, alors je profite encore un peu !

Elle dit qu'elle s'appelle Séverine la femme qui accroche Mars. Elle grignote encore quelques centimètres. Elle est toujours à se demander pourquoi il la regarde comme ça Mars, elle peut pas supporter d'être regardée comme ça.

— Mais ça tu me l'as déjà dit ! Et moi je te dis que je te regarde pas, insiste Mars, agacé.

Personne me parle. Quand on veut savoir qui je suis et ce que je fais là, on demande à Mars et lui alors il répond que je suis de la famille, et si on insiste il se met en colère :

— Qu'est-ce qui te plaît pas, toi, ça te gène qu'il soit là le môme ?

— Non, Mars. Pas de problème.

Je crois qu'il y en a ici des types qui aiment pas beaucoup Mars ici. Tout ça à cause de vieilles histoires ! qu'il me confesse Mars, en douce. Et puis plus personne cherche bientôt à savoir qui je suis et ce que je fais là, je suis avec Mars, un point c'est tout. Mais je sens bien qu'on me met des yeux méchants dans le dos.

Séverine, elle est tout près de Mars maintenant, elle ouvre sa bouche et elle écarte les yeux aussi, mais Mars ça l'épate pas plus que ça, au contraire. Elle lui dit pourtant des choses gentilles Séverine, j'entends pas tout mais je comprends qu'elle voudrait bien qu'il monte chez elle.

— Mais qu'est-ce que tu fais toi dans la vie à part ramener des mecs chez toi, hein ? lui balance Mars.

— Euh, je travaille...

— Où ça ?

— À la sécu.

Mars il se met à pousser un petit rire moqueur :

— On passe le temps comme on peut, qu'il rajoute en plus de se moquer, en riant.

Séverine, elle dit oui et aussi qu'il y a des jours où elle se sent bête, à cause du boulot qu'elle fait, c'est vrai.

Moi je sais seulement qu'à la sécu on attend beaucoup pour pas grand-chose. J'ai accompagné ma mère plus d'une fois à la sécu, on attend tellement longtemps qu'on finit par s'endormir, surtout moi. Mais il s'agit de sa santé et de se faire rembourser, alors faut tenir le coup. Et on est pas seul à attendre, tous les pauvres se sont donné rendez-vous au même moment, avec le même dossier épais sur les genoux : c'est pour avoir tout gratuit après et pour toute l'année, et même un rhume ça peut coûter cher, alors le cancer, faut imaginer ce que ça peut coûter, c'est trop cher ça. Alors ça vaut bien l'attente. Ma mère aussi elle est là au milieu des pauvres gens, on doit sans doute l'être un peu aussi que j'en conclus donc, on doit être comme tous les autres pauvres, à attendre qu'on nous sonne par un numéro à trois chiffres, ça peut durer des heures.

Séverine insiste une fois de plus pour que Mars il la ramène chez elle.

— Viens, j'habite à côté, j'habite seule, j'ai à manger et à boire, viens.

Mars ne résiste plus, il donne son accord à Séverine pour l'enlever du bar. Lui, il me regarde dans les yeux et il me dit :

— Écoute garçon, tu vas rester ici et attendre que je revienne, ça va pas durer longtemps, d'accord ?

Je lui réponds du tac au tac :

— Non, va te faire voir ! Si tu veux partir avec cette fille, moi je me tire, ça pue ici ! Et je fais ce que je veux d'abord, t'as rien à me dire, je suis pas ton môme, je vais où je veux, ça suffit !

Alors il m'engueule comme si j'étais un vrai homme pour une fois, et nous voilà comme deux copains du même âge qui se chamaillent parce qu'il y en a un qui va partir avec une fille et qui va laisser l'autre tout seul dans son coin à chiotte. C'est comme dans les films qui font pas rire. Tout ça à cause d'une histoire de ventre qui chatouille. Mais il lâche pas Mars. Il va partir avec Séverine, c'est comme ça que ça va se passer et pas autrement !

Il se tire donc avec Séverine. Et moi je reste seul au milieu de tout le monde ; c'est facile maintenant on se met alors à me chercher des problèmes, on me fait comprendre que je vais la prendre ma dérouillée à cause de Mars, ce salaud !

— Il t'a lâché Mars, tu fais moins ton fier hein maintenant ? me lance un type complètement ivre en s'avançant vers moi.

Et puis il m'a foutu une grosse baffe sur la gueule. J'ai bien essayé de riposter, en tapant fort dans son estomac mais c'est comme s'il avait rien senti, il m'en a remis une !

Et tous les méchants se sont mis sur moi, comme des monstres ! J'ai filé quelques coups de pieds par-ci par-là mais ça a pas suffi, ils étaient trop forts pour moi et trop saouls pour avoir vraiment mal, quelle merde ! Ben, il rigolait comme un dingue, il avait pompé dix fois trop sur sa machine à oxygène, il avait glissé dans le délire. Je suis tombé par terre, au milieu des mégots et des emballages de sucre, et les coups de pieds n'ont pas cessé pour autant. J'ai fermé les yeux. Et c'est là que j'ai entendu une grosse voix crier : « Poussez- vous bande de sauvages ! » Et j'ai senti une main comme une pince me prendre par le pull et me sortir du bar miteux. J'avais les yeux encore fermés et j'ai posé mon visage contre cette main bienheureuse qui m'avait sorti de l'enfer, et j'ai senti l'odeur de ma mère. Mais c'était pas elle ! C'était Naboum. Je vais raconter ce qu'elle a fait elle Naboum pour me sauver et comment qu'on est parti tous les deux, pour aller plus loin.

Naboum c'est une femme un peu large de hanches, une femme à la peau vachement noire. Quand j'ai ouvert les yeux, je l'ai aperçue qui passait comme un ange sous un réverbère. Elle défiait la nuit avec une grande force. Et je lui ai tout de suite trouvé quelque chose à Naboum, elle avait des yeux clairs, si jolis. On marchait l'un à côté de l'autre, sans forcer, elle me tenait par la main en me répétant qu'elle m'avait sorti d'un sacré pétrin :

— Ils deviennent tous dingues passé minuit, c'est comme Cendrillon, qu'elle me dit Naboum, pour forcer la comparaison, dans leurs têtes c'est comme à l'intérieur des citrouilles !

On a ri en descendant la rue Tathey, c'est en pente, ça va vite. Et Naboum elle cherche quand même son souffle, c'est pas facile à cause de son poids. Je la connais pas mais si je disais qu'elle me plaît déjà, vu comment qu'elle rigole et qu'elle me prend par la main ?

Sur le chemin encore, elle se demandait ce que je foutais au « Nerf à Cheval », chez Ben, et si je serais pas mieux quand même à éviter de traîner dans des endroits aussi miteux et surtout rentrer chez moi.

— Elle est au courant ta mère de ce que tu fais, mon grand ?

Et rebelote ! Il a fallu que je m'explique de nouveau sur mon cas ! Mais très vite, Naboum elle m'a dit : « Stop » ! Elle sentait vachement les choses. Y'avait pas besoin d'en dire beaucoup pour qu'elle comprenne où je voulais en venir. Je pouvais m'arrêter de parler et j'avais seulement qu'à la suivre maintenant.

On est arrivé à la rencontre des rues Roquet et Larron, où il y a une sorte de petit restaurant qui fait le coin et qui s'appelle simplement « Chez nous ». On est entré à l'intérieur : y'avait tout un tas de tables de tailles différentes dans la grande salle, des rondes, des carrées, des ovales, des rectangulaires, et tout un tas de chaises aussi, en paille, en rotin, en plastique, et encore un grand nombre de gens de la même couleur que Naboum qui étaient en train de manger. Au fond de la grande salle, c'était la cuisine : il sortait de là-dedans des plats énormes de viande et de riz, comme ça sentait bon quand ils me passaient sous le nez les plats ! C'est comme si je faisais un long voyage dans un pays que je connais pas et que je visite pour la première fois et dans lequel je me sens vachement bien.

Après la cuisine, il y a un long couloir très sombre et je rentre de plein fouet dans un type. Je vois rien. Je dis pardon et le type me pardonne, sympa. Naboum me reprend par la main, elle me dit :

– Je te tiens, me lâche pas la main, d'accord ?

Je réponds oui. On monte un escalier ; c'est au premier qu'on s'arrête. Et puis au bout d'un autre couloir aussi sombre que le premier, on entre dans une chambre, à gauche ; c'est une toute petite chambre, mais c'est là que Naboum elle a toutes ses affaires. En un mot c'est là où elle vit, là où elle vient se coucher quand elle veut plus voir ni entendre personne. Elle m'explique que c'est à elle tout ça, que c'est sa cantine en dessous, son petit restaurant pour les gens de chez elle et pour tous les autres aussi, d'où qu'ils viennent, s'ils ont de l'amour et de la chaleur à donner. Parfois quand elle est à plat, alors elle monte dans sa chambre pour trouver un peu de calme et de repos. Et là y'a personne pour venir la déranger et même si quelqu'un a le malheur de se pointer là-haut pour lui demander quoi que ce soit à ce moment-là, il prend tout de suite la porte, gentiment, mais il prend la porte. Pas déranger. C'est sacré.

Naboum elle dit que je peux m'asseoir sur son lit ; j'obéis. Quand je pose mes petites fesses, le lit se met à grincer.

– T'en fais pas, c'est rien, c'est à cause des ressorts qui sont plus tout neufs, qu'elle me dit Naboum. Arrête de bouger comme ça si tu veux que ça s'arrête.

Ça me rappelait ce putain de lit de camping de Monsieur Duvirier qu'il fallait que je déplie chaque soir et que je replie chaque matin. Mais là le matelas était quand même plus confortable, malgré le bruit. Et ça faisait une sacrée différence. Et puis aussi je préférais la chambre ici au salon de chez Monsieur Duvirier.

Naboum plonge ses yeux dans les miens et elle me dit :

– Tu n'as qu'à dormir là ce soir. Tu me gênes pas et tu seras tranquille, avec ce que j'ai à faire en bas à la cuisine, je vais y passer une bonne partie de la nuit, je monterai me coucher vers cinq heures du mat. Arrange-toi seulement pour être debout à cette heure-là, mon grand, d'accord ?

C'est toujours oui. Je discute pas. J'accepte.

Alors elle referme la porte Naboum et moi je m'allonge sur son lit, les ressorts m'avalent et je descends bien de trente centimètres au moins. Il y a un lavabo dans le coin gauche de la petite chambre, et une grande armoire en bois clair. À droite, il y a une fenêtre. Il fait chaud. Je me relève du lit et j'ouvre la fenêtre. J'entends tous les bruits de la rue qui rentrent dans la chambre. La fenêtre donne juste au-dessus du restaurant. La rue fourmille de monde, presque que des Africains il y a en bas, ça parle fort et ça rigole comme des dingues ; si c'est comme ça en Afrique, ça doit être drôlement chouette que je me dis, y'en a même qui chantent en riant aux éclats, tandis que d'autres groupes se frottent les uns contre les autres, parce qu'ils sont contents de se voir, c'est beaucoup plus sympa que tout ce que j'ai pu voir et connaître dans mon petit passé ; j'ai l'impression que ceux qui n'ont pas la peau noire font toujours la gueule ici, c'est à croire qu'ils savent rien faire de mieux que de se plaindre de tout ce qui les blesse, sans jamais oser en rire d'abord.

Diable que je me sens bien avec tout ce joli bruit qui me rentre dans les oreilles, j'entends tout ce qui se dit :

– Et toi mon frère si ça va pas, viens je te paye à bouffer « Chez nous », c'est Mama Naboum qui est aux fourneaux, on va se régaler mon frère !

Je retourne m'allonger dans le lit de Naboum. J'essaie de trouver le sommeil, pendant que je vois les yeux fermés Mars en train de se foutre de moi. Allez, fous-moi la paix pour une nuit Mars, rien qu'une seule ! Si je le revois pas, j'aimerais bien qu'il sache que je sais bien qu'il a vachement trop bu ce soir, qu'il m'a peut-être oublié parce qu'il était complètement ivre, qu'il sache que ça va bien pour moi, qu'il y a quelqu'un qui s'est soucié de mon sort et qui a pris la relève, de justesse. J'ai moins froid que d'habitude, c'est bon signe. Et j'ai sommeil. Je me retourne sur le côté droit, tournant le dos à la fenêtre, et je remue encore une minute, les ressorts montent et descendent pendant ce temps-là, avec la nuit qui joue avec les réverbères de la ville, quand elle passe son temps à dessiner des monstres en ombre sur le mur au-dessus du lit de Naboum.

Il a fallu qu'elle me réveille Naboum quand elle est montée pour se mettre en sommeil, comme prévu, vers cinq heures du matin. J'arrivais pas à ouvrir les yeux, alors Naboum elle a pas insisté plus que ça et elle m'a laissé tranquille, elle a enlevé ses chaussures et elle s'est rangée dans le lit, à côté de moi. Comme elle prenait toute la place et qu'elle m'étouffait un peu, je me suis levé du lit au bout de quelques minutes, pour retrouver de quoi respirer normalement. Naboum ronflait déjà très fort, et sans faire de bruit, j'ai quitté sa chambre, en refermant la porte derrière moi. Et puis j'ai descendu les escaliers, longé le couloir et je me suis retrouvé dans la salle de restaurant, qui était déserte. J'ai avancé jusqu'à la rue. Le matin était glacial et la rue vide. J'ai enfoncé mes mains au fond de mes poches. Des frissons se sont mis à me pousser un peu partout sur le corps, c'était pas la joie et il me fallait marcher à tout allure si je voulais que les frissons disparaissent mais j'avais pas le courage de me lancer dans les rues froides de la ville, sans argent et pas assez couvert. Comment retrouver tout l'argent que j'ai dépensé, celui dont j'ai tant besoin pour voyager jusqu'à chez l'oncle Jules ? J'avais aucun sou en poche, rien du tout. J'avais bien pensé demander à Naboum de me prêter la somme que je lui aurais remboursée bien sûr. Elle m'aurait sûrement dépanné, si je lui avais dit pour la rassurer que je devais partir d'ici retrouver une partie de ma famille qui était d'accord pour me prendre avec elle. Mais j'ai pas osé lui demander quoi que ce soit à Naboum. Et puis j'avais pas la force de lui expliquer pour quelles raisons j'avais besoin de cet argent. Je me disais : tout le monde s'en fout de qui je suis et de ce que je fais ici.

Et si je raconte des bobards ou si je suis sincère. Mais c'était pas le genre de Naboum de penser ça.

Je me disais plein de choses merdiques dans ce genre en moi, et tout ça sans bouger de l'entrée du petit restaurant de Naboum.

Et puis y'a quelqu'un qui m'a sorti de ma solitude, parce que j'ai entendu qu'on me demandait :

– Dis-moi, Jaguar, elle est là Naboum ?

Alors j'ai levé les yeux, et puis j'ai vu une grande femme noire qui me faisait face. J'ai répondu :

– Non euh... Madame... euh... oui... euh... Naboum elle vient juste de monter aller se coucher, j'ai dormi dans sa chambre cette nuit.

Alors la grande dame m'a remercié et m'a souri.

Comme il a commencé à pleuvoir, on s'est réfugié tous les deux à l'intérieur du restaurant de Naboum, c'était toujours ouvert, même si les cuisines étaient fermées et qu'il y avait personne pour vous servir, c'était « Chez nous » le nom du restaurant je le rappelle, chez Naboum, chez elle, et puis chez tout le monde alors et tout le monde pouvait aller et venir s'y réchauffer un peu le cœur et la tête, à n'importe quelle heure du jour et de la nuit.

On s'est assis dans un petit coin du restaurant de Naboum, en gardant un œil sur la rue, en attendant qu'il cesse de pleuvoir ; on croit qu'elle lave un peu la merde de la rue, la pluie, quand elle tombe ici mais pourtant il est facile d'admettre que tout est toujours encore plus sale qu'avant quand il a fini de pleuvoir dans les villes comme la nôtre. C'est comme si en dessous de la crasse que la pluie tentait de faire disparaître, il y en avait encore une de plus tenace, de crasse, une de plus dégueulasse. Et elle s'en va jamais celle-là : impossible de s'en débarrasser et même mille orages de suite que ça servirait à rien, et même si un déluge balaye toute trace de vie humaine, la crasse serait la seule chose qui reste à la surface de la terre.

La femme m'a dit qu'elle s'appelait Zabir.

Alors moi j'ai dit :

– Salut Zabir !

Et elle m'a offert sa main, très fine et très soignée, en échange de la mienne, petite et vulnérable, qu'elle a caressée doucement, pour pas la briser. J'avais pas tout de suite remarqué ça devant le restaurant à cause du maquillage, et de la perruque brune que Zabir portait, parfaite en tous points. Elle savait que je trouvais quelque chose de bizarre en elle. Mais sans rien dire à ce sujet, elle m'a demandé de dire « elle » quand je parlais d'elle, et de pas faire de différence. J'étais d'accord.

Et puis elle m'a proposé un café, un doux, un « faux » café qu'elle m'a dit. Et comme il n'y avait personne dans le restaurant à part nous deux bien sûr, elle s'est levée pour me le faire et me le servir. Ça m'a fait du bien, il était pas trop corsé, et tout à fait faux oui. Et puis elle m'a un peu questionné après le café, Zabir, oui savoir qui j'étais par rapport à Naboum, et là je lui ai raconté la petite histoire de chez Ben pour me libérer, voilà, c'était pas trop long. Elle m'a dit qu'elle connaissait bien chez Ben et que c'était tous les soirs la même chose à cause de l'alcool qui coulait à flots, tout le monde se mettait vite à dérailler et les filles dans le genre de Zabir n'étaient pas épargnées dans ce cas-là. On les traitait de travelos :

– J'y vais plus chez Ben moi, Jaguar, qu'elle m'a avoué Zabir, à chaque fois ça finit mal pour moi, je sors avec un bleu sur la figure, ça fait mauvais genre pour une femme quand même, tu crois pas hein Jaguar ? Sans compter que les bleus font mauvais ménage avec l'amour.

Je pouvais pas dire le contraire. Elle était un peu grosse, Zabir, mais elle avait un joli visage, ça compensait pas mal, quand on sait que ce qu'on regarde d'abord chez quelqu'un, ce sont les yeux et tout ce qu'il y a autour, la bouche d'où sortent les mots et comment qu'elles s'y installent les rides quand on sourit et qu'on parle doucement, chacun son visage et qui ressemble à aucun autre. Zabir, elle était agréable à regarder mais c'était surtout les gestes qu'elle faisait avec ses mains qui la rendaient jolie, quand elle accordait tel ou tel mot qu'elle prononçait, ou quand elle ouvrait grands les yeux, c'était incroyable, les pommettes de ses joues changeaient de forme. Elle avait des yeux très verts et des longs cils au-dessus des yeux, pour faire joli. D'abord j'avais cru que c'était les siens mais pas du tout, elle m'a avoué Zabir :

– On a toutes des faux cils, nous les femmes, ça donne une allure, un style, tu comprends, Jaguar ?

Et puis je me suis levé et j'ai dit : 118

– Je dois y aller, Zabir.

Elle m'a répondu qu'elle était heureuse de m'avoir connu et qu'elle allait attendre que Naboum se réveille parce qu'elle avait absolument besoin qu'elle lui donne un conseil, que c'était très important et que Naboum, c'était sa meilleure amie et elle savait comment la conseiller.

– J'espère qu'on se revoit un jour, Zabir, je veux dire tous les deux.

– Oui moi aussi, Jaguar, moi aussi, prends bien soin de toi Jaguar.

J'ai jamais su pourquoi elle avait commencé par m'appeler « Jaguar » dès notre première rencontre, Zabir. J'ai jamais cherché à le savoir en fait, et puis après tous les gens vous appellent comme ils le sentent à l'intérieur et c'est bien comme ça, on va discuter.

J'ai pris la rue sans hésiter pour une fois. Il ne pleuvait plus. Elle était mouillée la rue bien sûr, des flaques d'eau grasse s'étaient formées parci par-là, et comme je l'ai dit, tout était encore plus sale qu'avant que ça pisse d'en haut. La première crasse glissait péniblement dans le caniveau et si on faisait pas attention, elle montait sur les chaussures, et pour s'en débarrasser après, c'était impossible tellement elle s'imprégnait, la crasse sur les godasses, elle tenait comme la rouille sur le fer.

J'ai remonté l'avenue de Chichi, après le square Curnonsky, les boutiques de fringues de seconde main avaient toujours les rideaux baissés et une fois arrivé en haut de l'avenue, je suis redescendu de l'autre côté pour atteindre la grande place qui porte le même nom que l'avenue et où j'ai déjà mangé une crêpe une fois, complète œuf jambon fromage, c'est ma mère qui me l'avait offerte.

Je passe devant un bar de nuit qui est en train de fermer et dedans je reconnais sans mal la longue silhouette de Mars, j'avais pas compté le retrouver si tôt mais le voilà, oui c'est bien lui. Il lève les yeux et il me voit ; surpris ou pas, de toute façon, il sort du bar et il vient à ma rencontre. Il m'attrape par le bras et puis il me dit un peu dur :

— Putain mais qu'est-ce que tu fais là, garçon ? Je t'ai cherché partout ! Je t'avais bien dit de m'attendre dans la cour et de faire le guet, alors pourquoi t'es parti ?

Il avait un sacré train de retard Mars. Alors moi je lui raconte l'histoire chez Ben et la fille qui l'a en quelque sorte kidnappé et il secoue sa tête Mars :

— Ah ouais l'autre folle, ouais une vraie cinglée ! Ouais je suis allée chez elle ! Oh merde quel putain de cauchemar, elle m'a pas lâché de la nuit ! Mais et toi, t'étais où ?

— Chez Ben, que je lui réponds.

Je lui ai pas dit que ses ennemis du bar m'avaient mis une raclée à cause de lui. Non. C'était pas la peine d'en rajouter.

— Putain je me souviens de rien. Mais qu'est-ce que t'as fait après, garçon ? Où est-ce que t'as pioncé ?

— Chez Naboum, si tu connais pas, c'est au coin des rues Roquet et La…

— Bah ouais je la connais la grosse Naboum, c'est bon, qu'est-ce que tu crois, garçon ? Je connais tout le monde ! Alors c'est elle qui t'a hébergé ?

— Oui Mars.

— Bon allez viens, on se casse d'ici, on rentre au squat !

On se dirige vers l'entrée du métro, la station Chichi, on s'engouffre à l'intérieur avec un morceau de la foule, celle qui sort la première du lit pour aller trimer. On chope la Ligne 2 Direction Ration par le boulevard Lherpès. Je suis né juste au-dessus de la station Lherpès, à l'Hôpital de La Grisotière, crasseux à souhait. Ça schlingue toujours sur cette partie nord de la Ligne 2, les wagons tombent en ruine et font rien que grincer du tonnerre quand ils roulent, ils sont comme des vieilles boîtes de conserve, y'en a pas des comme ça ailleurs et surtout pas sur les lignes qui traversent les coins chics, non. Ici les sièges sont éventrés à coups de cutter, et y'a pleins de mots écrits au feutre et au tipex un peu partout, comme « sales flics », « crève pute », « la ville aux blancs », « arabes dehors », « le crack c'est de la balle », et j'en passe, on sait plus où donner des yeux, on apprend la langue de la haine, et on comprend très vite comme tous les gens se détestent en fait, que tous les Hommes du monde ne se mélangent pas tous entre eux ; on voudrait nous faire croire qu'on s'entend tous mais y'en a trop qui pensent le contraire pour que ça puisse marcher.

Mars il me parle pas pendant le trajet, il doit essayer de se rappeler la soirée ratée d'hier et si des fois je lui ai pas raconté de salades. Moi je reste sans rien dire non plus, parce que je m'en fous après tout de ce qu'il pense et puis il peut se tirer encore une fois, il me manquera pas, il m'a déjà trahi une fois, il peut me refaire le même coup, je suis prêt, à moins qu'il s'en veuille vraiment de m'avoir laissé au milieu de ses chiens d'ennemis, et qu'il m'en dise des choses que je sais pas sur la vie et qu'il va tous les assommer les morts-vivants de chez Ben.

Rue Rabelé, où ça sent toujours la merde de chien, nous y revoilà. Ne plus respirer, jusqu'à ce que je rentre au numéro 14 de la rue infecte, un véritable exploit. Mars croise un type qu'il connaît bien et qui sort du 14, il lui dit :

— Ça va Poulet ?

— Salut Mars ! Salut ! qu'il répond le Poulet en question, en battant des bras comme s'il allait s'envoler.

— Tiens, qu'il lui fait Mars à Poulet, va dire à Dynamo que j'ai besoin de lui parler ! Tu lui dis que Mars a besoin de le voir, tu comprends ?

Poulet il secoue la tête à toute vitesse, ça veut dire : « D'accord, oui Mars, je vais lui dire, j'y vais ! »

Et il part à toutes jambes. Mars il me dit qu'on peut toujours compter sur Poulet pour prévenir quelqu'un. Il sert de téléphone privé, il se trompe jamais de personne ; il est idiot sur bien des points Poulet, il paraît, mais c'est le meilleur téléphone qui existe en ville, et le seul qui n'est pas sur écoute.

— Pourquoi tu l'appelles « Poulet », Mars ? que je lui demande.

— On l'appelle Poulet à cause de la taille de son cerveau, pas plus grand que celui d'un poulet, mais c'est un mec gentil Poulet, il ferait pas de mal à une mouche.

On rentre chez Bibi, comme il me serre la main, je prends de ses nouvelles, il dit qu'il peut plus se raser depuis trois jours et que Mars lui a promis de lui rapporter des lames neuves et il les a pas ramenées, alors si je pouvais lui toucher deux mots à Mars, parce qu'il a peur de se faire engueuler s'il lui redemande pour les lames, alors ce serait vachement sympa de ma part si je le faisais pour lui. Je lui dis que c'est d'accord, je lui promets à Bibi que je demanderai à Mars pour ses lames, il est content.

On enjambe la fenêtre, on longe la corniche, on saute sur le toit et on passe par la petite lucarne. Retour dans le squat. Il y a Zira qui est là, mais dans un sale état, elle est en train de gémir par terre, je comprends pas ce qui lui arrive :

— C'est la came ça ! qu'il me fait Mars. Je supporte pas de la voir comme ça, merde !

Alors il la ramasse avec force, elle peut pas aligner deux mots de suite, elle est complètement éteinte, ça me fait de la peine de la connaître comme ça Zira parce que si elle se voyait comme elle est maintenant, elle aurait vachement peur et pas qu'un peu et elle arrêterait sûrement de se piquer. Elle se met à bafouiller en chargeant Mars :

— Où tu étais Mars ? Hein, où tu étais ? J'ai peur toute seule, j'ai peur. T'étais avec le petit ?

Je sais pas quoi dire. Si je voyais ma mère dans cet état-là, ce serait pareil, je serais complètement désarmé. Je penserais surtout que c'est de ma faute si elle en est là ma mère, et j'attendrais que ça passe, que tout s'arrange. Quand elle boit ma mère, elle est pas loin de se trouver comme Zira, par terre, en train de m'insulter, qu'elle fait rien à cause de moi et qu'elle est malheureuse à cause de moi et puis après quand elle me demande pardon, elle dit que c'est moi sa vraie lumière, son seul espoir, c'est à en devenir dingue. Elle change de comportement du jour au lendemain, c'est parfois très dur à vivre. C'est comme ce livre que j'ai feuilleté il y a pas si longtemps que ça, Docteur Jekyll et Mister Hyde, l'histoire du gentil et du méchant qui vivent dans le même corps : là où ça m'a traumatisé, c'est qu'à la fin, c'est Hyde qui gagne et qui tue Jekyll. Mais c'est un livre. Je me rassure comme je peux.

Mars il la fout à poil Zira, et moi je peux pas m'empêcher de reluquer ses belles jambes, si fines oui, et ses fesses bien rondes. Et puis Mars il la passe sous la douche froide Zira, et elle se met très vite à hurler qu'elle en a marre, que ça suffit, que ça ira, qu'elle veut que Mars il coupe l'eau glaciale sur elle tout de suite !

Moi je vais me ranger dans un coin, parce que je commence à avoir vachement mal au ventre à cause de tout ça. Faudrait que j'aille aux chiottes pour me libérer un bon coup. C'est le bon moment pour y aller, puisque tout le monde m'a oublié ; sinon j'y arrive pas. Je peux pas aller aux chiottes quand y'a des gens qui sont là et qui savent où je suis et ce que je suis en train d'y faire là-dedans. J'ai toujours eu honte de chier hors de chez nous, je sais pas pourquoi, mais faudrait bien que je m'en sorte de ces mauvaises habitudes, caca ou pas, il faudra bien ne plus avoir honte bientôt d'aller aux chiottes chez les autres, parce que je crois que je vais pas rentrer de sitôt à la maison.

C'est pas comme quand on creuse dans quelqu'un de très dur et qu'on y retrouve qu'un autre salaud en dessous qui essaie de survivre par tous les moyens, même les plus méchants, c'est pas comme ça dans Mars, en dessous, tout au fond, je veux dire qu'il y a quelqu'un d'autre, blessé. Je parle de ça à cause de la façon dont il l'a prise dans ses bras en la séchant après la douche froide, Zira.

Il a fallu attendre plus d'une heure pour qu'elle aille mieux et qu'elle se remette à parler normalement, moi j'étais sorti des chiottes depuis belle lurette et personne n'avait rien su au sujet de ma petite absence honteuse, ça allait un peu mieux même je sentais encore quelque chose à l'intérieur qui n'avait pas réussi à sortir.

Après, Mars il s'est mis à l'interroger durement la jolie Zira, toute ahurie qu'elle était, en la secouant nerveusement :

— À qui t'as demandé de la drogue ? Je vais le casser en deux, t'as compris ?

Mais au lieu de lui répondre, Zira enroule Mars avec ses bras et elle le serre très fort contre elle :

— J'ai fait une connerie mon Mars, mais tu venais pas, je me sentais seule, j'aime pas ça tu le sais bien, mon Mars.

Zira a tourné la tête et elle m'a jeté un regard très dur :

— T'es là toi aussi, qu'elle m'a dit, mais pourquoi t'es pas rentré toi ?

J'ai rien répondu, je voulais pas faire plus d'histoires que ça et surtout parce que Mars me tenait d'un œil sévère, fallait surtout pas que je gaffe en répondant n'importe quoi, qui lui aurait déplu.

— Il s'est perdu, c'est tout, qu'il a répondu Mars. Il est venu qu'une fois ici, il a pas retrouvé le chemin.

Comme la douleur au ventre revenait me coincer, j'essayais de trouver où m'asseoir avant qu'il soit trop tard et que je sois forcé de retourner aux chiottes, fallait pas. Mars s'est levé du canapé en se libérant des bras de Zira. Il m'a pris dans un coin et il m'a demandé si je pouvais l'attendre dehors et qu'il viendrait me retrouver dans dix minutes, pas plus, parce qu'il devait faire l'amour à Zira, parce qu'elle en avait besoin, qu'elle lui avait demandé en douce et qu'elle serait gênée si je restais là devant eux, en attendant qu'ils finissent de faire l'amour.

J'ai dit : D'accord, je m'en vais.

Et Mars il m'a fait la courte échelle pour que j'atteigne la petite lucarne et que je disparaisse. Après, j'ai tapé à la fenêtre de Bibi, il m'a ouvert mais avant qu'il me laisse rentrer chez lui il m'a demandé :

— Dis-moi, tu lui en as parlé de mes lames à Mars ?

— Oui Bibi, bien sûr que je lui en ai parlé de tes foutues lames, il va sortir aller te les acheter justement, t'en fais pas.

Voilà, il a souri Bibi, comme il était content parce que sa barbe lui grattait vachement fort, il aime pas ça.

— Et pour ta bouffe, Bibi, qui c'est qui te la ramène ? que j'ai insisté.

— C'est Zira qui s'occupe de ça, une fois par mois elle me ramène tout ce que j'ai besoin pour mon ventre qui est là, mais pour les lames de rasoir, elle s'y connaît pas, y'a que Mars qui sait bien les choisir, c'est normal quoi c'est un Monsieur lui !

Ça se tient, bien sûr.

Je pouvais pas m'empêcher de me dire en sortant de chez Bibi que moi j'aimerais bien savoir comment qu'elle fait l'amour Zira, parce que je voudrais apprendre et que je vois pas à qui d'autre je pourrais demander de m'apprendre, surtout maintenant. J'ai pas honte d'avouer que j'ai jamais fait ça mais j'y ai toujours beaucoup pensé, mais c'est pas la même chose évidemment, on se croit prêt et on est complètement à côté de la plaque quand ça arrive pour de bon et surtout quand on se retrouve devant quelqu'un dans le genre de Zira qui vous demande de faire l'amour. Et puis tant pis. Si elle veut pas m'aider Zira, je laisse tomber. Après tout, tant que je sais pas de quoi il est question, ça me manquera pas.

Je l'ai attendu bien plus que dix minutes Mars dans la rue Rabelé, celle qui sentait la merde. Il faisait un froid terrible, celui qui attaque d'abord les orteils avant les oreilles. Le dernier bout de soleil avait disparu derrière les hauts immeubles qui cachent les grandes banlieues. Je me suis écrasé contre le mur entre le 12 et le 14 de la rue Rabelé, les mains dans le fond de mes poches. J'avais envie de me gratter dans le pantalon, ça me démangeait vachement, c'est sans doute que je devais être sale là-dessous, et j'avais pas d'affaires de rechange, faudrait que je me serve dans les fringues de Zira, avec son style mec, tout me va.

Je devais dormir depuis un baille quand j'ai senti qu'on me bousculait. J'ai ouvert les yeux ; c'était Mars. Il m'a dit qu'il savait bien que ça faisait longtemps que je l'attendais mais c'était à cause qu'elle en avait mis du temps à venir Zira, qu'il avait fallu batailler grave pour qu'elle jouisse enfin et qu'elle le laisse tranquille Mars. J'ai répondu que ce n'était pas grave, après tout, j'avais eu le temps de m'habituer à l'odeur de merde de la rue Rabelé, ce qui n'était pas trop mal finalement, comme quoi on s'habitue à tout.

– Alors lève-toi qu'il m'ordonne Mars en me pointant du bout du doigt, on y va, y'a Poulet qui m'attend au métro. Allez, grouille mec !

Au pas de charge dès lors on a filé, pour pas arriver en retard, alors qu'il commençait à pleuvoir sur nos têtes toutes droites. J'ai manqué de me ramasser la gueule sur le trottoir à un moment du trajet mais Mars il m'a récupéré à temps et nous sommes arrivés à La Rappel entiers. Nous nous sommes abrités sous le porche de l'entrée du Métro.

C'est vrai que Poulet il nous attendait là, un peu bête, bouche ouverte, trempé comme pas possible parce qu'il s'était pas abrité sous le porche, tout sot qu'il était, avec un grand sourire figé sur la façade. Il nous a vu arriver. Mars s'est approché de lui :

– Alors Poulet ? qu'il lui a fait gentiment.

– Dynamo attend Mars chez Naboum ce soir, qu'il lui répond Poulet, en tremblotant. Oui. Je peux partir maintenant Mars, hein ?

Il tend sa main vers Mars.

— Ouais, tiens voilà.

Et Mars lui refile une cigarette. Il lui est défendu de fumer à Poulet, à cause de son cerveau malade, c'est pas une vie pour lui mais Mars c'est sa manière de lui faire plaisir à Poulet, c'est comme ça qu'il se sent heureux, s'il fume des fois comme fument les autres, ceux qui ont la santé avec eux, les soi-disant grands valides de la cervelle.

— Merci, Mars.

— Salut Poulet !

Moi je reste timide, je lève juste la main et je l'agite un peu en l'air pour lui dire au revoir à Poulet. On regarde Poulet s'éloigner et disparaître dans la rue de La Mare.

— Il va où maintenant ? que je demande à Mars.

— Il rentre chez sa mère, c'est la Gardienne du 14 de la rue Rabelé, par là où on rentre pour rejoindre le squat. Elle est pas méchante même si elle le traite mal son débile de fils, mais faut l'excuser, ça doit pas être simple de traîner un attardé comme ça dans la vie, matin et soir, sans compter qu'il faut continuer à distribuer le courrier et à laver les escaliers qui tombent en ruine et dont tout le monde se fout. Dès que c'est propre ça redevient sale, ça dégoûte, garçon ! Y'a de quoi vraiment devenir méchante à force, avec les gens, comme avec son propre môme.

Je faisais pareil avec Madame Laquais, la Gardienne de chez nous, mais elle c'était vraiment mérité : j'aimais venger ma mère et lui faire des misères à celle-là, comme renverser son seau d'eau de javel dans les étages ou lui arracher ses pauvres fleurs sur le rebord de sa fenêtre. Madame Laquais, avec tout ce qu'elle disait de méchant sur notre compte, ça valait bien la peine que je lui sape le boulot.

Encore un voyage dans le métro pour pas me remonter le moral ; difficile une fois de plus de grimper les escaliers après, mes mollets ont triplé de volume depuis que je suis parti de chez Monsieur Duvirier ; c'est usant d'avoir toujours à aller d'un point à un autre de la ville, à croire qu'on a que ça à faire pour s'occuper l'esprit, on se demande quand est-ce qu'on va finir par ressembler à ces voyageurs assis qui veulent plus rien savoir de tout ce qui les entoure et qui ont la tête enfoncée entre leurs cuisses, et pour les autres qui marchent dans les couloirs du souterrain, les yeux visant le sol frappé par des milliers de pas crasseux, des pas de toutes les tailles qu'ils avalent à toute allure. Le prochain quai ressemble toujours à celui qu'on a quitté. Les mêmes gueules d'inconnus vous accompagnent et c'est triste, toujours. Mars, le premier, il regarde toujours ailleurs quand il est dans une rame, il veut pas les voir les visages des autres, ça l'écœure tellement. Il peut pas tenir le coup. Ce serait étonnant de penser le contraire.

On descend à la place Chichi, déjà vu. Y'a pas mal de monde dehors qui se marche dessus. À toutes les heures ici c'est le même vacarme qu'on entend, des cris de dingues à faire frémir, et des moteurs excités par les embouteillages interminables. C'est comme un grand asile en plein air ; il se vend des fleurs et des fruits qui ont l'âge des cavernes et tout ça sent le pourri, rajoutons un goût d'essence par-dessus tout ce merdier et puis des hommes couchés par terre comprimés sous des couches et des couches de vêtements et de couvertures pleines de termites, qui tendent la main en tremblant, le spectacle est total. Ça me fait mal.

Avec Mars, on coupe la place en diagonale et puis on remonte à pied jusqu'à la station La Bouche, franchement ça vaut mieux que de prendre la Ligne 13 :

— C'est la pire de toutes, la Ligne 13, qu'il me dit Mars, tu te retrouves en compagnie de tous les pauvres types qui travaillent pour que dalle et remontent dans les banlieues au Nord, où y'a plus rien qui ressemble à la vie. Ils font tellement peur les gens que tu croises sur cette ligne que tu pourrais te demander si tu n'es pas dans un zoo en mouvement, ou dans une sorte de wagon à bestiaux qui file tout droit vers l'abattoir. C'est à croire si on va pas bientôt finir par leur ressembler ou si on leur ressemble pas déjà.

Mars, quand il me raconte quelque chose sur les choses de la vie, il me vient tout de suite comme des nœuds dans la gorge, comme si j'avais mangé un de ces trucs périmés qui plombe tout l'estomac et que je vais finir par tout rendre par la bouche sans pouvoir me contrôler. Mars, ça lui fait toujours vachement mal de sortir dans la ville, c'est peut-être pour ça qu'il a rien réussi à faire d'autre dans la vie que de se cacher, j'imagine.

— Ne souris à personne, garçon ! Ne souris jamais à personne quand t'es dehors, qu'il me conseille Mars, ça pourrait se retourner contre toi, on te le fera payer si tu es gentil et si tu souris, c'est toujours comme ça ! Faut pas avoir de pitié dans la rue, tous sont tes ennemis. Je vais te dire que je connais des gens par ici qui te dévorent en moins d'une heure, parce qu'ils ont vu que tu leur as souri et qui s'accrochent à toi pour que tu les abandonnes pas, c'est pas un jeu à tenter garçon, tu te retrouveras tout seul au bout du compte, foutu, tu comprends ça, garçon ?

On descend l'avenue de Saint-Chien, en ligne droite, l'un à côté de l'autre, je regarde plus personne, il m'a foutu drôlement les jetons Mars avec ses conneries. On va couper par la rue Navy, plus bas et retrouver le restaurant de Naboum, encore plus bas.

Je l'écoute encore Mars, il me dit :

— Regarde-moi ce quartier en ruine, garçon ! Je tourne la tête là où il regarde, une rue longue et étroite, le Passage Rançay, et Mars il m'explique ce qu'il veut dire ce Passage :

— Il y a un parc maintenant à la place du vieux garage de Monsieur Rafic. Quand je suis né, on est venu habiter ici avec ma mère jusqu'à mes neuf ans, au numéro 5, dans une chambre de dix mètres carrés, avec des cafards et des fuites en pagaille. Tout le monde doit être parti d'ici maintenant, de gré ou de force, les voyous qui se tapaient ma mère et puis la concierge qui fermait les yeux quand il y avait des coups de feu devant la porte de l'immeuble et les petites vieilles qui me laissaient martyriser leurs petits chiens et la nounou qui me gardait après ses heures de trottoir, qui habitait juste au-dessus de chez nous, au premier. C'était une vieille pute, Grace, et c'était bien la seule qui avait un peu de chaleur à me donner, c'est elle qui a commencé à m'apprendre à parler, garçon. Je l'ai aimée ma putain de nounou, oui, on s'aime et puis c'est fini. Le Passage Rançay n'a plus rien d'un Passage, c'est ouvert et on voit le ciel, on voyait rien avant, c'était tout bouché et tout gris partout, on pouvait à peine respirer quand on était dedans.

Je lui trouvais tout à coup une attitude bizarre à Mars, comme s'il allait se mettre à pleurer devant moi, mais il se retenait autant qu'il pouvait, elles tombaient pas les larmes. On a dépassé le Passage Rançay et puis il s'est repris Mars, on a tourné comme prévu dans la rue Navy. Mars m'a raconté l'histoire de ce cordonnier qui avait sa boutique au numéro 5 de la rue Navy, et qu'il avait connu il y a longtemps, un vieux type sympa mais qui s'était mis à boire et à plus pouvoir s'en passer, jusqu'à perdre tous ses meilleurs clients.

— Les plus fidèles qui sont restés ses clients, c'étaient les travelos : elles avaient rudement besoin de lui, avec leurs foutus talons aiguilles qu'elles cassaient dans le fond de la nuit, quand elles se faisaient courser par les flics. Et puis elles l'aimaient bien aussi le cordonnier, parce qu'il était seul et qu'il buvait pas mal pour oublier qu'il était seul, comme tous les autres font quand ils boivent, pareil. Le soir, avant de commencer à vendre leur corps sur les trottoirs des boulevards extérieurs, les travelos lui tenaient compagnie un bout et elles s'en occupaient de lui, jusque dans le fond de la boutique, pour lui remonter le moral, en lui disant que ça leur faisait de la peine de le voir se détruire comme ça, à cause de la vie qui dure en chagrin. Il est mort le gentil cordonnier depuis. On avait le même nez, long et avec un gros poil noir au bout, à la même place, ouais exactement à la même place, garçon, c'est bizarre hein ?

Je le regarde Mars et je lui dis que je trouve ça bizarre moi aussi.

— Tu sais, garçon, je les ai jamais supportés les gens. Parce qu'ils m'ont laissé grandir trop vite. Aucun de ceux dont j'ai croisé la route ne m'a jamais traité comme un gosse, celui que j'étais. Ma mère, je sais pas ce qu'elle a foutu, mais je t'en dirais une paire sur elle, si je pouvais bien me souvenir complètement de tous les trucs dégueulasses qu'elle m'a fait et de foyer en foyer qu'elle m'a trimballé tout au long de l'enfance, jusqu'à ce qu'elle disparaisse pour de bon.

Il voulait tout me dire Mars sur lui, il avait le regard d'un homme que j'avais jamais vu aussi triste que ceux que j'ai rencontrés : ma mère, Monsieur Duvirier, chez aucun j'avais vu autant de peine aussi mal camouflée.

C'était la fin de la rue Navy, il fallait avancer et entrer dans le restaurant de Naboum à présent, alors il s'est refait une gueule de méchant Mars, et sur un ton vachement sec il me dit :

— Bon écoute garçon, y'a Dynamo qui m'attend là-dedans. Il a des tuyaux à me refiler, toi tu oublies tout ce que je t'ai dit et tu la fermes à partir de maintenant, laisse-moi faire, rien que moi et moi seul.

On est chez Naboum, on est dedans, bien au chaud à l'intérieur, et il y a comme une espèce de fête avec de la musique qui bat un rythme du diable, avec une sacrée chanteuse de soul dans les haut- parleurs qui vous file la chair de poule, et y'a un sacré monde qui suit la musique et qui chante et qui se goinfre comme des chefs. Naboum elle sort de la cuisine avec quatre ou cinq plats sur les mains, j'arrive pas bien à tous les compter, mais comment qu'elle fait, et hop elle pousse un type d'un coup de fesses qui lui fermait le passage et puis un autre coup encore par ici et puis un hop et les plats bien garnis en sauce et en patates brûlantes, ils arrivent entiers à destination sur des tables qu'on croirait qu'elles sont tellement loin de nous, au bout du restaurant, c'est quelque chose à voir, c'est vrai. Naboum elle chante en se brimbalant entre les clients, pour dire qu'elle est là, qu'elle y est elle aussi dans la fête, et puis elle me voit avec Mars, ou alors elle voit Mars d'abord et puis moi ensuite mais c'est la même chose, elle vient vers nous, elle embrasse Mars parce qu'elle sait qui c'est quand même, elle lui tapote la joue. Mars il dit rien, il se laisse faire, parce qu'il l'aime bien quand elle fait ça Naboum, on dirait. Moi elle me prend la tête avec ses deux grosses mains grasses à cause de la cuisine qu'elle fait presque toute seule, les mains dans la viande, et dans le riz, et puis les sauces, mais moi je m'en fous que ses mains elles sentent tout ça et puis alors elle m'embrasse sur le front :

— T'as bien dormi mon petit la dernière fois ?

— Ouais ça va, j'étais bien, je lui réponds en haussant un peu les épaules.

Je suis un mec quand même, faut que je montre que je suis là.

Elle retourne en cuisine Naboum et Mars il nous choisit une table bien calée contre la fenêtre, au fond, et on s'installe bien gentiment.

— Ne regarde personne dans les yeux, qu'il me prévient encore Mars.

Pourtant, je vais pas faire celui qui voit pas Zabir. Elle rentre chez Naboum et elle me fait un signe de la main que je lui rends alors, mais discrètement, pour pas me faire voir de tout le monde. Et puis Zabir elle coince Naboum à la sortie de la cuisine et elles se font une grosse bise, comme on devrait en faire dans toutes les familles du monde où tout le monde s'aimerait pour de vrai, où l'un tiendrait à l'autre pour les mêmes raisons qui font qu'il y a certains êtres au monde qui arrivent à s'aimer simplement, sans chichi et sans compter ce que ça pourrait bien rapporter. Comme ça, oui.

Et pour dire autre chose, je le garde pas trop en moi le conseil de Mars, comme quoi il faudrait jamais regarder personne. Peut-être bien que j'ai envie de les regarder les gens, puisque qu'ils me dégoûtent pas encore tout à fait, même si parfois j'en peux plus de les voir, et que je me prends une pause, comme au collège, quand je veux me faire exclure de cours et que je force un peu le destin, surtout en français quand ce con de prof nous rabâche les oreilles avec son « Nègre de Surinam », et qu'il dit que c'est tout ce qu'il y a de plus beau et que ça donne une bonne gueule à l'humanité. Mais je suis plus en classe. Ça me fait beaucoup dans les yeux, pour la suivre Naboum, la regarder vivre Naboum, comme elle s'agite de partout. Elle vient vers nous, elle nous demande si on manque de rien, parce qu'elle nous a servi un gros plat et pour pas cher, moi j'ai rien donné, c'est Mars qui lui a filé un billet de 5 rutes à peine. C'est la cantine la moins chère de la ville. Et nous voilà devant un super gros plat qui nous vient du pays de Naboum, c'est presque en bas de l'Afrique, là où on s'en fout pas mal de savoir si les gens savent lire ou pas, ou bien s'ils savent pêcher ou pas, puisqu'on leur passe sur le corps comme des chiens. Je prends un cours express avec Naboum à propos de son continent à elle, là où elle est née :

– L'Afrique, c'est un vrai champ de bataille, qu'elle me dit Naboum. On est rien que des cobayes nous les Africains, y'a rien d'autre à faire pour nous qu'à attendre de crever, et en chantant avec ça, mourir ou partir, il faut vite savoir faire la différence ! Moi je suis partie et voilà mon cœur dévoué aux amis de chez moi qui arrivent ici les poches vides, à la recherche d'un boulot pour aider leurs familles qui crèvent de faim, c'est pas croyable mais je serai toujours noire à l'intérieur, que même si on me décolore, y'aura rien à faire, c'est dans l'âme que ça se passe, mon petit, le noir c'est pas ma couleur, c'est mon esprit.

Et là, un grand rire qui me fait rire, c'est communicatif, c'est Naboum. Je crois qu'elle m'aime bien et que si ça se trouve, si j'avais pu lui présenter ma mère, qu'elles auraient peut-être été les meilleures amies du monde, et que ma mère elle serait là à l'heure qu'il est, en train de se marrer comme pas possible. Et puis je dis tout ça, peut-être parce qu'il y a des choses d'elle qui me manquent et que je voudrais bien qu'elle les vive aussi ces moments que je suis en train de vivre là. Que ça la fasse sourire ou pas, elle me demanderait peut-être aussi quand est-ce que je vais le prendre mon train pour aller chez l'oncle Jules ? Ou alors elle me dirait que ça lui plairait pas de me voir dans une fête comme celle-là :

— T'as pas honte de rester avec tous ces moins que rien, qu'elle me balancerait sévère. Alors que moi j'ai toujours fait attention à ce que tu ne traînes pas dehors avec n'importe qui, que tu restes là avec moi, qu'on reste tous les deux l'un contre l'autre, pour toujours ! Dis, t'as oublié ?

Mais je sais plus si je veux partir quelque part, parce qu'il y a nulle part où aller, même si j'avais l'argent, qu'est-ce qu'il dirait l'oncle Jules si je débarquais demain chez lui, comme ça ? Ils m'attendent avec sa femme, la tante Nicole, depuis toujours il paraît, qu'ils m'attendent, parce qu'ils ont pas eu d'enfants, alors ils attendent. Je suis bien la seule chose qu'il leur reste de bien vivant pour les faire espérer. Mais faut faire vite, parce que je suis presque déjà plus un enfant moi et eux ils ont besoin d'en avoir un à eux, un enfant, alors c'est bientôt raté ; je grandis, je grandis, oui, faut faire vite pour se décider si je reste ou si je reste pas, parce qu'il y a la rue et tout le reste, et que j'ai envie de grandir trop vite puisque c'est déjà fini, et que je vais plus me retourner pour dire :

« Maman, t'es où maintenant ? Là, tout près de moi ? Pas du tout ? Non ? »

Dynamo c'est un mec tout en longueur et qu'on dirait qu'il a jamais mangé à sa faim, comme un squelette qu'il est sous sa peau vachement maigre ; il a pas beaucoup de chair sur lui, très maigre des jambes, du torse et des joues. Illico, il s'est assis en face de Mars, et alors ils se sont pas parlé avec la bouche mais juste avec un signe de la tête comme pour dire « Salut ». Il m'a bien vu Dynamo mais il préfère m'ignorer, il s'en fout pas mal de qui je suis et puis il entame la conversation avec Mars. Il y a tellement de bruit autour de nous, ça rie et ça chante très fort, alors moi je comprends qu'un mot sur deux de ce qu'ils se disent entre eux.

Mars il reste calme, il écoute, et Dynamo il se met à trembler un peu partout alors Mars il lui dit :

— Calme-toi maintenant, il est où l'appartement ?

– Juste derrière, à la Cité des Meures, là où les groq farcis de la vie se croient bien à l'abri et où y'en a des choses de valeur à prendre, tu le sais, hein Mars ?

Il va finir par parler trop fort Dynamo, alors Mars il lui conseille d'aller pisser un coup pour se soulager parce qu'il a la vessie qui va éclater, que c'est pour ça qu'il est tellement agité Dynamo, qu'il me dit Mars.

Moi je me tourne vers Mars, je lui demande pourquoi qu'on l'appelle « Dynamo » ?

– C'est très simple, garçon, Dynamo c'est un mec, où que tu ailles la nuit, t'as pas besoin d'emporter une lampe, c'est lui la lumière, le « Dynamo », il y voit mieux que personne. C'est parfait pour un casse, tu piges ? Moi tu vois garçon, je suis pas toujours dans ces coups-là tu vois, parce que je me trouve bien minable quand je pique chez les gens, mais là j'ai juste besoin de rembourser quelques types qui m'ont prêté de la thune, et puis après c'est fini ; j'arrête de déconner avec ça, je veux plus rien devoir à personne !

Parce que Mars, et ça je devais l'apprendre un peu plus tard, il avait ce sale vice de se défoncer à mort rien qu'une journée par mois, mais alors quelle journée. Il la passait comme en enfer, qu'il disait. A cause de tout ce qui était vraiment trop lourd à supporter. Il dépensait tout ce qu'il avait et tout ce qu'il avait même pas et tout y passait ; drogue, alcool, shit, herbe, tout, jusqu'au tube de colle, d'une aube à une autre. Il hurlait comme un chien qu'on vient d'écraser, y'avait de la douleur et des rires pour dire qu'il était comme un con heureux et il tapait sur n'importe quoi et sur Zira en plus. Et puis toute cette horreur finissait par un écroulement sur le plancher, la tête bien ravagée, et il pionçait avec tellement de lourdeur dans le cœur, tout ça parce qu'il trouvait tout le monde trop con pour vivre et lui avec dedans avec tous ces cons.

Alors le problème aussi, c'est que la défonce coûtait trop cher et Mars s'endettait à mort avec des dealers hypnotiseurs qui savaient qui il était et où il créchait bien sûr. C'était un tout petit vice, qu'il me concédait certes Mars, mais c'était bien assez grave pour le rendre dépendant de certaines choses ; on s'imagine dès qu'on rencontre quelqu'un qui vous épate, qu'il la connaît bien la vie et assez pour pas se laisser arnaquer par elle et pourtant chacun conserve à l'intérieur de lui-même sa petite faiblesse, chacun a quelque chose de fragile dans le fond, c'est la lutte permanente entre le cœur et la sale tête qui veut toujours trop en faire.

Maintenant Mars, il faut qu'il fasse le sale coup avec Dynamo qui est revenu de pisser.

– Oui Mars je te dis que c'est très noir comme endroit mais très facile d'accès pour nous, personne pourra nous capter, on m'a dit qu'il y a une grande télé extra plate et du flouse sous une armoire, c'est assuré Mars.

Il était tout excité Dynamo, c'était un coup comme il les aimait c'est sûr ; parce que lui il avait encore plus besoin de fric que Mars, parce que lui ça se voit qu'il a besoin de se défoncer mille fois plus que Mars dans le mois, qu'une seule journée ça lui suffirait pas, avec les joues creuses qu'il se tape et des bras avec des petits trous dedans, y'avait pas à dire il ressemblait à un vrai mort-vivant Dynamo.

Tout à coup, Naboum elle vient vers nous parce qu'elle nous a vu nous lever tous les trois, elle s'approche, déterminée, elle fixe Mars bien droit dans les yeux :

– Dis-moi Mars, t'embarque pas le petit avec toi dans tes histoires j'espère ?

– Mais non, qu'est-ce que tu veux que j'en foute d'un pauvre môme comme lui ?

– Je peux très bien répondre tout seul Mars ! Et moi ce que je dis c'est que ses coups foireux, ça me remue pas ; si seulement quelqu'un avait bien un peu de liquide à me refiler, j'ai un train qui m'attend pour aller dans le Sud.

– Qu'est-ce que tu nous racontes ? me demande Mars.

– Tout ce qui est la vérité pour moi ! Que je voudrais rentrer et puis que j'en ai assez d'être là, si tu me montres la route du squat, je crois bien que j'irais dormir.

Naboum elle me dit que je peux rester dormir ici mais Mars il est d'accord pour me montrer la route jusqu'au squat, parce qu'il pense que je délire grave et qu'il vaudrait mieux que je me couche. Moi je fais tout ce cinéma parce que le casse de Mars, ça pue l'arnaque, y'a quelque chose tout au fond de moi qui me dit qu'on voudrait bien lui mettre la main dessus à Mars. J'ai peut-être tort, et c'est pour ça que je dis rien d'abord.

Je dis merci à Naboum mais je crois que je vais suivre Mars jusqu'à l'avenue de Chichi et puis rentrer au squat, c'est comme ça que ma mère voudrait que je fasse ; rentrer vite pour me cacher dans un endroit où je me sentirais assez à l'abri pour pouvoir m'endormir sans être effrayé par n'importe quelle ombre louche qui traîne autour des réverbères déments.

Alors on s'en va et elle m'embrasse Naboum, et puis elle insiste, comme quoi qu'il faut que je rentre, qu'elle est sûre que je suis pas fait pour ce genre de bêtise, d'aller piquer chez les autres, parce qu'elle sait très bien de quoi il vit Dynamo et même qu'elle l'aime pas beaucoup, qu'elle aime pas qu'il se pointe dans son resto parce qu'il a pas de cœur lui, qu'il pense qu'à se défoncer et à rigoler, tout ça quoi. C'est vrai qu'il a vraiment des yeux rouges comme le sang et quand il vous regarde Dynamo, on croit qu'il va vous manger la tête, comme un cannibale affamé qui n'aurait plus ni vu ni goûté de viande humaine depuis des lustres. On se demande toujours comment certaines personnes sont devenues comme ça, et si déjà quand ils étaient enfants, ils avaient la même gueule à faire peur. Ça m'étonnerait, même si y'a bien des exceptions, comme partout.

On est sorti de chez Naboum et on a parcouru en vitesse presque cent mètres, ils marchaient côte à côte Mars et Dynamo, sans ouvrir la bouche, moi j'étais un peu à la traîne avec mes petites jambes affolées, c'était chaque fois pareil, je m'essoufflais trop vite en plus. Enfin, quand on est arrivé au croisement de la rue Mochet et de l'avenue de Chichi, j'ai dit « Stop ! » à Mars, pour qu'il se retourne et qu'il me dise par quel côté je devais aller pour rentrer au squat. Il s'est mis à ma hauteur Mars et puis il a préparé un murmure à mon intention :

– Allez suis-moi, ce sera pas long et après on rentrera ensemble. La Cité des Meures, c'est juste à droite, là, tu vois ? Alors on entre, on fait le coup et on va fêter ça après, d'accord garçon ?

De toute façon, qu'est-ce que j'aurais pu répondre d'autre que oui ? Il fallait bien que je me croie un homme à ce moment-là et avec toute la frime qui va avec, pour accepter de suivre Mars dans son délire ; je me disais que ça me ferait peut-être même pousser de quelques mois, parce qu'il fallait bien que j'aille au-devant du temps qui passe si je voulais m'en sortir tout seul dans la ville, même si j'ai aucun exemple de quelqu'un qui s'en soit vraiment sorti et qui est plutôt heureux aujourd'hui, à commencer par ma mère, avec tous ses rêves idiots dont elle me parlait au début. Elle voyait ça très net, qu'elle affirmait :

– Encore quelques années et nous aurons assez d'argent pour partir enfin, au bord de la mer. Tiens, ça te dit, une petite maison rien qu'à nous et on se ferait des bûches l'hiver pour se tenir chaud l'un tout contre l'autre ?

Mais on devait dépenser tout ce qu'elle gagnait en viandes cotonneuses et en légumes ronds, en alcools durs et en lait gras, en cigarettes et en électricité, en eau et en loyer et puis se payer des trucs dont on sait même pas à quoi ils servent, parce qu'il faut consommer, et puis qu'il faut ressembler à tous les autres qui nous entourent pour pas se faire montrer du doigt. Oui... oui... on consomme nous aussi, n'ayez crainte mesdames et messieurs, non faut pas avoir peur, vous pouvez nous laisser tranquille maintenant.

Voilà, bref, on partait pas, on est jamais parti et ma mère, elle y est encore là et puis peut-être bien qu'elle va y rester pour toujours dans la ville, je sais pas, si c'est vrai qu'elle peut plus bouger et tout ça oui si c'est vrai, après tout je sais pas vraiment dans quel état elle est maintenant ma mère, et si y'a encore une chance ou pas qu'elle trouve une combine pour foutre le camp, pour de vrai je dis bien, pourquoi pas d'ailleurs, faut croire.

On est donc entrés tous les trois, par le 27 de la Cité des Meures. Y'avait personne et c'était bien joli par ici, c'est vrai, on aurait jamais dit que c'était le voisinage de Naboum, comme celui de toutes les rues crasseuses autour. Dans ce coin-là, c'était vachement propre, avec des grilles en fer énormes à l'entrée et super hautes, tellement hautes, comme les portes d'un palais et qu'autour c'était le bidonville, comme me l'avait raconté si souvent Monsieur Habar, lui qui est un gentil comme tout : il avait grandi dans un tout petit village, au Maroc, et il l'appelait son « bidonville », son village, y'avait pas mal de misère, et pas d'eau potable. Il se souvenait bien de toute sa sale enfance avoir regardé, chaque matin que son Dieu fait, comme il dit en priant, le Palais que le Roi il avait fait construire à sa gloire. C'était un grand château qui ressemblait à ceux qu'on a chez nous et où le Roi n'était venu qu'une seule fois, pour son inauguration. Depuis il était vide. Quoi qu'on dise, il y aura toujours les pauvres et les riches, c'est ainsi fait, le monde est fait comme ça, et on peut pas choisir de naître d'un côté ou de l'autre, on tombe au hasard quelque part. Après, on peut toujours essayer d'y aller d'un côté ou d'un autre, on a toute sa petite vie pour ça mais c'est comme tenir en équilibre, c'est jamais sûr qu'on tienne très longtemps.

Moi je sais pas si j'arriverais à être un riche, parce que j'ai dedans comme une impuissance face aux grandes mécaniques de la réussite et j'ai dû mal à me tenir aux règles qui tiennent les vies adultes, je suis rouillé moi voilà ; j'arrive pas à être et puis à devenir quelqu'un qu'on respecte avec le temps et à force de volonté, j'en ai pas, un homme qu'on trouverait tellement beau, tellement poli, tout ça, parce qu'il a assez d'argent sur lui et que ça suffit à rendre les autres obéissants, comme des chiens en laisse.

C'est ce que me disait Mars il y a encore une heure, sur la route, après qu'on soit sorti du Passage Rançay. C'est tout ce qui le dégoûtait en plus, parce que lui il en veut pas lui du monde des riches et des autres, les hypocrites, qui font que la terre est siphonnée et se fout à l'envers et depuis le temps qu'on s'est mis debout, pour marcher, et qu'on se parle et qu'on se rentre dedans les uns dans les autres :

— Le problème, c'est que tout est moche, garçon, mais qu'il faut s'y faire une putain de raison, et pourquoi, garçon, hein, pourquoi ? Parce que l'homme a toujours eu besoin d'en faire travailler un autre pour gagner son pain et vivre sa propre paresse sans que personne n'y voit rien : on fait tout pour faire fonctionner l'autre. Et pour ceux qui se trouvent ni d'un côté ni de l'autre, c'est le purgatoire, à peine comme s'ils avaient des âmes, vu comment on les traite, ni gentil ni méchant, ni modeste ni prétentieux, ni con ni génial. Non, pour eux il n'y a au-cune forme d'existence qui soit possible sur la terre des voyous et des lâches, ils attendent la mort qu'ils cherchent dans le visage des autres, la vraie et c'est tout.

Maintenant Mars il voudrait que je me place bien sagement en bas de l'escalier et Dynamo il est chaud bouillant pour faire sauter la porte du quatrième. Il sait comment s'y prendre, il a tout étudié le Dynamo avec ses yeux qui y voient mieux la nuit, et moi je dois faire le guet. Mais j'ai comme un sale pressentiment qu'il y a quelqu'un qui les attend de l'autre côté de la porte de l'appartement du quatrième étage, et que même ça me rappelle une série à la télé que Monsieur Duvirier il aime bien, un machin allemand où les acteurs ils sont vachement mal dou-blés et où ils se parlent très doucement entre eux. Eh bien, dans un épisode, le rare que j'ai suivi jusqu'au bout, Monsieur Duvirier lui il ronflait bien avant la fin, il y avait l'histoire d'un cambrioleur qui en accompagne un autre qu'il croit être son ami et en fait c'est un piège, l'ami en question s'avère être un sale traître en fait, qui l'a vendu pour pas se retrouver en prison, c'est le deal, à cause d'une sale histoire de drogue il y a longtemps, une erreur de jeunesse.

Je sais bien que rien de la vie doit ressembler à ce qu'on voit à la télé mais ça partait pareil ici avec ce dingue de Dynamo, et moi j'ai voulu lui en parler à Mars, en restant discret, pour pas que Dynamo il se mette à me suspecter et à me faire des yeux de tueur enragé.

Je le supplie Mars de me laisser monter avec lui, au moins parce qu'il n'y a rien à surveiller au rez-de-chaussée, c'est vrai, alors il lui vient une idée :

— T'as qu'à monter au dernier étage et tu ouvres la trappe pour qu'on monte sur le toit si ça se passe mal, voilà on partira par en haut.

C'était bien pour me faire plaisir qu'il m'avait dit ça mais moi je lui réponds à Mars qu'il doit se méfier, parce qu'il y a quelque chose qui tourne pas rond dans cette histoire de casse, je lui raconte pas pour l'épisode de la série allemande, parce que je pense qu'il me prendrait pour un vrai couillon. Alors j'insiste pour qu'on s'évade par en haut tout de suite et pour laisser entrer Dynamo le premier, mais s'il veut pas rentrer le premier dans l'appartement, alors ça prouvera que j'ai peut-être raison.

– Et merde ! qu'il me fait Mars.

Et je me prends un sacré coup de pied au cul, alors je monte tout en haut, au dernier étage, avec mes yeux qui se mettent à perdre des larmes tout seuls. Comme j'ai mal au cul, moi je veux qu'il se fasse choper ce sale con de Mars et tant pis pour lui.

J'arrive tout en haut, je regarde et je vois la trappe, alors je l'ouvre et je passe au travers et je me retrouve sur le toit de l'immeuble, ça glisse vachement et puis y'a du vent et puis il fait nuit noire dehors au-dessus de moi et puis c'est bien difficile de voir où on met les pieds là-dessus.

Bientôt j'arrive plus à avancer sur le toit tellement mes jambes elles tremblent, alors je tombe à genoux d'abord, et puis ce sont mes fesses qui tombent sur le toit ensuite. Je me retrouve alors comme un petit oiseau blessé à qui on a arraché une aile et qui peut plus s'envoler, plus jamais. Il se met à pleuvoir au même moment, je suis seul au-dessus de la ville et je préfère rêver que je dors déjà et que je suis pas prisonnier entre le ciel sombre et la terre qui ronfle d'ennui, là où personne ne peut plus ni m'apercevoir ni me sauver vraiment.

Ça dure des minutes pleines, des heures, des jours peut-être, comme ça et comme j'en peux plus, j'ai les yeux fermés et la pluie froide me fait la douche sur les cheveux. C'est quand on reste trop longtemps immobile qu'on commence à se raconter des choses horribles à l'intérieur de soi. C'est vrai, on peut y croire qu'il y a une fin à la vie, quand on est pas encore tout à fait grand et qu'on a déjà plus la force ? Qu'est-ce que je fais là, triste, où j'en suis à me blottir contre moi-même, sur un toit de la ville où on voit même pas le ciel tellement il est bouché par la pollution ? J'ai jamais pu voir une seule étoile de ma vie au fond du ciel ici, c'est défendu même d'en chercher rien qu'une seule des étoiles, alors on rêve qu'on les voit mais on les voit jamais en vrai, c'est comme ça la vie dans les villes polluées comme celle-là, on imagine qu'on la vit et elle passe à côté.

J'aurais jamais pu imaginer alors qu'une main chaude et sûre m'aurait sorti de ma peur terrible qui se gonflait de bêtise sur le toit qui surplombait la grosse ville, mais c'est ce qui est arrivé et c'est Mars que j'ai reconnu quand j'ai remonté mes yeux au-dessus de la main si sûre qui m'avait remise debout. Qu'est-ce qu'il faisait là lui maintenant ?

— T'avais raison, garçon, je l'ai laissé rentrer le premier Dynamo et dans le noir ce taré, il flippait comme un dingue, il voyait que dalle dans l'entrée et puis il s'est mis à gueuler tout à coup, tellement il avait peur Dynamo : « C'est pas moi ! C'est pas moi ! » qu'il hurlait tout comme un possédé, et il a sorti un flingue de son bide et il a tiré ! Et y'a eu une riposte, parce qu'on a hurlé dans le noir et il est tombé sur le parquet comme un sac de pierre Dynamo, et ça a fait un boucan horrible dans l'entrée. J'étais pas rentré moi et je me suis cassé, je suis monté jusqu'en haut et par chance t'avais laissé la trappe ouverte, garçon, et je suis là, il faut se tirer, parce qu'on doit encore me chercher, tu vois, garçon ?

J'étais debout maintenant et grâce à Mars, on est passé d'un toit à un autre, j'avais peur de sauter mais il fallait le faire. La pluie fine s'était transformée en glaçons pointus, ça glissait pire, on a changé d'im-meuble.

Pour nous attraper et nous coffrer, va falloir s'accrocher ! Et Mars il me dit maintenant :

— Il faut que tu sautes sur le balcon, garçon, là, tu le vois juste en dessous ?

Ça me foutait bien les jetons mais j'avais pas le choix, parce que Mars en plus il me poussait vers l'avant, pour que je fasse le grand saut. Et j'ai fini par sauter forcément et j'ai atterri sur mes deux jambes, c'était déjà ça de gagné.

— Pousse-toi, qu'il me dit Mars sèchement, je vais ouvrir la fenêtre, je crois qu'il n'y a personne dans cette piaule.

Il s'accroupit, il brise la poignée de la vitre du balcon facilement et on entre à l'intérieur, ça va très vite.

Il avait raison Mars, y avait personne dans la piaule, elle était vache-ment sale, et on a pu ressortir de là par la porte d'entrée, et puis il a fallu descendre des escaliers encore, on était au septième. Au rez-de-chaussée, il fallait qu'on se méfie quand même, parce qu'on pouvait peut-être bien nous attendre avec des flingues et des flics, et moi je pouvais savoir y faire avec les flics, parce que j'avais déjà donné à cause de ma mère, quand ils ont cherché à me faire chier chez Monsieur Du-virier.

Ouf ! Nous voilà dehors, faut passer un coup d'œil à droite et à gauche dans la rue, c'est la rue Mouchet de ce côté-ci, y'a du bruit qui vient de l'autre côté, les sirènes des flics justement et puis peut- être une ambulance aussi, je sais pas. On marche un peu sous la pluie le long de la rue banale et périlleuse, comme ça, sans rien dire, on filait à l'anglaise comme il me disait Mars, et je comprenais pas.

– On va rentrer ensemble Mars, hein ? Non parce que c'est mon anniversaire ce soir !

Et puis je baisse la tête, et je regarde mes pas, et puis surtout la façon dont mes pas ils se mettent dans les pas de Mars.

– Il faut qu'on s'amuse dans ce cas, garçon ! qu'il m'a lancé Mars, tandis qu'on était en train de remonter la rue Mouchet. On va descendre et on va passer chez Ben, y'aura du monde ! Je m'en fous de Dynamo moi ! Tant pis pour lui ! C'est pas de ma faute !

Et puis moi je lui ai demandé à Mars si c'était pas dangereux quand même avec ce qui s'était passé là juste à côté, et si Dynamo il était encore vivant ce salaud, il allait cracher le morceau :

– T'en fais pas, qu'il m'a répondu Mars, bien sûr de lui. Même s'il vit encore, il dira rien, il est trop con !

Pour mon anniversaire, j'avais un peu menti sur la date. C'est que j'avais eu besoin qu'on revienne un peu à moi, et puis c'était un peu le mien, parce que c'était celui de ma mère, en vérité. Et il fallait bien que quelqu'un pense aussi à elle.

– Allez viens garçon, qu'il a insisté Mars, c'est ton anniversaire et puis tu m'as presque sauvé la vie alors viens on va s'amuser chez Ben !

Je me suis laissé tenter, et alors on a replongé dans la rue de la Chaudière et on est entré chez Ben, dans son troquet, « Le Nerf à Cheval ». On venait à peine de passer minuit et pour l'ambiance, y'en avait chez Ben, y'avait une de ces femmes vulgaires qui avait des vues sévères sur lui. Elle traînait un gosse tout chiffonné qui lui tirait son manteau en fausse fourrure.

Ben, entre deux prises d'oxygène, il lui demandait de se calmer mais la femme elle continuait à lui brailler que c'était son gosse à lui et qu'ils l'avaient donc fait ensemble un soir où elle comptait plus que tout paraît-il, et qu'il fallait assumer maintenant et y'avait tout le blabla qui allait avec celles qui n'ont plus assez de force pour se traînailler un mioche dans les pattes, tellement ça fait de bruit et que ça sait rien écouter comme il faut. Ben il faisait comme d'habitude avec elle, il lui a dit :

– Allez, bois un coup, un verre de vin blanc, celui que tu préfères, celui que tu aimes, tu te calmes et puis après on discute, hein ?

Mais elle voulait rien entendre la pouffe, elle avait les cheveux qui puaient un peu comme du vinaigre et presque déjà tout gris, et puis des dents un peu noires et y'en a qui manquaient même dans certains coins. Alors avec tout ça, qui pouvait encore bien la vouloir au fond de ses bras ? Et puis le môme il s'est mis à chialer, il devait avoir six ans à peine. Faut dire qu'il y avait un client du bar qui lui avait piqué son téléphone portable en plastique au gosse. Mais sa mère elle s'en foutait bien. Et Ben l'a relancé à propos du verre de blanc et elle a craqué, elle a dit qu'elle s'en ferait bien un, oui, petit verre de vin blanc, qu'elle a pris en tremblant des mains et des lèvres comme pas possible. Ça elle aimait boire et puis au moins elle se taisait pendant qu'elle buvait et c'est sûr que pour ça Ben il était content qu'elle ne lui cherche plus des noises.

Quand on est entré avec Mars chez Ben, tout de suite on nous a salué. Y'en avait déjà quelques-uns qui étaient au courant qu'il y avait eu du grabuge et du fameux à la Cité des Meures derrière « Le Nerf à Cheval », mais on savait pas qui avait été touché, et nous forcément on disait rien, on jouait les étonnés pour ainsi dire. Et puis qu'on en parle plus, basta ! Mars a commandé à boire pour nous deux et on a trinqué. C'était fini, on les a plus entendues les sirènes des flics et Mars il m'a souhaité un bon anniversaire. C'était un peu triste de la manière dont il me l'avait souhaité mon anniversaire Mars, mais qu'est-ce que je pouvais espérer d'autre à ce moment-là ? C'était pas ma mère qui allait venir me le souhaiter ce putain d'anniversaire bidon, surtout si elle dormait depuis tout ce temps, ou alors je sais pas, c'était peut-être bien possible qu'elle se pointe jusqu'ici et alors elle entrera chez Ben, et je me prendrai une vache de paire de claques sur le nez. Mais après tout je serai vachement bien heureux de me la prendre la claque et même devant tout le monde. Et elle criera ma mère qu'elle m'a attendu depuis des jours et des jours entiers. Mais tout ça je le rêvais aussi parce que je buvais une bière, et que je sentais bien qu'elle était forte la bière et que j'avais un petit ventre qui pouvait pas tellement résister face à l'alcool, j'étais pas de taille, même si je m'étais inventé un an de plus ce soir, eh bien ça voulait rien dire pour un demi et pour un autre encore qui est venu tout de suite après, et un autre encore à venir bientôt et un quatrième encore : chaque bière que j'avalais était en train de me voler quelque chose. D'abord c'était le dernier souvenir que j'avais de la vie qui s'est évaporé sans résister et puis ce sont les yeux bientôt qui voyaient plus rien. Je me crachais un venin tout au fond et dans ce venin, il y avait tout : les êtres qui vous ont dit je t'aime et puis ceux qui vous haïssent et que vous haïssez aussi, et avec ceux qui vous aiment et puis qui doucement avec le temps pourri qui vient ne vous aiment plus vraiment, parce qu'ils trouvent plus sérieux de s'aimer rien que soi-même. Et c'est bien ça que vous leur reprochez. Moi j'avais des choses à dire à des gens que j'ai jamais vu exister en vrai, comme un père, ou d'autres trucs, à d'autres gens encore qui n'avaient jamais existé et qui n'existeront jamais, comme le frère qu'elle m'a pas fait ma mère, et pourtant si je pouvais en dire des choses à ce sujet, et tout haut, à tout le monde, c'est sûr que ça irait mieux, et que j'irais m'y mettre après gentiment entre l'oncle Jules et sa femme, la tante machin je sais plus, qui voudrait bien que je l'appelle comme ma mère et que c'est peut-être ce qui arrivera à force de la fréquenter, oh oui ! Et j'irai là-bas, bien sagement, avec rien dans les poches, avec rien dans la tête, aucun souvenir de ce que je suis en train de faire de sale ici sur les trottoirs banals de cette vieille ville toute ramollie où même la pluie a tellement de peine à chasser pour de bon l'odeur vraiment insupportable que les gens ils traînent sur eux tout au long de la journée et qui les pourchasse encore dans la nuit qui vient sous leurs draps, pour les bouffer pour de bon.

Je le force mon cœur bien sec, à penser au petit frère qui n'existe pas et sur ce que je voudrais lui dire, des tas de choses qu'on peut seulement partager entre frères parce que tous les autres comprendraient pas ce que ça veut dire d'avoir mal comme nous deux.

Parce que je sais maintenant que le jour où j'ai regardé ma mère se faire dans la cuisine des choses pas franchement sympa avec une bassine sous le derrière, que c'était de mon frère qu'il s'agissait, et que tout allait rater pour lui. Elle a pas crié parce qu'elle voulait que je reste endormi, avec mes sept ans et mon sommeil difficile, parce que je me réveillais plusieurs fois au milieu de la nuit, seul, et puis je m'étais mis debout, je marchais d'un bout à l'autre du petit appartement, sans rien dire et c'est là une nuit que j'ai glissé un œil derrière la porte à peine entrouverte de la cuisine, et avec mes yeux qu'est-ce que j'ai vu moi ? Ça faisait plusieurs semaines que ma mère elle vomissait toutes les trois, quatre heures, et je trouvais ça bien bizarre et surtout qu'elle m'avait jamais mis au courant qu'elle attendait mon frère dans son ventre, mais de qui en plus ? Il fallait bien être deux pour faire un frère, si j'avais bien compris ce que j'avais pu essayer de lire un jour dans un bouquin de l'école chez les plus grands. Y'avait des images qui parlaient mieux que les mots alors ça aidait à comprendre et surtout que les mots à côté, c'était des mots scientifiques que je comprenais pas. J'ignore encore aujourd'hui ce que veulent dire un bon paquet de ces mots savants qui s'expriment sur la fabrication des enfants. Parce que pour en faire des mioches, j'avais appris qu'on était même pas forcé de s'aimer. Ça fait vachement triste quand on apprend ça, on se dit alors qu'il doit y en avoir plein des mioches qui ont été faits sans amour, à commencer par moi peut-être. Je sais pas vraiment, parce que ma mère n'a jamais été claire sur ce sujet. Je sais seulement qu'elle a pu foutre en l'air mon petit frère en se tapant sur le ventre comme une dingue et puis qu'après à l'hôpital ils ont fait des choses pas claires. Je parle de cette histoire d'être fait sans amour à cause de Mars en fait. Oui, lui il boit beaucoup et y'a tellement de mots qui sortent facilement de sa bouche maintenant :

— J'ai jamais été bien aimé par ma mère, garçon, qu'il me confie Mars. Alors, tu crois toi qu'on peut aimer à son tour quand on a reçu aucune preuve d'amour, garçon ?

Je me suis trouvé bien bête parce que je savais pas quoi lui répondre à Mars.

Et puis il s'est mis à rire tellement fort Mars, qu'on l'a entendu jusqu'au fond crasseux du bar où se finissaient au cognac quelques silhouettes larvées qui crachaient des méchancetés sur les riches. Il a commencé par siffler une chanson minable en faisant le clown Mars, il imitait bien, et bien sûr tout le monde se la fermait, moi le premier, parce que c'était joli quand même.

Et il a eu besoin d'aller pisser à un moment Mars, comme tous ceux qui se remplissent un peu trop vite fait la vessie. Fallait donc que ça sorte par en bas à un moment ou à un autre, surtout si on voulait encore en faire entrer par en haut de l'alcool, tant qu'on est pas encore par terre, on peut. Il savait pas comment y aller jusqu'aux chiottes Mars, s'il devait lâcher des mains le comptoir de Ben, parce qu'il tiendrait pas debout s'il faisait ça. Alors c'est là que la Séverine elle est entrée en scène pour l'aider Mars. Elle était là elle aussi depuis cinq bonnes minutes et parce qu'elle avait vraiment envie qu'il reste avec elle Mars, alors ils y sont allés ensemble aux chiottes. C'était étroit par là-bas, elle est rentrée la première Séverine et Mars juste derrière il s'est défroqué. La porte fermait mal et moi j'ai tourné la tête parce que tout ça me dégoûtait.

Y'a eu quelqu'un qui a tapé sur le rideau de fer et Ben il a demandé à tout le monde de se taire et il a avancé vers le rideau.

— Oui c'est qui ?

— Ben, c'est moi, c'est Aziz, ouvre bordel !

Alors Ben il a remonté un peu le rideau de fer et moi je lui ai dit à Ben que j'avais envie de partir et qu'il n'avait pas besoin de le lever davantage son rideau pour que j'y passe ma tête en dessous ; j'ai croisé le Aziz en question, qui rentrait chez Ben, j'ai pensé « un client pour un client », rien n'était perdu pour Ben, le compte y était.

Il faisait nuit noire dehors, même les réverbères de la rue de la Chaudière avaient décidé d'en faire le minimum, sûrement parce que la nuit elle durait trop longtemps et qu'elle était trop forte pour eux, avec tous les gros buveurs qui perdront une fois de plus le chemin de chez eux, et qui finiront encore une fois par s'endormir dans le caniveau, jusqu'à la prochaine aube qui les lèvera d'un coup : et la tête sera lourde, et il y aura un sacré mal de cœur avec et tout partira en liquide au bord du trottoir, et ça salira tout, comme d'habitude, et personne viendra laver quoi que ce soit, au petit matin.

Au croisement de la rue de la Chaudière et de la rue Larron, c'est une chance, j'ai croisé Zabir avec un homme très grand qui portait chiquement une longue gabardine marine et une écharpe en velours sombre qui lui serrait le cou. Elle m'a vu Zabir et puis elle m'a souri, et avec un petit signe de la main, elle m'a dit de l'attendre. L'homme qui était avec elle lui a mis un petit baiser au bord de ses lèvres et il est parti. Zabir, elle est venue vers moi après.

– Oh Jaguar ! qu'elle s'est exclamée Zabir, comme si elle était sur une scène de théâtre, mais aussi parce qu'elle était contente de me revoir, je suppose.

Et puis elle m'a tout de suite demandé comment ça se faisait que je traînais dans la rue à cette heure-là. Je lui ai expliqué en quelques mots pourquoi j'en étais là, comme ça dans le fond de la nuit et elle m'a dit de venir avec elle.

– Viens, Jaguar, on va se réfugier chez Naboum !

Je lui ai demandé s'il était pas trop tard pour aller chez Naboum, et elle m'a répondu Zabir que c'était toujours ouvert pour des gens comme nous chez Naboum et qu'en plus elle m'aimait bien Naboum, et qu'elle savait pas pourquoi mais qu'il y avait quelque chose qui la touchait beaucoup en moi. Moi aussi je l'aimais beaucoup Naboum. D'accord c'était pas comme si c'était ma mère parce que je l'avais pas connue au tout début Naboum, mais parfois vous vous sentez tellement bien avec des gens que vous connaissez depuis seulement quelques jours et vous savez pas pourquoi vous vous sentez tellement bien avec des inconnus, vous aimez.

Zabir elle m'a enveloppé avec ses bras, comme les ailes d'un oiseau, et je me suis glissé sous son manteau doré. Elle me protégeait parce qu'il faisait quand même vachement froid tout à coup et je me suis vraiment senti bien sous les ailes de Zabir, enfin je veux dire sous son manteau. C'était comme à l'intérieur du ventre de la mère.

On est arrivé chez Naboum ; on est entré par l'immeuble qui touchait le restaurant et on s'est retrouvé directement dans la cuisine. Le restaurant il était fermé de l'extérieur mais y'avait encore un petit groupe de Noirs tout joyeux à l'intérieur qui se goinfraient comme des gens heureux, en riz et en viande. Naboum, elle était là et elle m'a tout de suite embrassé dès qu'elle m'a vu.

— Alors il t'a laissé tomber Mars ?

J'ai pas voulu dire oui mais c'était tout comme sur ma figure.

— C'est vraiment devenu un pauvre type celui-là, et c'est bien dommage, je l'ai beaucoup aimé avant qu'il ne croie qu'il n'y a aucune chance de vivre heureux dans la vie. Ça me fait mal de le voir comme ça.

Je lui ai dit que je m'en foutais complètement de Mars et que je voulais bien pouvoir rester ici avec elle. Elle m'a encore embrassé sur le front et elle est retournée en cuisine. Elle m'a dit en repartant que je pouvais faire comme la dernière fois, monter dans la petite chambre du fond et y rester jusqu'à neuf heures demain matin. J'ai souri.

On s'est installé avec Zabir à une table parce qu'elle a beaucoup insisté pour m'offrir une tasse de thé. On s'est mis à parler tous les deux ensemble, l'un en face de l'autre, je lui ai demandé si c'était son petit copain l'homme que j'avais vu avec elle. Elle m'a répondu non, que c'était plutôt un client.

— Tu voudrais pas partir très loin, là où c'est bleu et où on s'ennuie jamais parce qu'on a des yeux qui sont heureux et la mer juste devant, hein Jaguar ? qu'elle m'a dit tout à coup Zabir avec un trémolo dans la voix.

Je lui ai répondu que je savais pas si j'avais envie de partir d'ici, que pour l'instant j'en avais pas la force. Et elle m'a répliqué que pour elle c'était pareil. En fait, elle pensait à son pays, en Afrique, c'était loin, mais c'était au bord de la mer. Il y avait son père qui l'attendait toujours mais elle avait honte quand même, parce qu'il croyait son père qu'elle travaillait comme un homme ici, et c'était plus vraiment le cas, comme au début :

— Il croit que je suis encore un homme tu vois, Jaguar ? Alors, comment lui dire que son fils fait la fille facile au pays des Blancs ? Je ne pourrai jamais rentrer. Mon père je ne le verrai plus en face de moi. Et puis, qu'est-ce qu'on aurait à se dire ? Et puis il ne me reconnaîtra pas de toute façon, il voudra plus me reconnaître. Et puis il comprendra pas ce que je suis maintenant et pourquoi je vis comme ça, pourquoi je suis comme je suis. Je reçois des lettres de lui encore, et je réponds plus depuis longtemps. Je reste ici, à essayer de m'aimer dans cette ville parce que j'ai mal, parce que je dois chercher quelqu'un qui aime comme moi, tu comprends, Jaguar ? On en est tous au même point, qu'on soit noir, blanc, femme, homme, chien, plante, il faut nous regarder, il faut nous aimer et c'est tout ce qu'on cherche, c'est bien tout ce qu'on demande à la vie, Jaguar.

Et moi je me demandais pendant que je l'écoutais Zabir, si toute la vie n'était pas qu'une farce au bout du compte. C'est vrai, il y avait tellement de gens que j'avais vus en quelques semaines me filer la chair de poule, surtout depuis que je cherchais à avoir des nouvelles de ma mère, et alors j'en savais encore moins ce soir sur le chagrin, ce truc bizarre qui nous appelle et qui bave une fois qu'on s'est laissé prendre, quand on est trop près de comprendre que c'est assez de nous voir comme des sortes de morts-vivants.

Il y avait peut-être encore une chance que je me sauve la peau, parce que ça valait le coup que je cherche à savoir si c'était partout la même merde. Si ça valait le coup, oui, je pouvais. Je disais ça par rapport à mon âge, parce que ma mère elle aimerait pas que j'essaie pas de vivre autant que les autres, je veux dire que ceux qui se donnent du mal alors que c'est pas gagné et qu'on pousse au fond des placards et qui finiront par y rester.

J'ai dit à Zabir que je voulais bien essayer d'y rester sur la terre avec tout le monde, même s'il était question que je dise plus « Maman ». Fallait donc moi aussi que je trouve quelque chose pour dire qu'il faut aimer, et pour oublier surtout que tout ça valait pas le coup d'aller se coucher en espérant de pas se lever le lendemain, de jamais être né, tout comme dans le livre du métro, celui que j'avais trouvé sur la banquette, celui de Monsieur Cioran.

Et si Mars, de son côté, il était malheureux, trop malheureux pour pas lui dire qu'il l'aimait aussi Zira et qu'il le savait vraiment qu'elle a besoin de lui ? Tiens et que même la Séverine, je l'enviais d'avoir besoin de quelqu'un comme Mars pour l'aider à continuer de respirer. Tout ça, ce sont nos histoires, les histoires des humains qui cherchent toujours à savoir où regarder pour aimer et vivre un peu en paix.

Je suis déjà monté à l'étage, j'ai déjà ouvert la porte de la chambre de Naboum, je suis déjà seul. Zabir est partie avec un client du restaurant qui avait dévoré son repas comme un ogre. Vite, il faut se dépêcher de gagner sa nuit en argent parce qu'elle tire bientôt à sa fin, la nuit. Et elle avait plus assez sur elle pour se payer une petite chambre dans un hôtel miteux, pour être seule et tranquille, non Zabir, alors faudra encore faire l'amour sans amour ce soir Zabir, pour gagner un endroit où dormir.

La nuit que je suis en train de voir finir me renifle la peau, je la sens et elle pue ma peau. Je me gratte le dos comme un dingue. Et la nuit des autres, est-ce qu'elle ressemble à la mienne ? Je la commence à peine la mienne, parce que je viens juste de fermer les yeux. Je m'enfonce sur les ressorts vieillots du lit de Naboum, et je sens bien mon petit corps encore un peu ivre et bête à mourir. C'est comme si j'étais plus lourd qu'hier, j'avais pourtant pas un an de plus, j'avais menti, mais c'était tout comme, c'est comme si j'avais vieilli moi aussi avec ma mère, et pour de vrai. Tiens, il est déjà tellement tard qu'on pourrait même dire sans rire qu'il est déjà tellement tôt.

Encore une fois, Naboum elle est venue se coucher à cinq heures du matin, elle était à l'heure, pas de problème. Comme elle avait l'air contente de me revoir, je suis resté avec elle dans la petite chambre au fond du couloir, celle qui nous protégeait de la rue infernale. J'ai attendu qu'elle ferme les yeux et qu'elle s'endorme. On s'est pas parlé, on se tenait juste très fort par la main, l'un à côté de l'autre.

Naboum, elle était de ces personnes qui sont tellement belles quand vous les regardez dormir, calme et lisse. Et même les ronflements qui venaient après ne gâchaient rien, c'était sans importance, tellement le reste était beau tout autour d'elle.

Je l'ai regardée encore un peu dormir Naboum et puis comme j'ai eu presque envie de pleurer, je sais pas pourquoi, alors j'ai quitté la petite chambre et plus bas, là, la rue toute ridée par le gel m'a attrapé. Elle avait un peu changé de couleur la rue, à cause du jour clinquant qui lui donnait un semblant d'air de joie. Mais au fond, elle restait la même vicieuse.

Sitôt que j'ai replongé, aveuglé par le jour atrocement laid qui se traînait tout au long de la rue Roquet, je me suis fait attraper par le col de mon manteau. Tout s'est déchiré dans mon dos. Je me suis retourné dès que j'ai pu, avec un bond circulaire et j'ai vu Mars, tout frais, qui m'a tout de suite engueulé sévèrement et avec des mots très durs et très grossiers :

– Où tu étais p'tit con ? Je t'ai cherché partout ! Où ? Encore chez la grosse Naboum ?

Je me suis énervé à mon tour :

– J'ai pas de comptes à te rendre, Mars ! Je fais ce que je veux !

Sans m'y attendre, je me suis pris une bonne claque ; j'ai touché ma joue, elle était brûlante et puis je lui ai craché dessus à Mars, c'est tout ce que j'avais à faire de mieux à ce moment-là et lui il m'a botté le cul. Mais je supportais pas qu'on lève la main sur moi, j'avais déjà griffé ma mère jusqu'au sang et pour moins que ça encore, surtout quand elle avait bu un coup de trop et qu'elle voulait à tout prix me forcer à dire que je n'étais qu'un morveux, né rien que pour lui faire du mal et l'empêcher de vivre. C'est là que je voulais qu'elle disparaisse pour de bon ma mère, seulement pour qu'elle revienne après et avec une meilleure humeur, toute douce et avec du regret.

Je me suis mis à courir. Mars il m'a rattrapé et puis il m'a dit qu'il se sentait responsable de moi :

— Avec tout ce qui nous est arrivé, garçon, tu piges ?

Oui, il s'est expliqué : il pensait que j'avais été arrêté et puis forcément torturé pour que je crache le morceau à propos du cambriolage. J'ai eu beau lui dire que c'était pas mon genre de balancer, il insistait :

— C'est pas à cause de ça ! qu'il m'a dit Mars.

Non, c'était à cause des méthodes que les flics ils emploient pour les faire parler les jeunes dans mon genre et qu'il savait très bien de quoi il s'agissait. Oui il savait bien comment qu'on les traitait les petits qu'on attrape dehors. Parce qu'il a souvent été interrogé dans les commissariats Mars, et qu'on dirait que ça l'a marqué à vie et parce que le pire dans tout ça, c'est que tout le monde dit que c'est pas vrai ce qui se passe dans les commissariats mais ceux qui osent cracher que tout est faux et que tout ce que des mecs comme Mars ont vécu entre quatre murs, dans le face-à-face avec les uniformes, c'est de la pure invention. Mais alors, les autres, ont-ils connu les humiliations, les coups de bottins au-dessus du crâne, pages blanches comme pages jaunes ? Et puis faut se mettre à poil, c'est un ordre, et on se fout de ta gueule, on te pisse dessus même, la honte. Oui, parce que la torture dans les tôles à flics ça existe. Moi je dis que c'est un pays ici qui dit pas son nom mais que ça a à voir avec des choses qu'on a pu faire à des prisonniers de guerre et qu'on fait juste ce qu'il faut pour pas laisser de traces visibles sur la gueule des suspects et que jamais personne remarque qu'on vous a fait du mal.

Après ça Mars il m'a dit qu'il avait pas voulu me gifler mais c'est parce que je devais bien lui dire où est-ce que j'étais et avec qui bon sang ?

— Et puis si on allait se faire un bon petit-déj', hein garçon ? qu'il m'a proposé bien gentil Mars.

Comme j'avais le ventre qui me suppliait d'accepter sa proposition, je pouvais pas lui dire non à Mars. Il me tenait à nouveau, on a avancé.

J'ai respiré un vrai grand coup d'air frais et je pouvais dire que j'avais drôlement faim. Oui je crevais de faim, ça me montait dans la tête, comme avant de partir pour le bahut, avant de me dissoudre dans cette salle endormie qu'on appelle une classe, pour apprendre comment toute une journée on va s'ennuyer tellement et même si on est avec les autres, les camarades, y'a rien à dire sur eux, ils sont encore plus fourbes et plus bêtes que les adultes qui travaillent pour nous, tous ceux qui nous donnent des leçons. Le pire c'est qu'on essaie bien parfois de sécher les cours mais on est vite de retour dans la classe, je sais pas pourquoi, c'est la peur ou la solitude. Et puis quand on revient, on paye les absences par des punitions idiotes, il faut écrire des centaines de lignes sur des cahiers à petits carreaux, et on peut plus partir alors. Y'a des barreaux parfois aussi dans les cours d'école, dans la mienne y'en a. Peut-être qu'on les aime au bout du compte les barreaux, nous autres.

Mars il m'a payé un petit-déjeuner royal dans un café un peu déglingué, du côté de la Porte Saint Chien. On a écouté ensemble les embouteillages qui grossissaient minute après minute, ça essayait de s'infiltrer sur le boulevard Périphérique, fallait pas arriver en retard au boulot et tout le monde prenait le boulot au même moment, c'était pas de chance. C'est vrai que sa propre vie dans les grandes villes, on commence par la défendre dès qu'on met un pied hors de chez soi, qu'on entre dans sa caisse toute rouillée ou qu'on s'enfonce dans le métro c'est pareil. Dès qu'on se confronte à un autre humain de son genre, on se méfie, on est prêt à dire des saloperies. Les insultes on les a tellement retenues toute la nuit, on est frustré, on pourrait même en venir aux mains, s'il le faut, pour montrer qu'on a le plus le droit d'exister que l'autre, son prochain. C'est pas moi qui dis tout ça, non c'est Mars bien sûr !

Et puis il a continué à déblatérer toutes sortes de trucs salauds sur les gens :

– Après, c'est pas fini, y a l'endroit où ils bossent, pendant huit heures ou plus, et là il faut encore qu'ils cachent ce qu'ils sont vraiment tout au fond, les rêves et tout, parce qu'ils veulent pas passer pour des dingues, et alors ils se taisent tous, et alors tout le monde fait comme tout le monde, parce qu'ils sont tous payés pour faire comme tout le monde, et pour pas faire les cons de rêveurs !

Je connais pas ça encore mais j'ai vu souvent ma mère chialer et pas mal, quand elle revenait à la maison parce que le boulot qu'elle faisait, c'était de la merde. On la traitait vachement mal aussi il faut dire, à ce qu'elle me disait. Et puis y'a eu pire, quand au début elle m'avait dit qu'elle avait fait le ménage dans les grandes tours du quartier de la Semence, le quartier des affaires. Ça venait le matin par paquets entiers de costumes cravates remplir les tours froides, et renverser des cafés sur les bureaux foncés et frotter leurs chaussures pleines de merde dans les ascenseurs et cracher dans les lavabos après avoir pissé à côté. Et on lui gueulait dessus après sur ma mère, parce que toutes les poubelles n'avaient pas été vidées entièrement et comme il faut. On a parfois raison de détester tous ceux qui travaillent quand on est en train de grandir, tellement on se rend compte qu'ils sont devenus des hommes trop vite et qu'ils sont trop loin de ce qu'on est, nous les autres, les gosses, trop loin pour nous parler et pour les écouter nous dire comment il faut faire pour leur ressembler un jour.

– T'en veux encore ? qu'il m'a demandé Mars à propos de savoir si je voulais encore un croissant et un grand café avec du lait dedans qui remonte en mousse ?

Ça me va, j'ai le ventre un peu moins vide qu'avant, je tiendrai jusqu'à demain si je le veux bien, enfin si le ventre le veut bien. Je comprends qu'un corps décide pour la tête, parce que je me suis habitué à me nourrir de peu, depuis que j'ai tout dépensé l'argent que l'oncle Jules m'a envoyé, c'est fini. Si j'ai de quoi manger pour la journée et rien qu'un sandwich avec du jambon ou sans jambon, d'ailleurs, je m'en contente, ou quand Naboum me glisse sous le nez un de ses petits plats de chez elle qui sentent tous vachement bon, je ne peux qu'être heureux après. C'est ça, quand je mange à ma faim, je vis heureux pendant le temps où je me nourris. Mon ventre fait mon sourire sur ma figure, je crois.

Mars il a recommandé un café au serveur et puis il m'a dit qu'il voulait que je l'accompagne à l'hôpital Mouchat. Un peu plus bas qu'il se trouvait cet hôpital et en fait c'était pas un hasard si on avait pris un petit-déjeuner ici à la Porte Saint– Chien. Il était question de la mère de Dynamo.

– Qu'est-ce que ça veut dire « la mère de Dynamo » ? Qui c'est ? Il a une mère lui ?

– Ouais, m'a répondu Mars, elle est en train de crever à l'hôpital, je l'ai appris ce matin d'un camé qui la connaît bien, « Lâche-mort » qu'il s'appelle. Il pionce dans le square des camés à La Rappel, c'est le voisin de banc de la mère de Dynamo, elle est clodo elle et c'est la boisson qui lui a fait son grand trou dans la tête.

Dynamo, il avait honte de sa mère, tellement honte qu'il a toujours nié être son fils.

– C'est pas elle ma mère, qu'il martelait sans cesse, à tous ceux qui l'attaquaient sur cette question-là.

– Non ! Ma mère elle est comtesse et elle est dans un pays trop loin d'où elle peut pas revenir pour me prendre avec elle. Elle ignore même que j'existe, j'ai été enlevé.

Dynamo il pouvait être vraiment barré avec ces histoires de mère qui est loin et tout ça, des conneries, parce que la drogue lui dévorait la tête. Quand ça commence à vous faire perdre la boule la drogue, il est déjà trop tard, ça écrase tout, et toutes les jolies images d'avant, celles de quand on était petit. La came vous fait vite savoir que tout le monde a disparu, qu'ils vous ont tous abandonnés vos amis, parce qu'on a grandi moche, et qu'on ressemble à tous les autres qui se tortillent dans les rues. On est plus assez original pour se croire intéressant et plus personne vous dit comme vous avez de l'avenir et tout le temps devant vous, un joli bébé en quelque sorte.

On a quitté le café et on a marché jusqu'à l'hôpital Mouchat. Il était là l'hosto, tout au bout de la Porte Saint-Chien, au bord du périphérique, là où les bagnoles tournent en rond tout autour de la ville. Y'a un boucan monstre par là-bas. Dès qu'on approche de l'entrée, il monte au nez toutes les sales odeurs d'essence et des poubelles qui pourrissent sous le périphérique quand le « Marché aux Bricoles » a fini de brailler et qu'il reste plus que des tonnes de détritus pour vous dire qu'il y a eu du passage et des gens. Ils laissent des traces les humains, toujours, et quand c'est pas de la boue et des ordures, c'est du sang. J'avais lu ça dans une histoire où il y avait la guerre et la misère par-dessus.

À l'accueil de l'hôpital Mouchat, on nous a indiqué bien gentiment où est-ce qu'elle se trouvait la pauvre mère de Dynamo. Moi j'étais pas franchement d'accord pour qu'on monte la voir, ça me faisait mal, d'abord parce que c'était une mère et que ça me rappelait la mienne. Et puis si des fois elle était ici ma mère, en train d'avoir mal depuis tout le temps qui m'avait séparé d'elle, et puis qu'on m'aurait rien dit alors.

Et moi j'arriverais pour venir voir la mère de quelqu'un d'autre ? Tiens, elle en pleurerait si elle savait ça, ma mère. Je gardais un œil vigilant pour pas me faire voir d'elle, au cas où.

On est monté par l'ascenseur, il était grand et rouillé. On était plusieurs à l'intérieur et c'était rien que des inconnus. Y'en avait qui portaient des fleurs avec eux, des bouquets bien garnis pour leurs malades tout fichus à eux et ils nous souriaient comme des niais. J'ai baissé la tête, là où regardait Mars. Il fallait aller jusqu'au trente- troisième étage et la chambre quatre cent soixante-quatorze, c'était le service des cancéreux qu'il m'avait dit Mars au rez-de-chaussée. Je lui ai demandé aussi s'il savait ce qu'on allait bien pouvoir lui dire à la mère de Dynamo, la clocharde, parce que c'était pas facile. Et lui il m'a répondu qu'il fallait lui dire qu'il était mort son chien de fils et lui demander si elle savait où est-ce qu'il créchait ces derniers temps, parce qu'on irait chez lui après et on fouillerait sa piaule. J'avais rien dit mais j'étais pas sûr pourtant sur la méthode.

L'ascenseur a d'abord ouvert ses portes lourdes au treizième étage. Tous ceux qui nous avaient accompagnés jusque-là sont sortis en nous souhaitant de passer une bonne journée, comme si ça valait la peine encore d'être poli avec les autres dans de tels endroits où ça puait la mort. Moi, j'avais plus envie de parler depuis longtemps. Et notre voyage a continué. J'avais pas fait attention, mais il restait encore une personne avec nous dans l'ascenseur. C'était une toute petite vieille dame de rien du tout, toute tassée, elle avait des longues mains et on lui voyait les os dessous la peau maigre, et son visage ne ressemblait presque plus à un visage de femme, tellement les rides lui avaient brûlé toute son ancienne figure, la première je veux dire, celle d'origine. Elle savait qu'on y allait jusqu'au trente-troisième étage, à l'étage de grands malades, des plus grands de tout l'hosto, ceux qui vont crever dans moins d'une semaine, en un mot. Elle, la vieille, il y avait son mari qui y était couché encore un étage au- dessus du nôtre, au dernier, là où on va crever d'un moment à l'autre, une question d'heures. L'agonie tenait à sa hiérarchie. Là, c'était pour demain qu'on lui avait dit, alors elle était venue passer la dernière journée avec lui, pour pas qu'il se sente partir tout seul. Mars il était dans son coin, il voulait pas l'écouter la vieille. Moi je me suis rapproché de sa bouche toute tremblante, elle parlait très doucement :

— C'est pour bientôt vous aussi ? qu'elle m'a demandé la vieille dame.

— Oui, Madame, mais on sait pas quand.

— C'est le cerveau le pire, qu'elle m'a confié en pliant ses yeux chiffonnés. Quand la personne elle ne vous reconnaît plus, c'est le pire, il n'y a plus rien à faire. C'est un parent ?

Et le trente-troisième étage a sonné comme une cloche cassée et l'ascenseur nous a libéré. On est sorti très vite avec Mars ; ça l'avait vachement énervé d'écouter des trucs horribles.

— Avec les vieux, qu'il m'a balancé Mars, la vie finit toujours par être dramatique, pas tellement à cause d'eux mais à cause de leur voix qui craque comme les vieux disques, et qui paraît plus tout à fait du côté de la vie, celle qui bouge.

Il a fallu aller jusqu'au bout du couloir. Le sol glissait un peu, parce qu'on venait de passer la serpillière, les murs étaient blancs et ça sentait l'hôpital forcément.

Voilà la chambre 474 sur la gauche, c'était écrit sur la porte, en gros et en noir. On était prêt pour rentrer dans la chambre, sans faire de bruit, c'est-à-dire sans traîner des chaussures et sans parler, quand y'a une infirmière qui est venue à notre rencontre. Elle s'est mise à poser des questions :

— Que faites-vous ? Qui êtes-vous ? Qui est cet enfant ? Et puis quel âge a-t-il ? Êtes-vous de la famille ? Elle n'en a pas ? C'est la Mairie qui vous envoie ? Avez-vous vu une de mes collègues ?

— Stop ! qu'il lui a dit Mars. On la connaît la dame dans la chambre, on est de la famille oui et on vient de loin.

— Alors, lui a rétorqué l'infirmière, je dois vous dire qu'elle ne va pas très bien, elle sort à peine du bloc opératoire, une opération délicate de la tête, ils ont dû lui retirer le lobe temporal, il était infecté, à cause de la tumeur cancéreuse. C'est très grave, elle ne voit plus rien maintenant.

— Bon, mais on peut entrer pour la voir ?

— Oui, allez-y mais surtout ne parlez pas trop fort. Et lui, dites ? qu'elle fait en me montrant du doigt, il a l'âge légal ?

— Oui, que j'ai répondu, j'ai eu l'âge avant-hier, je suis bien assez grand maintenant et puis c'est ma mère quand même.

— Bon, a marmonné l'infirmière.

Elle a pas insisté plus que ça et elle est repartie dans son coin. Je mentais bien, j'étais content.

Alors on est entré dans la chambre. J'ai tourné la tête vers un lit et la mère de Dynamo elle était couchée, tout entière et toute en longueur, raide. Y'avait un long fil qui lui rentrait dans le nez, et par les bras aussi, et d'autres encore qui lui en sortaient par le derrière. On l'avait piquée de partout comme si elle était la cible d'un jeu de fléchettes. Il y avait un autre fil qui remontait jusqu'à une petite bouteille sur laquelle il était écrit « Glucose ». Moi je me suis approché de la fenêtre. On voyait un gros morceau de la ville depuis le trente-troisième étage et c'était pas joli à voir, il en fallait du courage pour finir par mourir dans ce genre d'endroit, salement triste. Parce que quand on regardait par la fenêtre, qu'est-ce qu'on avait pour s'évader ? Des files interminables de voitures roulant au ralenti les unes collées derrière les autres, comme des troupeaux de moutons, dans un sens comme dans l'autre, avec des fumées noires qui montaient au ciel et éventraient tous les nuages sans exception, et même ceux qui voulaient se croire encore purs. Tout ça n'était pas gai, non, je crois que je préférais regarder la mère de Dynamo, c'était moins pénible que toute cette horreur citadine.

Mars, il s'est assis à côté de la mère de Dynamo, et il a essayé d'engager la conversation, pour voir si elle nous écoutait. Il l'appelait par petites secousses vocales Mars. Elle allait dire quelque chose, les lèvres étaient sèches d'accord, mais à force d'effort, elles ont fini par se décoller et tout de suite, la première chose qu'elle a dit la mère de Dynamo, c'est :

— Jean-Christ ? T'es là ?...

Moi j'ai regardé Mars, et il a répondu à la mère de Dynamo :

— Oui, Maman, c'est moi c'est Jean, je suis là.

Y'a eu comme une espèce de tristesse totale qui a envahi tout à coup le visage de Mars à ce moment-là. Je me suis dit qu'il devait être touché quelque part par cette pauvre femme qui terminait sa vie de clodo comme tout le monde qui meurt, dans le noir, et moi de mon côté j'essayais de pas m'attirer des sentiments malades qui donnaient des larmes, mais je pensais fort à ma mère aussi. Mais qu'est-ce qu'on était en train de faire ici ? S'il fallait la questionner à propos de Dynamo et de sa piaule et de la thune, alors qu'est-ce qu'on attendait ? Mars il m'a fait chut avec son doigt sur ma bouche.

La mère de Dynamo a craché encore quelques mots :

— Je t'ai reconnu à ton odeur Jean-Christ, tu trompes pas ta mère, c'est ton odeur quand tu étais petit, tu te rappelles ?

— Oui, je m'en rappelle très bien, qu'il a répondu Mars.

— Comment ça va, mon petit ?

— Ça va Maman... ça va bien même...

— Faut pas que tu restes dans la rue, Jean-Christ, c'est pas une vie pour toi. Si j'avais trouvé du travail avant, j'aurais pu le garder le petit appartement pour nous deux, tu m'en veux pas trop Jean- Christ ?

– Mais non, ça va, ça va... j'ai trouvé un travail et j'en ai un moi un petit appartement pour nous deux si tu veux. C'est pas grand mais on tiendra bien tous les deux dedans.

Ce que je voyais à ce moment-là, c'était comme une image atroce de laisser faire la mort, la laisser appuyer là où ça faisait mal. Si Dynamo pouvait être là pour voir ça, c'est sûr que ça le tuerait, on a tous sa faille, n'est-ce pas ? De son côté, Mars il avait pris son rôle très au sérieux, et la mère de Dynamo, ça faisait même de la peine de la voir raconter des choses sur son fils qui l'ignorait, elle était si clocharde que ça dans le temps ? Y a bien dû en avoir des belles années où elle était au chaud et sans alcool avec ça au bord des yeux, et pour bien le faire grandir Dynamo.

Mars, il pouvait pas la questionner sur son salaud de fils, qu'est- ce qu'il fallait lui dire de toute façon ? Ne pas lui mentir, lui dire que son fils lui a ouvert la route du grand néant et que ça sera plus facile pour elle de mourir si son fils il est déjà en train de l'attendre quelque part et qu'il la prendra dans ses foutus bras quand elle arrivera enfin ? C'était plus possible, et Mars il a continué à mentir et à se prendre pour l'autre, parce qu'il n'y avait plus rien d'autre à faire. Et puis, la mère de Dynamo savait qu'il y avait quelqu'un d'autre qui lui volait son air dans son mouroir.

– Qui est avec toi ? qu'elle a demandé avec difficulté à Mars.

Il a réfléchi un peu à ce qu'il allait répondre Mars, tranquille dans son coin, et puis il s'est lancé :

– C'est ma copine, ma petite copine quoi !

Elle a souri la mère de Dynamo, il lui restait pas beaucoup de dents malheureusement et ça faisait bizarre. C'est bien tout ce qu'on pouvait dire.

– C'est dommage que je puisse pas la voir ta fiancée Jean-Christ, ils m'ont fait quelque chose aux yeux ces fichus médecins mais elle sent bon, oui, ça c'est vrai Jean-Christ !

– Ça va s'arranger, t'inquiète pas Maman.

– Tu viendras me chercher quand je sortirai d'ici, hein, et on ira chez toi, hein ?

– Oui, Maman, je viendrai te chercher et on ira chez moi, et t'y resteras, j'ai tout ce qu'il faut ! Maman ? Maman ?

Et puis elle s'est endormie mais elle était pas encore morte la mère de Dynamo parce que je voyais monter et descendre son abdomen, elle respirait encore. Mars il s'est levé et il m'a tout de suite dit de pas l'emmerder avec des questions, il avait pas eu le courage de la questionner sur son putain de fils et c'est tout. Merde.

On est sorti de la chambre.

On a retrouvé l'ascenseur. On a appuyé sur le rez-de-chaussée mais il est descendu encore plus bas, au deuxième sous-sol. Les portes se sont ouvertes, Mars a appuyé de nouveau au rez-de- chaussée mais l'ascenseur n'a pas voulu obéir. On a quitté l'ascenseur, Mars m'a dit qu'on allait remonter par les escaliers, que ce serait plus simple que d'essayer de repartir avec l'ascenseur. Il faisait vachement froid au deuxième sous-sol, il y avait de longs couloirs très sombres et les murs pleuraient un gris neutre et ils étaient remplis de trous. Il y avait des grandes portes aussi qu'il fallait pousser très fort pour qu'elle s'ouvrent, mais où étaient les escaliers ? On a marché et on en a poussé des grandes portes, on a aperçu un infirmier plus loin qui poussait un brancard avec un truc dessus, complètement recouvert d'un long drap blanc. On est pas parvenu à le rattraper parce qu'il allait trop vite et il a vite disparu derrière une autre porte. Mars s'est énervé et très vite, parce qu'il voulait sortir de ce putain d'endroit qui puait la mort. On a tourné à gauche, on a poussé une grande porte « coupe-feu » comme c'était écrit au-dessus d'elle et on est tombé sur une grande pièce derrière, avec des casiers à droite et à gauche, avec des chiffres et des noms dessus, et au bout, on a trouvé une autre petite pièce blanche et glaciale et une table au milieu et un corps sur la table, tout ce qu'il y avait de plus humain. C'était une femme blonde et Mars il a plus rien dit tout à coup. Il s'est approché du corps et moi je suis resté derrière, je voulais pas avancer, j'avais pas le courage, et puis on lui avait ouvert le ventre à cette pauvre femme. Mars il était tout glacé, il est resté immobile, penché sur le corps dépouillé.

Et puis j'ai entendu qu'on nous a appelé en criant dans notre dos.

– Qu'est-ce que vous faites là ?

Un homme en blouse blanche a surgi entre nous deux. Moi je lui ai répondu qu'on s'était perdu. Il a dit qu'il allait appeler la sécurité, ce qu'il a fait d'ailleurs, et qu'il fallait qu'on sorte d'ici très vite, que c'était un endroit qui était formellement interdit au public. Mars il disait rien, il pouvait plus parler. L'homme a recouvert le corps de la femme étripée d'un drap blanc taché de sang.

– Pourquoi vous la regardez comme ça ? a demandé l'homme à Mars.

Il arrivait pas à prononcer un seul mot Mars. L'homme en blouse blanche l'a repoussé hors de la petite pièce, je les ai suivis tous les deux. Rapidement, y'a eu un type de la sécurité qui s'est pointé, un grand Noir costaud et avec qui on pouvait certainement pas rigoler. Il nous a demandé de l'accompagner et on est reparti avec lui par les couloirs grisâtres du deuxième sous-sol.

– C'est là qu'ils sont les escaliers, qu'il nous a fait le type sévère de la sécurité.

On a pas discuté, et alors on les a pris les escaliers, collés de près par le costaud de la sécurité. On est remonté donc, et pour être sûr qu'on se trompe pas de route, il nous a ramenés jusqu'en haut le costaud de la sécurité, devant la sortie de l'hôpital. On s'est glissé dehors et Mars il est allé s'asseoir sur un banc, juste devant l'entrée grillagée de l'hôpital. Moi je lui ai demandé tout de suite ce qui n'allait pas. Il a respiré un grand coup et il m'a dit qu'il croyait que c'était sa mère qu'il venait de voir éventrée sur la table, au deuxième sous-sol. Je l'ai prié alors de s'expliquer.

– Pourquoi tu dis ça ?

– Je sais pas, qu'il m'a répondu mollement, je croyais qu'elle était morte il y a quinze ans de ça.

– Parce que c'était pas elle sur la table, voilà tout, laisse tomber Mars.

– On peut toujours revenir, même après quinze ans, garçon. On peut revenir pour mourir encore même quand on est déjà mort depuis quinze ans. Et puis moi je l'ai jamais vue morte ma mère, et puis s'ils l'ont enterrée ou pas, c'est pas sûr, j'en sais rien du tout, ils l'ont peut-être gardée depuis tout ce temps à l'hosto ! Et pourquoi donc ils la gardaient ici ces salauds de blouses blanches ?

On est resté assis l'un à côté de l'autre pendant au moins une demi-heure. On regardait passer les visiteurs qui entraient dans l'hôpital et puis les malades au loin, vers l'entrée, qui sortaient prendre l'air avec leur perfusion roulante qu'ils traînaient d'une main toute maigre et toute tremblante. Ils avaient déjà l'air comme des fantômes terribles, loin des vivants qui les frôlaient en visite et qui n'avaient pas envie de s'attarder des heures ici, qui croyaient que ça leur arriverait jamais de finir comme ça.

Toutes ces allées et venues des vivants et des presque morts n'aidaient pas trop à ramener Mars à la raison, alors moi à un moment je me suis levé du banc et je lui ai crié à Mars qu'il fallait à tout prix qu'on se tire très loin d'ici. Et pour ça, je l'ai aidé à se relever Mars et puis on s'est éloigné de l'hôpital. Je voulais plus revenir dans ce genre d'endroit moi, ça me foutait vraiment le cafard et j'aimais pas voir Mars qui était en train de devenir comme les autres malades qui déliraient et jouaient un drôle de jeu avec la mort, qui est sérieuse elle. Plus on se déportera loin de l'hôpital Mouchat et mieux ce sera !

On était déjà dans le métro, sur le quai, sur la ligne 13, direction l'autre côté de la ville, parce qu'il fallait l'oublier la mauvaise blague de sa mère et de son ventre ouvert, Maman ou pas. C'est comme si c'était un sale rêve qui nous avait cherché des problèmes dans la vraie vie, et on savait pas pourquoi. Mais il nous a bien eu, vache de rêve contrariant, oui, parce qu'on souffre maintenant dedans, pour finir.

– Fiche-moi la paix, garçon !

Voilà, Mars il avait retrouvé toute sa tête maintenant. Ça allait beaucoup mieux et il m'a fait savoir que j'étais responsable de ce qui lui était arrivé à l'hôpital. Je lui ai raconté un peu comment ça s'était passé au deuxième sous-sol, et il m'a pas cru. Il m'a dit que c'était moi qui n'étais rien qu'un petit morveux, complètement barge et ça suffisait maintenant. Le métro nous a emmené très loin, on était tous les deux dans le wagon, bien assis, et Mars il regardait de l'autre côté du quai. Parfois il se retournait et il me jetait un regard méchant. Et puis les stations ont défilé, et Mars il s'est excusé enfin, il m'a dit que ça irait mieux demain et que je devais le croire.

Ouais, c'est ça, que je me disais en moi, tout ira mieux demain puisque demain on peut toujours rêver que tout ira mieux puisque demain n'existe pas encore. Quand demain sera aujourd'hui et qu'on verra que tout est resté pareil, que rien n'a changé, que demain sera le présent, on pensera au demain d'après et ainsi de suite, comme ça on peut toujours se dire que tout ira mieux demain mais demain c'est hier !

Mars il y pensait à tout ça, à ce demain poisseux, toujours le même. En plus il savait rien faire dans la vie, que traîner et rêver pour rien, aller ici et là, là-bas aussi et plus bas encore, et revenir vers elle, Zira, l'aimer un peu comme il le jurait Mars, pour trouver des forces, pour supporter chaque jour qui passe sans devoir pleurer. Mais le temps passe et on sera bien forcé un jour, qu'il me disait, de s'avouer qu'on a rien fait pour exister dans la vie. C'était un Mars tout entier inondé par sa grande détresse et personne pouvait vraiment savoir de quelle chair il était fait, quelle sorte de sang coulait dans ses veines.

Une petite foule compacte et semblable à toutes les autres est entrée en trombe dans le wagon, et l'indifférence était là, dans les regards de chaque personne, chacun courait au boulot et nous deux, Mars et moi, on était déjà plus des vivants comme les autres. Roule.

Tout à coup Mars il s'est levé de la banquette :

– Il faut qu'on sorte ! qu'il m'a dit.

Et puis il est descendu du wagon, en bondissant. Je me suis empressé de le suivre, il marchait vite. Il m'a attendu enfin au bout d'un couloir, devant une publicité qui vantait les mérites d'un soutien-gorge révolutionnaire.

Comme elle était jolie la fille sur l'affiche, légère et souriante, mais c'est dommage qu'elle existe pas en vrai, que je me disais encore en moi. J'avais pourtant les yeux qui brillaient comme des étoiles et tout mon corps qui se mettait à trépider de plaisir, elle faisait son effet la pub. On a débouché sur un autre quai pour une autre direction, il y a eu tellement de monde tout à coup qui s'est mis derrière nous. On m'a bousculé, il y a un métro qui est arrivé sur le quai et on m'a bousculé encore. Je voyais plus qu'un morceau de la tête de Mars et bientôt j'ai plus rien vu de lui. On m'a poussé à l'intérieur d'un wagon, ça a sonné, les portes allaient froidement se refermer, je savais pas si Mars il était entré à l'intérieur, et puis les portes se sont fermées. On était compressé comme des sardines dans la boîte en fer. J'étais plus petit que tout le monde, je voyais que des ventres respirant sous des vêtements insignifiants et qui sentaient déjà mauvais, et des jambes, des ceintures moches, et des pantalons qui puaient, mais je voyais pas Mars. Il était peut-être resté sur le quai, j'en savais foutrement rien. J'ai levé la tête autant que j'ai pu vers le plafond neutre du wagon pour attraper un peu d'air, j'étouffais au milieu des corps déments. La prochaine station, c'était une gare et là un gros morceau de la foule agitée allait descendre, c'était sûr, enfin je l'espérais parce que j'en pouvais plus moi.

Je me rappelle de Mars quand il me disait comment les souterrains de cette putain de ville le rendaient vraiment exécrable et indigne :

– C'est le terrain préféré du grand Capital ! qu'il crachait à tout bout de champ Mars.

J'avoue que je comprenais rien à cette phrase au début mais tout était en train de s'éclaircir maintenant que j'étais seul au milieu de tout ce bourbier. Histoire de la ville, histoire de prison, voilà tout. Y'en a qui passent une grande partie de leur existence au fond des souterrains de la ville, matin et soir confondus, une heure trente fois aller et retour, et ça les dérange pas plus que ça, et même si ça allait durer quarante ans tout ce cirque qui fait pas rire, ça leur ira bien pour finir, ils seront bien contents.

Je suis resté dans le même wagon, il y avait un peu plus de place maintenant mais ça me rendait encore plus triste quelque part, oui parce que j'étais en train de regarder les autres gens qui étaient restés avec moi dans le wagon, et je me jetais sur leurs figures, tout ça était vachement moche. Si on y regarde de plus près, un visage humain c'est tout ce qu'il y a de plus monstrueux en fait. Un nez qui sort de la figure, qu'est-ce que c'est un nez ? Chaque nez est différent, c'est vrai, tandis que je me disais que c'était pas possible de porter un aussi long nez qui finissait comme une patate. Comme cette pauvre femme devait être déçue d'avoir un tel nez. Et lui là au fond, il avait un nez tout petit mais tout pointu au contraire de l'autre. Il pouvait bien réussir à me piquer, son venin devait être terrible !

En fait, je voulais savoir bien les regarder en face les gens, pour voir si je leur ressemblais et pourquoi. Des visages tout rabougris, qui cherchaient le sourire de l'inconnu pour s'excuser d'exister, pour séduire aussi ceux et celles qu'on désire et retrouver en eux un peu des choses qu'on a perdues, comme cet homme au visage bouffé par les années de tabac et d'alcool, et qu'on reluquait avec dégoût, parce qu'il avait gâché son visage. Il était pourtant aussi humain qu'un autre. Près de la sortie du wagon, y'avait une clocharde qui puait tellement fort qu'il n'y avait personne autour d'elle à moins de cinq mètres. Elle ronflait comme un porc sous des couches d'habits sales à n'en plus voir la fin, et portait des gants de laine tout mités. Il y avait aussi une petite fille avec un œil qui penchait un peu trop tandis que l'autre louchait et qui jouait avec une petite balle en caoutchouc, devant sa mère qui se rongeait les ongles et qui semblait être bien triste d'avoir mis au monde une petite fille comme ça. Et ce grand métis-là qui avait une bouche repliée à l'intérieur, qu'on aurait cru qu'on lui avait cousue tantôt pour pas qu'il dise tout haut ce que les autres pensent tout bas et qui étouffait sous un col roulé en laine qui lui mangeait le menton avec un plaisir violent. C'était encore et toujours un visage, même si la couleur n'était pas la même que celui d'avant. Et la vieille dame qui venait de nous rejoindre dans le wagon et qui cherchait une place de libre. Personne voulait se lever pour elle, on faisait comme si on l'avait pas vu la vieille. Alors elle est devenue méchante dans le regard tout à coup et hop elle s'en est prise au grand métis qui était pourtant resté debout lui, et elle en est venue à penser pourquoi que son Dieu à elle avait fait des gens de couleur. C'était pas bien d'avoir de la haine comme ça. Moi ça me faisait repenser au clochard qui dormait en bas de chez nous, il nous faisait bien de la peine avec ma mère quand on le regardait, parce qu'un jour on lui avait jeté de l'acide sur la gueule, depuis une fenêtre de l'immeuble, pour qu'il foute le camp. Il n'avait presque plus de visage mais il était pas plus hideux que tous les autres qui en ont un de visage. Mais lui on le traitait de monstre et on entendait même les rires des passants quand ils passaient sous ses yeux fripés. Mais qui sont vraiment les monstres en fait ? Ceux qui n'ont plus de visage ou ceux qui en ont encore un et qui s'en servent pas pour aimer les autres ?

Il y a quelque chose qui m'a fait soulever le cœur tout à coup. J'ai tourné la tête et à côté de moi, il y avait un homme qui était train d'écrire la même phrase depuis plusieurs stations, la même phrase : « je veux vivre tout de suite, je veux vivre tout de suite ». Il n'arrêtait pas d'écrire la même phrase, et ça m'a fait dire que moi aussi je voulais vivre tout de suite, mais comme c'était difficile de vivre au milieu de tous ces visages hideux et ces corps cabossés. Et puis quand on vit depuis trop longtemps dans les grandes villes comme celle-là, collante et morcelée, on est bien forcé d'admettre que l'intimité n'est plus l'unique propriété de la solitude. Elle est à tout le monde l'intimité de chacun, à tout le monde, oui c'est ça.

Même si une super fille entrait dans le wagon, comme celle-là, vachement belle, et que je m'accrochais à elle, que je la désirais dans mon petit fond intérieur, et que je voudrais même aller plus loin avec elle, le bruit là-dessous nous ferait du tort. Tiens, elle m'a regardé, elle m'a souri comme si elle souriait à un enfant qui a l'eau à la bouche en la dévisageant. Mais il fallait se dépêcher de lui dire des choses sur elle, tant qu'elle était encore belle. J'aimerais l'approcher, elle portait le même visage humain que les autres, je le savais bien, mais pourtant il y avait cette envie irrésistible d'approcher un autre être que moi. Comme quand ma mère me prenait dans ses bras, elle se sentait meilleure après et toute prête à les affronter les autres visages dehors, comme des menaces. J'étais déjà certain d'être de la même race, par logique, peut-être. Mais il était trop tard puisqu'elle était déjà descendue du wagon la fille superbe et un couloir de correspondance l'avait déjà dévorée tout entière, et moi il me restait plus rien pour rêver.

Plus loin moi aussi j'ai fini par descendre à une station. J'ai pris une autre ligne et d'autres visages encore m'ont fait face, à m'en donner le tournis, intégralement. Et une autre ligne encore, pour m'abrutir tout à fait. Il fallait sortir bon sang et je suis arrivé vers la rue Roquet, pas très loin de chez Naboum. Comme j'avais envie de la voir Naboum, c'était son visage que je voulais voir. Je confessais bien qu'elle avait le seul visage que j'aimais regarder, au fond. J'ai aperçu l'entrée du restaurant, c'était ouvert, alors j'ai couru comme un dingue, je suis entré, et j'ai cherché Naboum des yeux, où était- elle bon sang ? Et elle est venue jusqu'à moi et elle m'a souri, et tellement fort elle m'a souri, et elle m'a serré dans ses bras, je lui ai dit que j'avais besoin de pleurer, on est monté à l'étage, dans la chambre, la nôtre.

Elle a fermé la porte de la chambre Naboum, tout était calme maintenant et j'étais libre de pleurer en m'appuyant tout contre elle. J'étais là, sur son lit, elle me demandait rien, pas de m'expliquer en tout cas. On peut pleurer sans raison parfois, comme ça, et c'est très dur à comprendre pourquoi on pleure, mais il le faut si on veut aller mieux après et parler. Moi j'avais senti tout ce malheur dans les souterrains de la ville, je pouvais pas me contenir, fallait pleurer un peu. Il y avait eu l'histoire à l'hôpital aussi, pendant que Mars se noyait tout seul dans son délire avec sa mère morte étalée sur la table glacée en fer blanc, mais c'était pas sa mère ou je savais plus trop, peut-être que oui en fait, c'était elle. Je lui avais rien dit à Mars, mais ma mère, elle se levait la nuit. Et puis ces derniers temps elle se levait toujours à la même heure, elle criait après moi, fallait que je lui apporte ses cachets, vite. Et puis un petit apéritif, mon fils, vite, et puis de l'eau parce que je voudrais pas sentir mauvais de la bouche et puis du dentifrice, un chewing-gum à la menthe, vite, je vais je viens entre la cuisine et la petite chambre, il est trois heures du matin :

— Il faut que tu me donnes le flingue aussi, vite, mon fils, il est là au-dessus du frigo !

Je reviens avec l'arme mais il manque les balles, je reprends l'arme, je la cache ailleurs qu'au-dessus du frigo :

— Et trouve-moi de la corde, vite, mon fils, une corde solide, pour porter un poids lourd en chagrin comme le mien, vite mon fils ! Vite !

J'ai pas trouvé la corde, mais c'est promis, demain, j'en trouverai une pour elle. Mais à quoi ça peut bien lui servir une corde ?

Naboum elle m'écoutait depuis tout ce temps, mais à un moment elle m'a dit qu'elle allait redescendre en cuisine parce qu'elle avait des casseroles sur le feu, voilà. Il fallait que je reste ici, tranquille, et que je dorme un peu, que j'oublie que j'avais vu tellement trop de visages hideux aujourd'hui. Je l'ai prise dans mes bras Naboum ou alors c'est le contraire qui s'est passé, c'est elle qui m'a pris dans ses bras, c'était encore bon. Et puis elle est partie. Mais elle m'a dit encore qu'elle reviendrait bientôt. Je me suis allongé sur le lit, je me suis vidé. J'ai écouté le silence et j'ai commencé à rêver, les yeux ouverts, tout en regardant la fenêtre de la chambre, et j'ai entendu une voix :

– Veux-tu revoir celle que tu aimes et à laquelle tu ressembles trait pour trait ?

– Oui. J'ai dit oui.

– Alors lève-toi, approche de la fenêtre, ouvre-la et saute.

J'avais vraiment besoin de dormir un peu. J'étais tellement petit finalement que je pouvais pas tenir des semaines et des semaines dans la rue comme ça, et même au squat, ou suivre Mars, même s'il me manquait, parce que je m'étais habitué à lui. Parce qu'il faut dire que je n'avais jamais eu trop la chance de voir un homme de si près. Avec ma mère, chez nous, on était rien que tous les deux, face à face. J'ai déjà raconté tout ça mais les yeux fermés ça me revenait maintenant, là sur le lit de Naboum. Il faisait tout noir dedans moi, je dormais pas vraiment, je me faisais un monde dans le noir de ma tête, un endroit à nous. Je savais exactement où sera la maison, je savais où seront les fenêtres et celle, immense, qui donnera sur une immense forêt toute verte. Un beau et éblouissant soleil réchauffera nos cœurs tout fragiles, et ma mère elle sera contente, tout sera en place, et nous serons tranquilles, aucun de nous deux ne sera plus jamais effrayé par le temps qui passe.

Boum ! Subitement, on a tapé à la porte. Je me suis réveillé en sursaut et j'avais même pas dit « entrez » que la porte s'était déjà ouverte. C'était encore bien flou pour moi, je devinais à peine les contours d'un être en mouvement. Il était dans la chambre l'être, et il a refermé la porte. Je me suis soulevé. J'y ai vu un peu mieux : c'était un homme blanc, très pâle de peau et normal en taille, mais il avait des yeux bizarres, j'arrivais pas à le regarder très longtemps dans les yeux, c'était comme s'il y avait encore quelqu'un d'autre derrière ses yeux, un autre qui le guettait et qui était vraiment diabolique.

Il s'est mis à me parler très vite :

– Elle est là Naboum, elle est là ? C'est là qu'elle vit, je le sais, elle est là ?

Il tremblait vachement. Je lui ai répondu qu'il fallait pas trembler comme ça et qu'elle allait revenir Naboum. Je savais vraiment pas qui c'était ce type, il faisait les cent pas dans la petite chambre. Il a ouvert un placard, la fenêtre, il l'a refermé, il s'est assis à côté de moi, sur le lit, et encore nerveux, il m'a adressé à nouveau la parole, comme quoi il voulait pas me faire peur, qu'il s'était mal présenté, parce qu'il habitait à côté :

— Je suis là, à côté d'elle, t'inquiète pas on se connaît bien avec Naboum. Elle me connaît depuis longtemps oui, j'ai des choses à lui demander, t'en es vraiment sûr qu'elle est pas dans le coin ?

Ou alors ce type se foutait de moi, ou alors ça tournait pas rond dans sa tête.

— Elle me doit quelque chose qu'elle m'a promis !

Il a continué à se confier à moi le type, en me regardant bien droit dans les yeux. Je lui ai demandé moi ce qu'il lui voulait vraiment à Naboum, parce que je tenais à elle aussi il faut dire, je voulais pas qu'il lui fasse du mal. Alors je lui ai fait savoir qu'il valait mieux qu'il parte et qu'il revienne dans une heure pour essayer de la voir Naboum, parce que moi j'allais partir d'ici. Et alors que je me suis levé du lit, il s'est levé lui aussi et il m'a arrêté sèchement, en me disant durement qu'on allait l'attendre tous les deux ici Naboum, que c'était la meilleure chose à faire, et qu'il avait besoin de la voir et qu'il avait pas envie d'être seul pour l'attendre. Je suis retourné m'asseoir sur le bord du lit alors et puis on a attendu ensemble. Lui, il disait plus rien. Il fixait le blanc d'un des quatre murs de la chambre, sans bouger. Je voyais pas ce qu'il pouvait bien lui trouver à ce mur blanc, y'avait rien écrit dessus. C'était blanc, blanc, c'est tout.

Je me suis demandé quand même pourquoi il le regardait ce putain de mur, si des fois lui il y voyait quelque chose d'autre que le blanc du mur. Il était peut-être complètement dingue comme type, ça faisait une bonne demi-heure déjà qu'il le lâchait pas du regard le mur. S'il voulait de la drogue ou bien boire un coup, fallait que je lui dise d'aller se faire voir ailleurs, mais j'osais pas lui dire ça et puis j'avais pas l'âge qu'il fallait pour bien me défendre après, alors que lui il pouvait vraiment dérailler et après tout, je savais pas de quoi il était capable, les plus silencieux sont les plus tarés, c'est prouvé. J'ai toujours vu du côté de chez moi que les plus grandes gueules étaient les premiers à faire dans leur culotte une fois qu'arrivait la bagarre, et à l'école c'était pareil, de la maternelle jusqu'à ce foutu collège, rien à faire, tu parles trop et tu peux pas avoir autant de cran et de courage et de folie en toi pour agir vraiment en coups de poing.

Alors je me méfiais moi. J'avais pas autre chose à regarder que son visage livide qui présageait rien de bon. Pour dire la vérité, j'aurais bien aimé que Mars il soit là, près de moi, pour savoir quoi faire dans ces cas-là, il le savait lui, quoi faire. D'abord, j'avais à parier qu'il lui mettrait sur la gueule à ce sale monstre et qu'il le foutrait dehors illico presto. Mais Mars, je savais pas où il était maintenant, peut-être en train de me chercher entre la ligne 12 et la ligne 9, entre la 4 et la 8, entre les stations Ranieri et Sorépa, ou entre celles de Lenvers et La Bouche, entre le wagon de tête et le wagon de queue, dans les couloirs du métro Chapelet. C'était pas mon coin à moi, je connaissais pas ce coin-là moi. Mais peut-être aussi qu'il me cherchait pas du tout Mars, sans doute qu'il était loin, très loin, à se faire du mal encore parce qu'il répétait qu'il n'avait pas eu d'amour quand il était petit, on peut pas dire le contraire. Et le mec-là qui était devant moi, qui gardait les yeux fixés sur le mur blanc, quand allait-il se rendre compte qu'il n'y avait rien sur le mur, rien du tout ? Je voulais me lever et partir. Je me suis levé alors mais je suis resté immobile debout pendant un paquet de secondes. Pourtant, je devais sortir, je me sentais pas bien. C'est alors que la porte de la chambre s'est ouverte. Mais ce n'était pas moi qui l'avais ouverte la porte, c'était Naboum, elle arrivait, la voilà, enfin. J'allais pouvoir comprendre ce que ce type foutait ici.

Immédiatement le mec a quitté des yeux le mur blanc pour accrocher le regard de Naboum. Il a bondi du lit et il lui a demandé pourquoi elle avait mis tellement longtemps à arriver. Naboum elle est montée en colère vite fait et elle lui a dit :

— Qu'est-ce que tu fais là ? Je t'ai dit de jamais venir ici.

— Viens avec moi, qu'il a insisté le blanc, viens je t'emmène, tu me manques tellement.

— Je veux pas aller avec toi, a répondu Naboum, catégorique.

Alors le monstre il a commencé par se ronger les ongles, il allait et venait dans la chambre, je suis resté sur le lit. Naboum elle se tenait debout et muette, le menton joli un peu relevé comme pour dire :

— Je flancherai pas, mec !

Et le mec, le voilà qu'il revenait à la charge :

— Je t'ai payée tout ça, quand je t'ai ramenée ici, tu te rappelles ? Et tes bijoux et tes robes ?

Et Naboum elle a ajouté :

— Et les coups sur la gueule, et les humiliations, et les tortures, alors t'oublies tout ça ?

Le mec a répondu que c'était pas vrai et qu'il fallait qu'elle revienne Naboum, même si ça faisait très longtemps qu'elle était pas revenue dans la maison qu'il avait achetée pour elle, pour faire des enfants, dans la banlieue. Il a dit qu'il avait besoin qu'elle soit avec lui. Naboum elle voulait pas partir avec lui bien sûr. Alors elle l'a attrapé par le col et puis elle lui a crié :

— Fous-moi le camp, t'as pas honte !

Et le type s'est mis à chialer comme un vrai mioche et puis il a hurlé que non, qu'il voulait qu'elle vienne avec lui, et tout ça comme un vrai dingue qu'il devait être au fond. Naboum elle a essayé de le pousser dehors. Moi j'étais toujours assis sur le lit, je savais pas quoi faire, c'était qu'un pauvre type en fait ce monstre, coincé dans un costume de bête immonde qu'il savait pas bien porter. Qu'est-ce qu'on pouvait bien faire ? Et puis je la connaissais pas moi toute son histoire à Naboum.

— Fous le camp ! qu'elle a continué à lui dire au petit monstre, en le tirant hors de la chambre.

Et puis, à un moment, le monstre il a sorti un grand couteau avec une lame d'au moins trente centimètres et il l'a directement enfoncé dans l'abdomen de Naboum, bien droit. La lame lui a traversé facilement les vêtements à Naboum et puis elle est entrée sans violence dans sa peau épaisse la lame, comme dans du beurre, et là elle s'est arrêtée tout de suite de crier Naboum, et même de bouger.

Et puis le monstre est redevenu un homme comme les autres et il s'est arrêté de crier aussi. C'était un grand silence horrible qui est tombé dans la chambre et qui s'est mis entre eux. Naboum elle avait la bouche grande ouverte, et c'est à peine si elle tenait encore debout quand le mec il lui a retiré la lame du ventre, encore tout surpris par la chose horrible qu'il venait de faire. Naboum s'est écroulée au bas du lit, elle se tenait le ventre en appuyant maladroite sur sa blessure atroce. Le mec il la regardait en train d'agoniser par terre et dans un murmure, il l'a suppliée encore de venir avec lui :

— Allez, viens... viens... viens... ma belle... viens...

Il s'est accroupi devant elle et il l'a traînée vers la porte de la chambre. Moi j'étais tétanisé, je tremblais de peur. Le mec arrivait pas à la porter, elle était tellement lourde Naboum qu'il pouvait pas la relever à lui tout seul. Et puis il s'est rendu compte qu'elle passait pas dans le passage de la porte, étalée comme elle était sur le sol. Le mec s'est relevé et il a pris la fuite. Après, j'ai entendu Naboum qui se battait pour me dire un mot, j'avais son corps qui me tournait le dos. J'ai sauté du lit et j'ai refermé la porte de la chambre.

Et la voilà qui me regardait Naboum, elle a souri en me voyant malgré que ça avait pas l'air d'aller fort :

— Aide-moi à me relever...

J'ai essayé d'abord de la tourner vers le lit, c'était tellement difficile, des grosses gouttes de sueur lui coulaient du front aussi et tout ça faisait très lourd à porter sur le parquet désolé de la petite chambre suffocante.

— Qu'est-ce qui se passe ? que j'ai osé demander moi un peu naïf à

Naboum.

Elle n'y est pas allée par quatre chemins, en plusieurs souffles, elle m'a répondu qu'elle était en train de mourir. Je lui ai dit qu'elle pouvait pas mourir, que c'était pas possible. Elle a dit qu'elle entendait un « Prélude de Bach » dans sa tête, celui en Do Majeur et qu'en Afrique on l'avait joué quand on a enterré sa mère, c'est pourquoi elle savait qu'elle allait mourir, à cause qu'elle entendait le même foutu Prélude dans le fond de sa tête. Et y'avait rien d'autre à expliquer, c'était perdu d'avance. J'ai insisté pourtant moi et je lui ai dit que je voulais pas qu'elle meure, que j'allais aller chercher des amis à elle.

Non ! Elle a dit non ! Elle voulait partir en paix, sans bruit, et moi je m'agitais un peu trop à son goût, elle voulait que je me calme maintenant et que je ferme les volets :

— Je veux pas que le ciel me regarde, qu'elle m'a dit.

Alors je me suis exécuté mais je suis revenu auprès de Naboum dans le noir. Et puis elle a voulu que je la prenne dans mes petits bras et que je me niche entre ses deux énormes seins. J'ai senti une odeur tellement spéciale que ça m'a rappelé quelqu'un, une odeur lointaine et je crois qu'elle venait de ma mère cette odeur, c'était la même odeur, celle qu'on n'oublie pas et qui contient tous les souvenirs fragiles qui finissent par s'évanouir avec la peine. Il suffit de sentir la même odeur sur une autre personne que vous aimez pour se souvenir qu'on est né aussi et qu'on s'est attaché un jour comme les autres.

Naboum, elle respirait de plus en plus mal, le calme était là maintenant et c'était comme elle avait voulu, mais c'était pas le calme qu'on aimait, celui qui nous fait dormir, pour rêver, non. On était tous les deux, l'un contre l'autre et l'odeur de Naboum me faisait pleurer un peu, parce que déjà elle s'évaporait Naboum et son odeur avec. Et avec aussi, tout son amour pour moi partait, cet amour qu'elle m'a laissé voir en elle Naboum, avec toute cette infinie gentillesse et que je pourrais pas faire disparaître moi. Et puis ses gros bras ont arrêté de me serrer, et tristement elle s'est arrêtée de respirer Naboum, et puis on est entré dans un grand vide. J'ai eu terriblement peur tout à coup parce que j'étais le seul de nous deux qui respirait encore dans la chambre obscure. Elle était partie par une porte Naboum, qui n'était pas la porte de la chambre, non c'était une autre porte qu'on avait seulement ouverte pour la laisser passer elle, et qu'on avait refermée tellement vite derrière elle, et qui en voulait seulement à ceux qui n'ont plus un cœur qui bat comme une montre et qui s'affole, comme le mien.

Dès qu'on se prend à aimer, bien au chaud, à l'intérieur, la vie de dehors vous le prend votre amour, et tout entier, avec les miettes. Moi, Naboum, je pouvais pas l'oublier comme ça, d'un claquement de doigts. J'étais pas bien sous ma peau, tellement ça battait trop fort et encore plus quand je suis descendu dans la salle du restaurant après, et qu'il fallait rien dire, parce qu'elle me l'avait fait promettre Naboum :

– Je veux que les gens chez moi, ils se dévorent de bonheur, et que la fête elle continue, qu'elle m'avait demandé, tout en agonisant.

Mais c'était vachement dur à tenir ce genre de promesse. Je regardais tous les clients, y'en avait qui chantaient au bout de la salle, tout au fond, et un autre groupe pris par l'ivresse, celle qui fait rire, allez encore une tournée, allez oui !

Moi je cherchais du regard une connaissance, et j'avais que Zabir pour essayer de me soulager de tout le chagrin qui s'était mis tout au fond de moi, mais elle était pas là, non. J'avais les jambes qui tremblaient toutes seules, tellement j'avais eu peur de ce que je venais de vivre avec Naboum, là-haut, dans la chambre. Je revivais sans cesse dans un coin de ma tête l'instant où je la tenais encore dans mes petits bras, les yeux qu'elle gardait encore ouverts tandis qu'elle se vidait de la vie sur le sol de la petite chambre. J'avais pas eu le courage d'admettre qu'il y avait aucun moyen de la sauver, qu'il y avait rien eu à faire qu'à attendre que la vie sorte d'elle. Et comme tout ça avait été vite, trop vite, j'avais même pas eu le temps de lui dire vraiment au revoir.

J'ai voulu savoir quand même pour Zabir, avant de quitter le restaurant. J'ai entendu un des cuistots africains prononcer son nom.

Il savait des choses. Je me suis approché de lui et il m'a reconnu, et quand j'ai dit « Zabir, elle est où ? », il a eu comme un mouvement de recul et il a hoché la tête négativement :

– Alors t'es pas au courant ? qu'il m'a fait.

– Non, j'ai répondu.

– Ils l'ont attrapée !

– Qui ?

– La Préfecture, les services de l'immigration, ils l'ont renvoyée chez elle !

– Comment, comme ça ?

– Oui, elle reviendra pas ! Elle était morte de peur quand ils l'ont ramassée à la sortie du métro La Bouche ; elle s'est révoltée et les flics l'ont tabassé comme des bêtes ; on a plus de nouvelles depuis, ils l'ont renvoyée chez elle, à son adresse, de l'autre côté de la mer, là-bas.

Je suis parti de chez Naboum, il fallait que je voie quelqu'un, parce que je me sentais trop fragile et plein de peine dedans. La ville devenait de plus en plus grande et tellement atroce pour moi. Je me suis souvenu du chemin que je devais prendre pour aller jusqu'à la rue Rabelé, au squat, chez Mars. Y'avait peut-être une chance que j'y trouve Zira là-bas, et peut-être Mars aussi, qui sait, ce serait vachement bien. Mais il fallait d'abord se méfier, car à moi aussi on pouvait me causer du tort et me faire des problèmes dehors. Oui, si les flics ils me tombaient dessus, parce que j'avais pas l'âge à vagabonder tout seul dans les rues, alors ? J'avais pas de papiers d'identité sur moi, j'étais plus rien, je crois bien que je les avais oubliés chez Monsieur Duvirier ou chez nous, mes papiers. Et puis je savais pas ce qu'ils en avaient fait de chez nous, les flics, si tout était cassé, s'ils avaient tout emporté, ma chambre et mes affaires, les affaires de ma mère, mais pour mettre tout ça où alors, chez l'oncle Jules ? Il manquait plus que moi si ça se trouve chez l'oncle Jules, toutes mes affaires étaient peut-être déjà arrivées là-bas. Alors on se mettait à me chercher dans toute la ville depuis le début :

– Faut que tu partes chez l'oncle Jules, c'est encore pour sa femme, la chère et tendre tante Nicole, que tu devrais faire un effort mon petit, regarde comme elle s'inquiète. Elle a pas eu d'enfant, mais elle s'in-quiète comme si tu étais son fils, elle t'attend, elle t'aime elle, même si elle t'a jamais vu.

C'était pas la joie dans ma tête, j'ai remonté tout à pied et j'ai longé la ligne de chemin de fer, la Gare était pas loin, celle du Dore. Pour retrouver la rue Rabelé, je me suis repéré à l'odeur de merde qui m'est montée petit à petit au nez, pour finir par me foutre en l'air ; mais j'ai retrouvé la piste, facile.

Je suis arrivé enfin devant la porte de Bibi et j'ai tapé la petite musique sur la porte de chez lui. Et j'ai vu Bibi, je lui ai dit bonjour mais il allait pas très bien je crois, il m'avait même pas reconnu. Il voulait pas me laisser rentrer d'abord, et puis j'ai dit « Mars ! » et j'ai chanté encore une fois « Au clair de la lune » et puis j'ai insisté pour lui faire entendre à Bibi que j'avais des rasoirs pour lui, j'en avais un dans la poche, c'est vrai, on en avait trouvé dans une poubelle devant l'hôpital Mouchat avec Mars. Et heureusement, avec ça, Bibi il m'a ouvert en grand la porte de chez lui et il a pris les rasoirs et il est parti se raser dans la salle de bains. Je lui ai dit de faire attention quand même, parce qu'à chaque fois qu'il se rasait, il en restait partout sur sa figure des poils et il se coupait beaucoup trop, il se défigurait.

Enfin, je suis passé par la fenêtre de chez Bibi et puis sur la corniche et de la corniche au toit glissant, je suis descendu dans le squat par la petite lucarne et je me suis tordu un peu la cheville en sautant du tabouret mais ça allait encore. J'ai fait quelques pas dans le squat pour pas laisser au repos ma cheville blessée, je crois bien qu'elle était pas vraiment tordue sinon je pourrais pas marcher comme je le faisais, en sautillant comme un petit kangourou.

J'ai entendu une petite voix qui m'a dit : « coucou ! ». C'était Zira, elle était encore là, c'était le bonheur pour moi tout à coup. J'aimais bien la voir, et encore plus maintenant, surtout avec ce qui m'était arrivé. Elle m'a dit de venir près d'elle et comment ça allait moi. Alors je lui ai dit toute la vérité, je me suis confié à elle : l'histoire de Naboum qui s'en allait de la vie, et de son con d'assassin jaloux et violent, et tous mes pas perdus et de vrai ahuri dans la ville pour revenir jusqu'ici, au squat, pour me cacher, j'en pouvais plus, j'étais lessivé. Zira, elle était là, étendue sur le canapé, les yeux dans mes yeux, elle prenait un air bien triste, elle savait bien que c'était pas des choses à vivre pour quelqu'un de mon âge, déjà y'avait l'histoire de ma mère qui m'encombrait terriblement, alors bon elle pouvait bien me plaindre Zira. Elle m'a dit que je devais avoir vraiment faim aussi, et j'ai pas dit non, bien sûr que j'avais le ventre vide, avec la peur dedans comme un grand trou d'air. Zira elle s'est levée du canapé et elle est allée dans la cuisine :

— Bon, qu'est-ce qu'on a à manger ? Voyons...

Elle a ouvert le petit frigo bancal.

— Mince, rien ! Oh si ! Je peux te faire une omelette avec des oignons et des patates, une omelette espagnole, une Tortilla, comme mon père il la faisait, tu sais ?

— Non, je sais pas.

— Approche-toi, qu'elle m'a dit, je vais te montrer.

J'ai été la retrouver dans la cuisine.

— Tu m'aides à couper les oignons ?

— Oui, j'ai dit oui à Zira.

Elle était jolie. Quand elle se retournait sur moi, qu'elle relevait sa longue mèche noire, celle qui lui couvrait une partie du visage, et qu'elle souriait tellement franchement, comme elle en avait envie, elle avait quelque chose de fort. Je pouvais pas dire quoi exactement, mais quand elle se mettait à me sourire comme ça, je me mettais à sourire moi aussi, pareil, sans que je commande à ma bouche de sourire. C'est bizarre, l'effet que ça fait quand on sent sa figure qui se met à prendre la forme d'un sourire, alors qu'on s'y attendait pas.

Elle m'a refilé un couteau, fallait que je coupe les oignons comme elle me l'avait demandé Zira. Alors moi je les ai coupés comme elle les voulait, c'est tout.

– Attention ! qu'elle m'a fait en souriant, si tu respires par le nez au-dessus des oignons que tu épluches, tu vas te mettre à pleurer.

Je lui ai répondu que je savais y faire avec les oignons, et que je pleurerais pas mais c'était faux, parce que c'était déjà en train de venir au bord des yeux. Ma mère elle m'avait dit un jour, j'étais petit, que les acteurs ils faisaient pareils pour se mettre à pleurer devant la caméra, que c'était faux quand ils pleuraient. Moi d'abord ça m'avait foutu par terre de savoir ça, et puis la pilule a fini par passer, et surtout quand j'ai grandi ; c'est là qu'on accepte lâchement que les rêves sont fabriqués, et on se dit que le cinéma, c'est rien que pour se faire du bien pour de faux, et j'en ai vachement horreur maintenant, je veux plus jamais y aller. Toutes les histoires du cinéma qu'on raconte sont faites pour faire du gros argent qui pue, c'est tout, y'a pas de sentiment au bout du compte.

Les patates sont coupées en dés !

Zira les a mises à cuire à petits feux, à dorer oui, dans une poêle et de l'huile chaude.

C'était rien que pour nous deux la Tortilla : cinq œufs battus et fouettés énergiquement, sept oignons encore avec ça et grossièrement hachés et sel et poivre par-dessus. En fait, c'est son père à Zira qui est espagnol, il est de Salamanque, c'est au nord- ouest de l'Espagne qu'elle m'a dit Zira. Il était parti de là-bas à vingt ans, à cause de la politique, y'avait un dictateur qui s'appelait Franco. Alors un dictateur en fait, c'est un type qui a tout le pays pour lui et comme il sait pas quoi en faire et ni comment il peut le garder le pays, il torture et il supprime les gens qui pensent le contraire de ce qu'il pense, pour s'occuper et aussi parce qu'il a vachement peur que les autres qui pensent pas comme lui le foutent dehors et lui prennent tout l'argent qu'il a mis de côté, l'argent du peuple bien sûr. Et le pire, c'est que ce qu'il pense, ça veut rien dire au bout du compte.

Le père de Zira, il était monté jusqu'à la ville, celle qui nous retenait là tous les deux avec Zira, Il parlait pas un mot de la langue d'ici et il s'est mis à chercher du travail dans le bâtiment. Et puis il a rencontré la mère de Zira. Et puis ils se sont installés dans une banlieue horrible et Zira elle est née. Fallait voir comme elle était jolie Zira quand elle était bébé, selon elle, et avec des grands yeux verts comme des diamants. Je voulais bien la croire, même s'il n'y avait pas de photo pour le prouver, on pouvait très bien imaginer comme elle était jolie la petite Zira en la regardant aujourd'hui.

Dans la poêle, ça chauffait du tonnerre ; laisser cuire pour que l'omelette ne soit pas baveuse. C'était toute une aventure avec son père, Zira elle disait qu'il l'aimait bien au début, c'est sa mère qu'il n'aimait plus, et ça a commencé à cause d'autres femmes qu'il a fréquentées, il avait envie de jouer au Matador. Et puis ils ont fini par se séparer les parents de Zira. Elle est devenue toute malheureuse alors Zira. Ses parents sont partis chacun de leur côté. Elle croyait que ça allait s'arranger à un moment ou un autre Zira, mais rien ne s'est arrangé, le temps a fait de tout le monde des indifférents et Zira elle est toute seule sur la terre. Ce sont les enfants qui payent après tout, et c'est peut-être ça qui a commencé à se passer pour moi avec ma mère, avant qu'elle parte et disparaisse je ne sais où, si elle est bien partie. Avant, c'était pas toujours la joie, je dois bien l'avouer.

On a retourné l'omelette et on l'a fait cuire de l'autre côté.

— J'ai tout appris de mon père, a continué Zira, alors c'est difficile d'être bien quelque part vu que c'est dans mon cœur que ça se passe.

J'allais pas non plus m'étendre sur pourquoi elle s'était retrouvée là avec Mars, Zira, et pourquoi elle aimait bien aussi prendre de la drogue et s'envoler pour des paradis artificiels qui font trop mal à la tête une fois qu'on en redescend. Moi je m'en foutais de tout ça, et puis elle m'a souri Zira, la Tortilla était prête et elle était vachement belle, et bonne surtout quand c'est descendu dans le ventre, ça a tout réchauffé dedans et ça nous a fait tout oublier ce qu'il y avait de moche autour de nous, on s'en foutait si les souvenirs nous rongeaient le corps, fallait penser à se nourrir aussi.

On se l'est bien partagée la Tortilla avec Zira, et elle m'a demandé si ça allait mieux maintenant dans le ventre. Je l'ai regardée et ça voulait dire oui ! Et j'ai pas lâché ses yeux, elle devait se demander ce que j'avais à la fixer comme ça :

— Tu crois que je suis jolie ?

— Je pense bien oui.

J'allais pas mentir quand même.

— Et est-ce que tu me vois en train de respirer ?

– Oui, si je m'approche un peu plus près de toi.

Elle m'a pris la main et elle l'a ramenée doucement vers sa poitrine avec la sienne. Elle a respiré oui, et je la sentais sa respiration, ça venait et ça partait et ça revenait, c'était bien vivant.

– Tu les sens mes seins aussi ? qu'elle m'a demandé Zira.

Alors là, je devais bien avouer que je tremblais pas mal au fond de moi. Je savais pas pourquoi je tenais pas le coup. Elle était là Zira, en face de moi, et pour moi tout seul. Elle était beaucoup plus vieille que moi et justement j'avais très peur à cause de ça. J'ai retiré brusquement ma main de sa poitrine, et j'ai inventé n'importe quoi, qu'il fallait que j'aille aux toilettes, que ça pouvait pas attendre. C'était trop bête ce que je venais de dire, j'avais honte, j'ai donc couru aux chiottes, de l'autre côté du squat. Je me suis enfermé dedans, je savais plus où est-ce que j'en étais avec l'amour de Zira là. Je sais pas combien de temps je suis resté dans les toilettes mais j'ai eu le temps quand même de me poser sur les chiottes et de faire semblant longtemps de pousser pour rien, et puis j'ai vu comme j'avais des tremblements bizarres sous le ventre, je sentais la main de Zira dessus, toute douce, ça m'a fait drôle et puis voilà, après j'ai tiré la chasse. Je me sentais si mal, si seul, comme j'avais été idiot de m'être enfermé avec mon ombre dans les chiottes.

Je pouvais pas lui dire la vérité à Zira, comme quoi j'avais jamais rien fait avec une fille moi. Mais bon, je suis sorti des toilettes et quand je suis revenu vers le canapé, Zira je l'ai trouvée les yeux fermés, mais elle respirait je le jure, elle s'était endormie c'est tout, ce qui m'a arrangé en un sens, je le cache pas. J'aurais pas su quoi lui dire pour l'histoire de ma petite évasion dans les toilettes, sans compter ce que j'y avais vraiment foutu dedans et pourquoi j'avais pas eu le cran de lui faire des choses à elle.

Et puis je suis monté sur le tabouret, j'ai filé par la petite lucarne. Je voulais partir. Il commençait à faire nuit et le ciel était tout barbouillé de pollution. Je me suis promené sur le toit et puis j'ai sauté sur la corniche et je suis arrivé chez Bibi. Il avait toujours des trous et des blessures sur sa gueule, à cause du rasoir. Il se marrait tout seul comme un gentil dingue, dans son monde à lui tout petit mais dans lequel il était heureux et tant mieux. Et puis j'ai descendu les escaliers, et où fallait-il que j'aille après ? La fin de la nuit était encore loin, elle commençait à peine la nuit, et je pouvais pas dormir moi, non je voulais marcher, je voulais pouvoir répondre quelque chose de fort quand on me touche tout doucement, je pouvais aimer moi aussi si je me craignais pas d'abord.

Juste avant de me geler dehors, à la fin du long couloir du 14 de la rue Rabelé, y'a Mars qui est entré et qui m'a bien reconnu de loin.

— Alors, t'es là toi, garçon ? T'as retrouvé le chemin pour une fois, hein, qu'il m'a fait, avec un peu l'air de vouloir me chercher.

— Mais... et toi Mars, je t'ai perdu dans le métro, qu'est-ce qui t'est arrivé ?

— Rien du tout ! Il m'est rien arrivé à moi, rien, c'est tous les autres, c'est de la faute de tous les autres ! J'ai rien à voir là-dedans moi ! C'est les autres, les sardines, qui m'ont broyé !

C'était pas très clair tout ce qu'il me racontait Mars, mais ça suffisait pour me faire comprendre qu'il délirait pas mal. Je savais pas d'où il revenait et où il les avait passés les jours d'avant et avec qui mais ça n'allait pas fort du tout au fond de ses yeux.

— Elle est là Zira, qu'il m'a demandé Mars ?

J'ai répondu oui et puis je lui ai dit qu'elle dormait sur le canapé, et je me suis tu pour l'histoire des seins et puis pour le reste, et même pour la Tortilla, j'ai rien dit. Mars, il m'a fait savoir qu'il avait pas du tout envie d'aller se coucher avec Zira, et moi je comprenais pas pourquoi il avait pas envie de la rejoindre la belle Zira. Si j'étais bâti comme un homme, comme Mars quoi, moi j'irais la rejoindre Zira et je lui ferais ce que je peux pas lui faire maintenant à cause que je me sens tout petit et que j'ai vachement peur. Mais Mars il l'aimait pas vraiment comme il fallait l'aimer Zira. C'était comme la dernière fois qu'il était bourré, il m'avait avoué, sinistre, qu'il l'aimait pas tant que ça finalement Zira, qu'il l'avait recueillie un jour dans la rue parce qu'elle était un peu pau-mée dans la vie la pauvre Zira, mais qu'il était pas amoureux d'elle alors c'était énervant tout ça, qu'il m'avait dit Mars. Il l'aimait bien un petit peu pourtant quand il était triste par moment, mais ça durait pas, c'est vrai. C'était ça Mars, seul au bout du chemin et qui se retourne jamais pour voir sa vie derrière lui, parce qu'il sait que ça sert à rien. C'est ça Mars oui, c'est bien celui qu'on a tous peur de devenir et moi aussi j'ai peur, et si je me mettais à grandir comme tout le monde, si je me mettais à vouloir le comprendre le monde, là où je respire, qu'est-ce que je ferais ? Pas mieux que Mars, c'est sûr !

On s'est jeté dehors. L'odeur de la merde le soir, celle qui empoisonne la rue Rabelé, c'est pas la même odeur du matin. Elle me poursuivra partout, cette sale vache d'odeur, j'en étais convaincu, où que j'aille maintenant, ce soir, demain, ou dans un siècle, elle me collera au nez, sûr de sûr !

Je l'ai suivi Mars, il marchait vite, comme d'habitude. On a remonté le boulevard Lherpès, et on a été plus loin encore, on a marché tellement qu'on s'est retrouvé en moins de deux à cinquante mètres de la place Chichi et on a pris sur la droite, pour le Pont Racincourt :

— Y'a un petit café où je dois retrouver quelqu'un, qu'il m'a soufflé Mars, entre deux accélérations.

Il en a pas dit plus que ça et moi, stupidement, j'en ai pas demandé davantage. J'étais peut-être bien heureux déjà de l'avoir retrouvé Mars, parce que je savais pas si j'aurais été assez brave cette nuit, si j'avais été vraiment seul en partant du squat de la rue Rabelé, non c'était pas sûr.

Tout de suite après le Pont Racincourt, on a descendu la rue Sansaisons et il fallait aller jusqu'au numéro 100 pour entrer dans le bar, comme c'était prévu par Mars. Et une fois dans le bar, là j'ai pas été surpris de trouver la Séverine, « Chez Marmine ». C'était très illuminé « Chez Marmine », comme une ambiance de fête foraine mais sans la grande roue. C'était une femme mûre qui tenait le bar, bâtie comme un roc, et elle s'appelait Marmine bien sûr. Y'avait accrochées au mur des peintures un peu abstraites ; c'était des ronds, des carrés, des moins ronds, des moins carrés, ça tournait quelquefois un peu ridicule mais ça m'emballait quand même de regarder les peintures et quand je les regardais de plus près, je me mettais à croire que je pouvais bien peindre moi aussi.

Il fallait la voir la tête de la Séverine dégouliner de plaisir quand elle a vu entrer Mars dans le bar, elle lui a sauté au cou et comme il lui avait tellement manqué, oui, elle lui a presque bavé dessus en le cherchant de la langue. Moi ça m'a dégoûté de voir ça, et Mars il est resté insensible, droit comme un « i ». Il voulait pas l'embrasser devant tout le monde Séverine, non il aimait pas ça Mars, embrasser en public et puis tout de suite il lui a demandé à Séverine en la repoussant si elle pouvait le dépanner d'une dizaine de billets, comme elle travaillait elle et qu'elle avait un foutu salaire à la fin de chaque mois, elle pouvait. Et Séverine elle voulait bien lui donner tout ce qu'il lui demandait Mars mais d'abord, elle exigeait qu'il monte chez elle, parce qu'ils seraient mieux tous les deux et bien tranquilles, sans personne autour, oui rien que tous les deux. Mars il a pas dit non, si au bout du compte il récupérait un peu d'argent, c'était d'accord. Elle était toute heureuse Séverine, alors elle a payé ce qu'elle devait à Marmine, la patronne en retour elle a pas manqué de lui dire jalousement à Mars devant tout le monde :

— Dis donc Mars, oublie pas de te protéger, hein, et plutôt deux fois qu'une ?

Tout le monde a éclaté de rire dans le bar bien sûr. Séverine elle s'en foutait pas mal qu'on la prenne pour une traînée dans le quartier et alors on est sorti du bar, tous les trois, moi j'étais un peu en retrait. La Séverine a glissé à Mars qu'elle l'aimait pas Marmine et ni son bar de merde, et parce qu'un soir Marmine lui avait dit, soi-disant sur le ton de la plaisanterie, qu'elle sentait la chienne :

— Franchement ça se dit pas des choses pareilles, hein Mars ?

— Elle est peut-être pas loin de la vérité Marmine ! qu'il a répondu Mars en ricanant.

Elle était un peu pleine d'alcool la Séverine, elle avait les yeux qui déliraient je le voyais bien, et elle marchait pas bien droit aussi. Mars il a fallu qu'il la tienne fermement par le bras, pour l'empêcher de se déporter sur la route et s'écraser sur le bitume. Elle habitait un peu plus bas, dans la rue des Poings. Tandis qu'on approchait de son bâtiment, c'est là qu'elle a vu que j'étais là, Séverine, un peu à la traîne, mais bien présent.

— Qui c'est ce môme ? qu'elle lui a demandé à Mars, méprisante.

— D'abord, t'as pas à demander qui c'est le gosse ! qu'il a aussitôt répliqué Mars, bien énervé contre elle. Il est avec moi, c'est tout !

— C'est pas le gosse qui était avec toi chez Ben l'autre soir ? C'est le tien ?

— Pauvre conne, arrête de parler, il est avec moi c'est tout ! T'as pas de question à poser sur lui !

Séverine, elle a commencé à faire sérieusement la gueule, ça se voyait elle avait la bouche qui lui tombait sur le menton. Elle a composé son code à la porte du numéro 69 de la rue des Poings. Et puis on est entré, et on s'est servi de l'ascenseur pour aller jusqu'au quatrième. Elle louchait de haine sur moi la Séverine dans la petite boîte en fer roulante, on était bien serré comme des sardines dans ce putain d'ascenseur de la vieille époque qui grinçait de peur à chaque étage qu'il dépassait laborieusement. Elle avait des grands yeux bien effrayants et bien trop maquillés Séverine pour qu'on l'aime avec sincérité, des grands yeux qui fouillaient dans les miens, tout petits et repliés sur eux-mêmes, rien que pour me faire du mal. L'ascenseur a stoppé sa course au quatrième,

on est sorti, et Séverine a cherché ses clés dans son sac à main en crocodile, et elle en a mis du temps à les trouver d'ailleurs ses clés au fond
de son petit sac ridicule, à cause de toute l'ivresse qui lui broyait la
cervelle. Et puis elle a fini par mettre la main sur son trousseau et elle
a ouvert la porte de chez elle. Elle nous a fait passer devant, et moi j'ai
baissé la tête pour pas la regarder en rentrant chez elle.

Chez la Séverine, c'était pas bien grand et c'était vachement mal décoré, ça voulait se croire ailleurs sur la planète, dans un pays qui prenait
le soleil permanent, avec la mer toute bleue et du rêve en crème solaire,
mais on comprenait bien vite que c'était raté, comme sensation, ça tenait pas. Mars il s'est installé sur le canapé, il voulait boire un coup,
Séverine l'a servi sans tarder. Moi je me suis enfoncé dans un petit
fauteuil en cuir souple situé en face du canapé. Séverine elle s'est mise
tout près de Mars, et elle a voulu l'embrasser, mais il tournait la tête
pour lui échapper.

— Mais qu'est-ce que tu as, Mars ? Tu veux pas dire au gamin d'aller
faire un tour ?

— Mais qu'est-ce qu'il t'a fait le gamin ? Pourquoi il te plaît pas le
gamin ? T'en as pas toi de gamin à ton âge, c'est pour ça qu'il te plaît
pas, hein ?

— Dis pas ça Mars, dis pas ça, je t'en prie ! J'en veux bien moi un
gamin avec toi, Mars, tu veux, hein ?

— T'es pas dingue ! Allez ! Enlève-moi ça !

Il parlait du chemisier en soie noire vulgaire qu'elle portait Séverine.
Elle avait pas tellement envie de se débrailler devant moi Séverine, je
le sentais bien. Mars il a commencé par la menacer, et elle s'est pris une
baffe sérieuse :

— Mais moi je t'aime Mars, je te sauverais moi Mars, de tout ce qui te
fait du mal !

— Qu'est-ce que tu sais de moi et de ce qui me fait mal hein ? qu'il a
riposté méchant Mars.

— J'ai appris à te connaître, Mars, je veux être avec toi, Mars.

— Pauvre fille, je veux pas de toi ni de ta foutue gentillesse de morveuse, je veux rien, tu m'entends ?

— Mais aime-moi Mars, aime-moi !

Vraiment excédé, Mars lui a arraché son jean à Séverine, et il s'est
répandu sur le canapé comme un serpent, en rampant vers elle. Moi je
regardais tout ça bien sagement, je savais pas ce que j'avais à ce moment-là mais j'en tirais presque du plaisir à le voir tellement violent
Mars avec Séverine qui commençait à sangloter comme une petite fille.
Mars il lui a retiré son froc et arraché sa culotte et il a déboutonné son

jean à son tour et il lui est rentré dedans bien en face, en se couchant sur elle, presque en l'écrasant. Elle voulait pas que je reste ici Séverine, non, mais Mars, alors qu'il allait et venait en elle, il lui a dit que je restais, que c'était comme ça et qu'elle devait se la fermer maintenant, pour que tout se passe bien. Elle hurlait Séverine tellement fort et moi je restais là à les regarder en train de se transformer en bêtes féroces. Je savais plus à quoi je pensais vraiment au fond de moi. Mars, quand il a fini, il a remonté son froc et il lui a demandé à Séverine pour le fric.

— C'est sur la table, qu'elle lui a répondu, vaseuse, un peu encore chamboulée par la secousse qu'elle avait reçue.

— C'est là qu'il faut en profiter pour foutre le camp ! qu'il m'a fait Mars, dans un murmure.

Il a dû me forcer à me lever, j'étais prisonnier de mes jambes molles et Séverine, elle n'en finissait pas de gémir dans son coin de canapé.

On s'est donc enfui. Une fois dans l'ascenseur, il m'a giflé sévère Mars pour que je les reprenne mes esprits :

— Si c'est comme ça, tu viendras plus avec moi ! qu'il m'a dit.

On s'est trompé d'étage, l'ascenseur est descendu jusqu'au sous- sol, il s'est arrêté net et il est pas reparti. Je me suis demandé si on avait pas déjà connu ça quelque part Mars et moi. On est sorti de l'ascenseur et on a cherché la lumière, c'est à peine si on y voyait le bout de nos mains. Mars il s'est enfoncé dans un bout de ténèbres plus loin et puis je l'ai entendu hurler tout à coup. Il est revenu vers moi, il m'a crié dessus comme un dingue qu'elle était toujours là sa mère, sur la table en fer, là et le ventre ouvert, comme à l'hôpital. C'était pas possible ! Mais je pouvais pas l'arrêter de délirer Mars. J'ai eu beau lui dire qu'il n'y avait personne avec nous au sous-sol, il était siphonné, vraiment siphonné. Je lui ai dit qu'on allait remonter illico presto et ça se serait fini, que sa mère disparaîtrait pour de bon, mais lui il hurlait encore plus fort, et ça a commencé à se plaindre sérieux dans les étages, les voisins étaient réveillés les uns après les autres. C'est Séverine qui est descendue la première, bien remise d'aplomb après tous les coups de dynamite qu'elle avait encaissés dans le bas du ventre. Elle portait un peignoir blanc en coton avec des fleurs cousues dessus, et c'était moi qu'elle accusait, Séverine, en me pointant du doigt, comme à l'école :

— Tu vas voir, ils vont arriver les flics et ils vont l'emmener Mars, et toi aussi ils vont t'emmener dans un foyer !

C'était de la haine qu'elle déballait la Séverine à présent, et moi je continuais d'essayer de le ranimer Mars, de le ramener de mon côté, mais il avait les yeux tout retournés, comme s'il les avait perdus, et des convulsions l'empêchaient de se tenir tranquille et lui transformaient la figure. Les mots qui sortaient de sa bouche empruntée voulaient plus rien dire du tout. Séverine elle m'a griffé au visage, et comme ça m'a fait mal, bon sang ! Y'a des voisins qui ont fini par descendre et qui lui sont venus en aide à la Séverine. Eux aussi ils ont essayé de me mettre la main dessus, mais je suis parvenu à leur échapper, de justesse. J'ai vu une porte au bout du couloir, après les caves, il a suffi de la pousser pour sortir de l'immeuble, par derrière, là où on entasse les grandes poubelles vertes en plastique. J'ai entendu la sirène des flics m'éclater les tympans comme jamais, ils allaient bientôt débarquer au sous-sol. Séverine elle le tenait fermement Mars, elle l'encerclait avec ses bras comme une paire de menottes, il était à elle. Je pouvais pas le sauver à moi tout seul Mars, la meilleure chose que j'avais à faire, c'était de fuir. Je voulais pas qu'ils m'attrapent les flics, j'avais rien à voir avec toute cette sale histoire. Après tout, pour quelques billets, en arriver là, ça me foutait le cœur par terre. La porte de derrière je l'ai claquée de toutes mes petites forces, j'étais libre. J'ai reçu la rue en pleine figure, je me suis faufilé dans la nuit comme une anguille, j'ai tout fait pour disparaître du quartier.

Comme il a été long le chemin du retour ! Je pouvais facilement en raconter des trucs de fous à se frapper la tête froide contre les murs, tellement c'était dur de revivre les événements qui m'étaient passés dessus. C'était encore vers la rue Rabelé qu'il me fallait revenir pour pleurer cette triste aventure.

Mars, je savais pas bien ce qu'on avait pu faire de lui. Plus rien pouvait être comme hier, je savais pas où les flics l'avaient emmené. J'étais pas resté jusqu'au bout, j'avais eu les jetons aussi. S'ils m'avaient vu les flics, ils m'auraient demandé mon âge et toutes les conneries qui vont avec et où elle est ta mère ?

– Dans une autre maison où vous pouvez pas aller pour l'instant et pas tant que vous êtes debout, crapules !

Mais j'allais pas m'expliquer quand même, alors je suis retourné à la rue Rabelé, comme pour pas changer. C'est Bibi qui a vu ma figure de petit garçon qui avait vachement peur. C'est vrai j'en faisais vraiment une sale gueule, je voulais partir tout de suite dans le Sud. J'ai sauté sur le toit, bien sûr, et quand je suis retombé dans la grande pièce du squat, que j'ai repris mon souffle, je me suis dit que c'était bien terminé, que j'étais sauvé pour de bon. Mais quelle heure pouvait-il bien être ?

Zira elle était plus sur le canapé. Je suis resté immobile tout à coup, j'espérais, plus que toute ma petite vie, qu'elle soit encore là Zira, pas loin, là, pour me parler, ou me regarder, me reconnaître. J'avais besoin de quelqu'un comme elle pour me sourire, on s'en referait bien une, une Tortilla et rien que pour nous deux encore. J'ai espéré tellement fort et j'ai entendu qu'on tirait la chasse des chiottes. Zira, elle est apparue avec un mal de ventre abominable qui lui tirait méchamment son beau et doux visage et puis elle arrêtait pas de se gratter les yeux.

– Depuis que je me suis réveillée, j'ai mal aux yeux, tu vois ?

J'ai tenté de la rassurer en lui disant que ça allait passer. Et puis elle a voulu savoir pourquoi j'étais parti sans la prévenir, et là je lui ai tout raconté, pour Mars évidemment, que les flics ils l'avaient chopé pour de bon mais que je savais pas où ils l'avaient déposé. Elle s'en est d'abord foutue de ce qui lui était arrivé à Mars, à cause que ça faisait tellement de jours et de nuits qu'elle l'avait pas vu. Et à force c'est vrai, c'est difficile de continuer à aimer les absents.

— Te gratte pas comme ça Zira, ça va empirer !

— Mais j'ai mal, j'ai très mal, je vois tout flou, ça me gratte, ça me démange, sois gentil, tu peux m'apporter un truc à boire ?

Alors j'y suis allé dans la cuisine lui prendre à boire à Zira, parce que je faisais tout ce qu'elle me demandait Zira, et je ferais tout pour elle, même si elle continuait à se gratter les yeux toute sa vie, je pouvais l'aimer encore comme ça, et même sans les yeux aussi.

— Alors, il viendra pas Mars ? qu'elle m'a demandé Zira, avec un chagrin dans la voix tout à coup qui lui a changé le regard.

Alors donc c'est que ça lui avait fait quand même quelque chose à l'intérieur de savoir que Mars, on allait peut-être l'enfermer pour toujours.

Parce que je voulais pas l'inquiéter Zira, mais s'il avait joué le même cirque qu'il avait joué devant moi au sous-sol chez la Séverine, avec les flics et les médecins à l'hosto, ils allaient pas le laisser repartir comme ça, on allait nous le ficeler comme une viande morte, c'était fini.

C'est ma mère qui a toujours peur qu'on la traite de folle et surtout que ça se sache dans tout le quartier, de bouche à oreilles, d'oreilles à bouches. Y'a qu'un pas à franchir pour qu'on dépasse les limites de la raison et qu'on vienne vous cueillir dans votre lit et qu'on vous la passe la camisole de force. Ma mère elle s'est même énervée un jour sur moi, parce que j'avais eu la mauvaise idée de la traiter de « folle », et fallait pas.

— Si j'étais folle, qu'elle m'avait dit, tu crois que tu resterais avec moi ? Et qu'est-ce qu'ils feront de toi si on m'enferme, hein ? Tu le sais ce qu'ils feront de toi, mon fils ?

Oui, je le savais bien ce qu'on ferait de moi, et elle était pas devenue folle ma mère, ou alors on m'avait menti, puisque j'avais rien vu d'elle à ce moment-là, quand Monsieur Duvirier m'avait confisqué devant la porte de chez nous.

Zira elle s'est avachie sur le canapé. Elle portait toujours ce pull en laine gris ouvert en forme de « v », et on lui voyait les seins, comme ils respiraient joliment ses seins à Zira à mesure qu'elle volait de l'air, c'est vrai, c'était comme ça qu'elle me les avait fait sentir au début de la soirée, c'était y'a pas si longtemps que ça, je me trouvais à deux mètres d'elle à peine. Et elle avait ce même petit sourire, et ses yeux, même si elle m'avait dit qu'elle voyait un peu flou, ils étaient toujours verts en surface et toujours si clairs, c'était bon de s'y plonger dedans et ne plus voir la vie dehors. On pouvait facilement dire quand on nageait dans les yeux de Zira qu'on se foutait bien de ce qui pouvait se passer dans le monde, et moi j'étais pas prêt d'oublier qu'elle existait Zira, je pouvais pas savoir ce que ça me ferait si je la voyais plus, non mais je voulais lui dire maintenant que je connaissais peut-être un endroit pour nous deux, un endroit très agréable et très calme, dans le sud. Peut-être que l'oncle Jules nous laisserait vivre comme on veut chez lui, et qu'il serait d'accord pour que j'emmène la belle Zira, pour être heureux tous ensemble.

Et puis j'ai attaqué de front au sujet de sa relation avec Mars.

— Qu'est-ce que tu lui trouves à Mars ?

Alors là, elle a attendu longtemps avant de me répondre, elle a regardé ailleurs, à droite et puis à gauche, en bas, et puis elle a relevé la tête et droit dans les yeux elle m'a dit qu'elle savait pas ce qu'elle lui trouvait à Mars, que c'était lui le premier qu'elle avait connu quand elle a débarqué à la dérive dans cette ville pourrie et tout ça devait jouer en sa faveur.

Je pouvais dire la même chose pour moi avec Mars, que ça avait été le premier aussi en quelque sorte qui m'avait regardé et découvert dans cette chiotte de ville et que ça comptait certainement, fallait pas se mentir. Qui sait ce qui me serait arrivé dans ce métro de malheur, si ma route avait pas croisé la sienne ? Y'aurait eu personne pour me sortir de mon sommeil que j'avais voulu à ce moment-là comme la fin de ma vie, personne à part ce maudit conducteur de la rame rendu fou par les horaires de travail et l'habitude, et qui n'aurait rien fait de mieux que de me hurler dessus, et peut-être qu'il m'aurait jeté sur la voie après. Et sur la voie, j'y serais resté, complètement disparu en moi, dans les longs tunnels que j'avais creusés dans ma tête et où jamais le jour se montre, où moi je passais et repassais des centaines de fois le même visage, celui de ma mère, celui du dernier jour où je l'avais vue devant moi : alors était-elle debout ? Était-ce le matin ? L'après-midi ? Était-elle déjà maquillée ou non ? Portait-elle une jupe ou un pantalon ? Riait-elle ? Pleurait-elle ? Quel avait été son dernier mot ? C'était pour me dire quelque chose ? Et son dernier geste ? Une caresse dans mes cheveux épais ? J'aime pas quand elle me dit :

— Travaille bien à l'école et t'auras plus de chance que j'en ai eu !

Et puis c'est dingue de voir comme les souvenirs deviennent des élastiques, on en fait ce qu'on veut puisqu'on est seul à les manipuler et jusqu'à la fin on est seul avec ses élastiques, jusqu'à ce qu'ils cassent pour de bon.

Et encore une fois, elle s'est grattée les yeux comme une folle Zira. Je lui ai dit :

— Si ça va pas, faut que tu ailles à l'hôpital !

— Mais j'irai pas à l'hôpital ! qu'elle m'a violemment répondu. Ça m'a fait peur là-dedans, la dernière fois que j'y ai mis les pieds, j'allais voir ma mère malade et puis je l'ai vue que morte en fin de compte quand je suis arrivée à l'hôpital, en retard. C'est que j'aime pas ça moi les hostos, c'est comme des tombes à retardement.

J'étais pas sûr d'en avoir des meilleurs qu'elle, des souvenirs d'hosto, comme tout le monde quoi. C'est vrai il est rare qu'on aille voir quelqu'un en bonne santé à l'hôpital. Et Mars, où est-ce qu'ils avaient bien pu l'emmener ?

— Va savoir ! qu'elle m'a dit Zira, en pliant les yeux, ils étaient rouges de peine maintenant ses yeux à Zira et à force de les gratter forcément aussi.

Je savais pas.

— S'ils l'ont attrapé à la rue des Poings, c'est le quartier de Belmer, a poursuivi Zira, il est bon pour l'hôpital Mouchat.

Mais moi j'espérais qu'il était pas là-bas Mars, parce que c'était vraiment un endroit horrible, mais je lui ai pas raconté à Zira pour l'histoire de la mère de Dynamo avec ses yeux crevés par le cancer de la tête, et j'ai rien dit non plus à propos de la morgue au sous-sol et de la fausse mère de Mars, avec le ventre ouvert sur la table et les yeux éteints, déjà ailleurs.

Et puis elle m'aurait sûrement pas cru Zira, on avait beau dire, elle était jolie mais elle était pas si sotte que ça, même si l'un va souvent de pair avec l'autre, je veux dire la beauté et la bêtise. Elle manquait peut-être un peu d'âge, voilà tout, comme moi. On aurait compris mieux que les autres si on avait eu l'âge qu'il fallait et certainement qu'on en serait pas là à se torturer l'un et l'autre en pensant au triste sort de Mars, en train de pourrir dans un lieu inconnu.

— Faut donc aller le chercher quand même, non ?

Moi j'avais lancé ça comme ça, parce qu'on était à court d'idées avec Zira, on savait plus quoi dire.

— Faut le ramener ici Mars, on peut pas le laisser aux mains des toubibs, ces bouchers, quoi !

Zira elle était d'accord avec moi et puis elle a admis aussi que ça lui ferait quand même de la peine de savoir qu'on lui faisait du mal à son Mars adoré.

— Alors tu l'aimes parce que c'est le premier qui t'a regardée ? que j'en ai rajouté moi.

– Oui, c'est vrai que je l'aime.

Je pouvais pas dire que je lui en voulais à Zira, elle lui avait pardonné tellement de choses affreuses à Mars.

– Il m'a confié des choses privées sur sa vie et il a même pleuré une fois sur mon ventre, je peux pas oublier, tu comprends ?

C'est pas ce que je lui avais demandé, de l'oublier son Mars mais bon je voulais le retrouver, même si je savais pas par où commencer.

– Il faut que tu restes avec moi Zira, parce que tout seul je pourrai pas, sans compter qu'un mec de mon âge, ça a rien à faire dans les hôpitaux, ça peut pas y traîner sans un con d'adulte pour l'accompagner, on m'en donnerait du mal, on m'en ferait des problèmes, je te jure. Arrête de te gratter les yeux Zira, ça va mal finir !

– Mais j'ai mal. J'ai mal.

– Une serviette mouillée sur les yeux, voilà pour te calmer Zira ! Je voudrais que tu gardes tes yeux moi !

On se tenait par la main, face à face, assis sur le canapé à moitié rongé par l'humidité, en train de patauger encore et toujours dans les mêmes questions, comme dans de la vase.

– Alors, on va le chercher ou non Mars ? que je lui ai lancé à Zira.

Je la voyais hésiter Zira, elle savait plus trop. Parce que si on le sortait de son trou Mars et qu'il revenait ici, alors qu'est-ce qui se passerait après ?

– Après, on repartira pour la même routine de squatteurs : d'abord il me verra sept fois par semaine, puis quatre fois, puis trois fois, puis plus rien, puis il me touchera plus, je sais pas pourquoi je reste avec lui, il doit bien y avoir une raison.

– Y'a une raison pour tout ! que j'ai fait un peu bête.

– Pourquoi j'en suis là ? Seule comme une morte ? qu'elle m'a confié Zira, avec la voix brisée par son chagrin excessif. C'est à cause de Mars que je m'envoie en l'air dans la tête les soirs où il est pas là, je m'enfonce toute seule. Et puis on fait pas tant que ça l'amour avec Mars, non pas tant que ça, tu vois ?

Lui il m'avait dit qu'il aimait pas faire ça tous les jours, que ça le rendait trop tendre de faire l'amour tous les jours. Il fallait attendre, toujours attendre qu'il soit sûr d'avoir retrouvé ses mauvaises manières Mars avant de la retoucher Zira.

– Je vais aller le chercher à l'hôpital, mais je veux que ça change, j'ai le droit à autre chose bon sang, qu'elle a hurlé Zira.

J'étais bien d'accord avec elle, si j'avais le moyen d'être vite fait un homme comme Mars, d'un claquement de doigts, maintenant, comme je l'ai déjà dit, je ferais tous les jours l'amour avec Zira. Mais pour l'instant j'ai encore sacrément peur d'aller avec une femme comme elle, pour l'amour, je veux dire, merde.

Parce que je pouvais pas dire que je savais ce que c'était de faire l'amour, et en plus j'avais parlé trop fort :

— Si tu veux je peux te le dire comment qu'on fait ? qu'elle m'a proposé Zira.

Et voilà qu'elle m'est remontée encore dans le cœur, cette fichue peur de pas savoir comment faire avec Zira, et surtout par où commencer avec elle. Elle était en manque Zira, elle en avait envie de toucher quelqu'un et que quelqu'un la touche bien doucement en retour. Elle a voulu tout me dire et je l'ai vue sa petite main se rapprocher encore de la mienne, mais j'ai bondi juste à temps hors du canapé, j'ai dit qu'il fallait y aller, qu'il fallait retrouver au plus vite Mars, parce qu'il allait être trop tard, tellement tard qu'on le retrouverait peut-être jamais plus. Je savais maintenant comment la ville pouvait avaler et digérer les âmes des dingues à une vitesse inouïe. Zira elle avait compris mon petit jeu ridicule pour lui échapper, elle pensait peut-être que c'était pas grave, que j'étais encore qu'un gosse, après tout, et qu'on pouvait bien me pardonner encore une fois, et puis on est parti.

On a pas su vraiment par où commencer pour le retrouver Mars, mais avec Zira, on était d'accord pour se rendre d'abord à la rue des Poings, là où on l'avait arrêté Mars, dans le sous-sol de chez la Séverine. J'y avais été là-bas, et je savais à peu près moi comment ça s'était passé et puis on a coupé à la deuxième à gauche et on est forcément tombé sur l'hôpital Mouchat. Je lui ai demandé à Zira si on devait aller faire un tour aux Urgences pour voir si Mars y était pas, par hasard ? Elle m'a dit oui. Alors j'ai dit qu'il était pas question que j'aille au sous-sol, au cas où c'était fini pour Mars et qu'ils l'avaient mis avec l'autre, avec sa mère, enfin avec celle qu'il croyait être sa mère, mais qui n'était pas la sienne en fait. Non j'irais pas le voir allongé sur la table Mars, pas question ! Zira elle m'a certifié qu'il était solide Mars, et qu'il était sûrement pas cané. Fallait pas avoir peur !

Autour de l'Hôpital Mouchat, rien n'avait changé. Il y avait la même tour haute qui faisait bien ses cent mètres de hauteur et qui était plantée en plein milieu de l'hôpital, tout à côté des cuisines crasseuses. Elle en crachait une sacrée de fumée épaisse la tour, avec une odeur qui redescendait s'abattre sur notre figure, en donnant l'envie de vomir. On s'est demandé avec Zira où donc qu'il fallait aller et du doigt on nous a montré une rampe qui descendait vers un parking sinistre, coincé sous un tunnel, et un peu sur la gauche on s'est déporté doucement.

On a découvert l'entrée des Urgences :

– Vous avez qu'à leur demander à l'accueil si les flics l'ont emmené là votre ami, qu'il nous avait conseillé le gardien de l'hôpital.

On est donc entré aux Urgences pour se renseigner. C'est Zira qui s'est avancée la première vers l'infirmière au visage carré qui se grattait le nez comme une furieuse derrière une vitre en plexiglas :

– Oui c'est pour quoi ? qu'elle a fait en signe d'ouverture la grossière infirmière.

– Voilà, qu'elle a commencé Zira, c'est pour savoir si on vous a amené quelqu'un qui ressemble à un type plutôt grand, avec un regard chaud et ensorcelant et qui vous tient pour...

– Dites, pas de poésie ! qu'elle a coupé sèchement. Qui vous cherchez vraiment ? Soyez claire !

Elle s'est reprise alors Zira :

– Bon alors, c'est la Police qui a dû l'emmener ici pour des examens, hier soir vers... dix heures du soir.

L'infirmière a martyrisé son pauvre petit clavier bien usé, parce que tout y était à l'intérieur de son ordinateur, toutes les urgences y étaient consignées, triées par importance, et pour chaque malade, on avait un nom, et à quelle heure ils arrivaient, et à quelle heure ils repartaient, vivants ou morts, nés ou pas nés, c'était pareil, on savait tout.

– On nous a amené personne dans ce genre entre 22 heures et 23 heures ! Personne qui ressemble à la description que vous m'avez fournie, Madame. Non.

On a pas dit merci et on est retourné dehors.

– Où aller maintenant ? que j'ai dit moi à Zira.

Elle m'a regardé sans rien dire Zira, on était tous les deux l'un près de l'autre et comme seuls au monde tout à coup. Y'avait beau y avoir tout autour de nous des paquets de klaxons gênants pour nous étour-dir, rien n'y faisait, on restait encore seuls tous les deux. A un moment, elle m'a pris par la main Zira, pour m'emmener plus loin, elle aussi. C'était rien que la troisième fois qu'on me prenait la main comme ça, après ma mère et Monsieur Duvirier, mais là c'était encore plus en-flammé avec Zira, oui sentir sa main sur la mienne, y'avait pas de mot pour décrire ce que je ressentais tout au fond de moi :

– Oui, allons plus haut, remontons vers la Porte Saint Chien, peut-être bien que finalement ils ont préféré le descendre par le boulevard Lherpès et le tirer jusqu'à l'hôpital de La Grisotière.

Moi je me souvenais bien de La Grisotière, vu que c'était là soi-disant que j'étais né avec ma mère. Fallait que j'en parle encore de tout ça, de ce que ma mère m'avait cent fois répété :

– Toi t'es arrivé dans le monde ici, au sous-sol, c'était la salle de nais-sance. Et puis on nous a remonté chambre deux cent cinquante- sept, quatrième étage tout au bout du couloir, c'était notre première petite chambre à nous, avec ce fichu drap jaune de l'Hôpital Public que j'avais collé contre la fenêtre pour nous cacher de la lumière du jour qui nous cherchait déjà comme un chasseur, tout ça parce que le volet métallique était déglingué et que personne voulait le remplacer, à cause de la grève des infirmières.

Comme on aimerait y revenir à ces premiers jours où on était rien qu'un bout d'os avec un peu de chair tout autour par-dessus le squelette comme du plastique, cette chair toute flasque, toute rigolote à tripoter, et avec les yeux à peine ouverts. Comme on aimerait, moi aussi j'aimerais, et tandis que j'avalais les seins de ma mère, une fois le droit une fois le gauche, une fois le gauche une fois le droit, et les jours passaient sans que je sache rien. Et puis il a fallu commencer à grandir, pour suivre le même chemin que les autres, pour apprendre petit à petit que toute la vie elle sert à perdre tout ce qu'on gagne, à se noyer sous tant de bruit et tant de violence inutile, pendant qu'on attend la fin, en comptant ses doigts, on s'ennuie tellement.

Elle me tenait encore par la main Zira, quand on est arrivé devant l'hôpital de La Grisotière, par les Urgences qu'on est rentré là aussi, on espérait bien le trouver ici Mars et s'il était pas là, alors on épuiserait toute la ville jusque dans ses sales coins pour savoir ce qu'il était devenu Mars. Tant qu'elle me tenait par la main Zira, je m'en foutais, je voulais bien marcher tout le jour et puis toute la nuit et puis tout le jour d'après et puis ainsi de suite, si elle me tenait toujours Zira, pas de problème. Et je la lâcherai pas la main de Zira et Mars on le trouvera bien quelque part, mort ou vif. Il nous manquait, absent comme ça, le salaud.

A l'entrée des Urgences, on a avancé vers la porte et celle-là elle s'ouvrait toute seule. Tout était électronique, dès qu'on a passé nos deux corps devant, ça s'est ouvert sèchement. Moi ça m'a toujours rendu méfiant ce genre de système, c'est la technique qui ressent le poids d'un corps et hop ça envoie un signal et hop ça s'ouvre. Mais le jour où ça fonctionne pas, il est trop tard, on a déjà pris l'habitude d'avancer sans prêter attention à savoir si la porte va s'ouvrir ou non, pour nous c'est toujours oui et voilà c'est l'accident bête ; on fait trop confiance à la science-fiction.

On est parvenu à trouver des infirmières, elles se tenaient bien grasses, les mains sur les hanches, protégées dans une petite cabine. C'était comme dans tous les autres hôpitaux de la ville, avec toujours la même présentation, elles étaient derrière les infirmières, y'en avait des méchantes on dirait et qui rigolaient fort en se moquant d'un malade qui s'était pissé dessus, un ancien avocat, le ténor du barreau, qu'elles l'appelaient, et qui n'en menait plus très large maintenant selon les dires des infirmières. Nous on a dit bonjour, parce qu'on voulait savoir si les flics avaient amené un type dans le genre de Mars ici ? Là, y'a eu une infirmière qui a bien voulu nous prendre en charge et qui a approché sa figure de l'hygiaphone, pour nous répondre vaguement qu'il fallait qu'elle regarde d'abord dans le grand registre bleu avant d'être sûre de nous répondre dans le mille :

– Quelle heure ?

— Autour de vingt-deux heures... peut-être bien vingt-deux heures trente, qu'elle a dit Zira.

— Hum, oui, reprend l'infirmière, je dirais pas non.

— Alors ? C'est lui ?

— C'est-à-dire qu'il faudrait savoir qui vous êtes pour vous répondre, parce qu'il y a eu un rapport de police qui a été fait concernant ce patient, comment dire... c'est délicat.

Zira s'est lancée en trouvant une façon de faire plier l'infirmière :

— Voilà, qu'elle a fait Zira pour commencer, c'est mon copain et lui c'est son fils, alors vous comprenez on est sans nouvelles depuis hier, on pense peut-être qu'il lui est arrivé une chose terrible, ou qu'il a fait une bêtise, vous comprenez on doit savoir.

Alors l'infirmière est passée de notre côté et là elle nous a montré du doigt l'endroit où il fallait qu'on aille s'asseoir et patienter, parce qu'elle allait chercher quelqu'un pour nous.

C'était une toute petite salle où il fallait attendre et qu'on a immédiatement investi Zira et moi, on s'est assis. Les murs étaient d'un blanc bizarre et les chaises en plastique bleu délavé, toutes collées au sol. Quelques posters décoraient le triste lieu, et essayaient de nous attraper avec des slogans chocs du style : « Méfiez-vous de l'Hépatite B et du Sida, protégez-vous, dépistage gratuit, numéro Vert, blablabla » et ouis « Lavez-vous les dents matin et soir, pour des dents saines toute votre vie. » et encore « Si vous partez à l'étranger, faites vérifier votre carnet de vaccination, climat tropical attention danger. » et encore «S.O.S femmes battus, urgence appelez ce numéro. »

On est bien obligé de baisser la tête à un moment donné, parce qu'on peut plus les lire toutes ces âneries, alors on regarde ses genoux et c'est assez quand on attend comme ça.

On se disait rien avec Zira. On attendait. Voilà, comme on passe sans doute plus de la moitié de sa vie à attendre, alors on attend. Attendre quelque chose ou attendre rien. Attendre que le temps passe mais pourquoi ? Attendre que le jour foute le camp et se repointe ? Attendre que ma mère elle y revienne dans ce coin-là où je suis perdu ? Attendre et plus rien faire qu'essayer d'oublier d'attendre ce qu'on est en train d'attendre et qui vaut rien et surtout pas la peine qu'on attende à rien faire. À peine la vie a commencé qu'il nous faut déjà attendre qu'on s'occupe de nous. Attendre et compter dans sa tête si encore on est capable de savoir compter, pour passer le temps à attendre, compter des moutons ou des chiffres, des barrières ou des petits pois, attendre que quelqu'un nous aime, attendre pour savoir si quelqu'un nous aimera encore à la fin, quand on sera vieux, avec une tête qui fait peur, tout dégueulé, et même si on a plus personne à reconnaître, attendre que quelqu'un nous reconnaisse une dernière fois avant de partir, même pour faire semblant, qu'on nous appelle. Attendre de n'être enfin plus personne, et se coucher sans nous forcer la main.

Et je la regardais maintenant Zira, elle avait un regard si clair parfois que je me disais que je pouvais bien attendre avec elle en fait et même pour rien, juste pour attendre avec elle, même attendre quelque chose qui viendrait dans cent millions d'années, attendre comme ça avec elle alors je m'en fiche, je veux bien. Je rêvais que je partais attendre avec Zira au bout du monde et jusqu'au bout de la vie, sans ouvrir la bouche. Mais encore une fois, on m'a sorti de mon petit rêve à moi, tout chaud. C'était l'infirmière qui nous avait demandé de nous asseoir ici qui revenait pour nous chercher, parce qu'il y avait un homme en blouse blanche qui l'accompagnait et qu'elle nous a présenté ; c'était un toubib, tout ce qu'il y avait de plus sérieux, droit dans ses godasses. Alors, pour Mars, on allait en savoir plus.

Elle s'est levée Zira et elle s'est éloignée avec le toubib, ils se sont enfoncés tous les deux dans un couloir tout étroit et leurs pas se sont mis à résonner comme des coups de tambour, on comprenait rien de ce qu'ils se racontaient. L'infirmière me bouchait la vue avec ses kilos en trop, elle m'empêchait de passer, un mur infranchissable, qui tenait ferme, et alors je suis retourné bien gentiment m'asseoir et j'ai attendu, comme avant.

Elle a duré dix bonnes minutes la conversation avec le toubib et puis après Zira elle est revenue vers moi en me fixant dans les yeux. Oui, il était venu ici Mars, oui mais maintenant ils l'avaient interné, et c'était bien tout ce que je craignais, et ça allait être vachement compliqué maintenant.

– On ferait mieux de se tirer d'ici parce que je suis pas sûre que le toubib il m'a cru avec mon histoire de fils et tout, qu'elle m'a fait savoir Zira. Et puis il m'a regardé d'un air bizarre le toubib tu vois, et moi j'ai pas envie de finir dans une chambre, à l'étage, parce qu'il pourrait bien être capable de me garder de force, ils en ont les moyens !

On était déjà loin de l'hosto quand elle m'a tout avoué Zira à propos de sa phobie des hôpitaux. C'était à cause de son père, en fait :

– Un jour, il s'est rendu aux Urgences pour se faire sevrer, à cause de l'alcool et ils l'ont coincé, et ils l'ont foutu dans un asile, au fin fond de la Picardie, pour le faire crever. Ils lui avaient trouvé un air trop bizarre et une manière pas correcte de s'exprimer.

C'était une vérité toute triste qu'elle me déballait Zira avec du cœur bien trempé de chagrin, et je me disais que c'était bien dans des cas comme ça qu'on finit par pleurer d'être en vie. Je pouvais pas les voir moi aussi les hostos, et tous les germes du malheur qui y poussent dedans, à vous refiler un cafard monstre. Et c'est sans compter les cris et les odeurs, et la mort on sait bien qu'elle est là, on la voit venir sans se forcer, on la voit, oui, on l'entend à travers les vivants qui se font leur fin dans leur corps tout dévasté, et on le sait quand elle a pris quelqu'un dans les étages, y'a comme un long gémissement qui suit. Elle est là, elle renifle tous les mourants ici. Elle est bien silencieuse, elle respire pas elle, la mort, et tiens elle se dit qu'elle en prendrait bien deux le même soir, avec une glissade, une crise cardiaque, un problème technique, une perte de connaissance ou un manque de sucre, c'est courant.

– Il faut qu'on aille jusqu'à la Porte Des Près, qu'elle m'a fait savoir Zira. Parce que c'est là qu'ils l'ont mis Mars, chez les dingues. C'est sectorisé par arrondissement qu'il m'a dit le toubib et même il a rajouté que je pourrai pas le sortir de là sans une autorisation médicale et après une décision du Préfet seulement. Mais moi j'ai dit qu'il fallait qu'on essaie de le tirer de là Mars, qu'on essaie quand même !

Elle était tenace Zira et elle avait raison.

Alors on a pris le métro, c'était loin où il fallait qu'on se rende, jusque dans le sud de la ville. Quand on est arrivé à la Porte des Près, c'était comme si on avait changé de pays, c'était le continent des Chinois et des autres qui sont comme les Chinois mais qui viennent pas de Chine. Tout était écrit dans une langue bizarre, celle des Chinois, sur les pancartes des restaurants et les façades des banques et des pharmacies et tout le reste. Nous, on s'est déporté vers le boulevard Périphérique, jusqu'à la clinique Albin Dartaud, qui était un asile en fait, pour les marteaux. Le bâtiment était envahi de fientes de pigeon, ces pigeons immondes qui pouvaient rien faire de mieux que de bouffer l'essence de la grande ville pour se nourrir, et alors quand ils chiaient, ça bouffait tout un bâtiment en moins de deux.

Et puis on s'est avancé encore avec Zira et y'a eu un grand grillage pour nous barrer l'entrée de l'asile. On a sonné à l'interphone, et sans nous parler, on nous a ouvert la grille.

À l'accueil de l'asile, on pouvait facilement dire que la vieille dame blonde qui faisait office de secrétaire, c'était une dingue aussi qu'ils avaient mis là pour faire peur, on dirait. Elle avait un sourire en biais, ça faisait drôle.

On voulait savoir si Mars était encore là, mais cette fois il fallait être encore plus malin qu'avant.

Zira, elle connaissait son vrai nom à Mars. Moi je savais pas qu'il avait un autre nom Mars, je veux dire un autre nom que Mars, un autre nom, le premier qu'on lui avait donné quand il était né Mars, je savais pas non. Alors en vrai, disons qu'avant il s'appelait Daniel Toroel. Bien sûr ça sonnait faux comme nom quand on la connaissait la tête de Mars.

La vieille blonde a brutalisé son clavier d'ordinateur et très vite on a eu la réponse ; il était bien là Daniel, oui :

— Au cinquième étage, secteur quarante-sept, mais les visites sont terminées depuis quinze minutes, c'est pas de chance.

— Mais moi, qu'elle a imploré Zira avec la même rengaine, je suis sa copine à Daniel et je suis venue avec son fils, il a bien le droit de le voir son père, ça lui ferait du bien de le voir, n'est-ce pas ?

Alors la vieille blonde elle nous a dit qu'on allait nous accompagner là-haut, au cinquième étage.

— Faudra pas rester longtemps.

On est d'accord. C'est un infirmier de l'asile qui nous a amenés vers l'ascenseur, avec son drôle de regard persistant. Il était vachement lent dans ses mouvements, on pouvait pas savoir si c'était la paresse ou s'il piquait des médicaments aux malades ou si c'était à cause de l'ennui. Quand on est entré dans l'ascenseur et que les portes se sont refermées, je me suis cru tout à coup comme dans un cercueil, avec à l'intérieur que des choses tristes qui voulaient elles aussi être enterrées, en finir avec la vie, et plus se mettre dans la tête des gens, quand ça va mal. C'était silencieux et c'était tout fait comme si on était bien morts, tous, qu'il y avait plus le bruit du monde pour nous sauver, et j'étais pas très sûr de me convaincre si c'était ce qu'il y avait de mieux à vivre en fait, la fin de tout.

Le cinquième étage nous a cueillis comme des bleus. On était toujours avec l'infirmier, le bizarre, il nous a demandé sur un ton endormi de le suivre, et nous on s'est laissé aller à le suivre comme si on savait plus très bien qui on était nous, malades ou visiteurs ? Il y a eu un long couloir d'abord, avec un carrelage blanc sur le sol qui me donnait le tournis, y'avait pas beaucoup de lumière, et il traînait dans le coin vraiment une sale odeur à vous donner un vache de mal au cœur, et elle ressemblait l'odeur à celle d'une pommade jaune que ma mère se passait sur les bleus de ses genoux et de ses bras, à cause qu'elle me disait qu'elle était en porcelaine et que le moindre petit coup lui causait un grand mal sur la peau ; cette pommade à l'odeur infecte me refilait toujours la gerbe, et là c'était la même odeur.

Y'avait Zira qui était devant moi, elle avançait avec l'infirmier, et on a débouché sur un grand hall d'attente où y'en avait des malades, par paquets, c'en était des vrais des malades oui sûrement, ils portaient tous des grands pyjamas rayés comme dans les livres d'Histoire à la page de la Deuxième Guerre Mondiale, à la fin du chapitre avec l'histoire des Juifs qu'on a brûlés, quelle sale histoire quand même. On dirait qu'ils allaient à l'abattoir aussi, ceux d'ici, et pas pour s'y faire soigner non. Et ils nous ont regardé passer avec des regards déréglés. L'infirmier il nous a dit de pas faire attention à eux et plus loin, à l'écart des siphonnés, il nous a prié de nous asseoir, parce qu'il allait voir si on pouvait être reçu par quelqu'un qui s'occupait de Mars. Il a tapé à une porte, et une voix chaude lui a dit de rentrer. Alors il est entré et il a refermé la porte derrière lui et puis on a entendu des morceaux de mots de l'autre côté, dans le bureau, mais on était trop loin avec Zira pour bien déchiffrer ce qui se disait.

Zira, elle m'a regardé et elle m'a dit qu'il fallait que je me taise, que je dise rien, que j'étais juste le fils de Mars et que c'était tout. J'ai dit que c'était d'accord, que Mars était mon père. Mais fallait quand même savoir si c'était possible qu'il soit mon père avec l'âge que j'ai aujourd'hui et celui de Mars.

— On s'en fout de tout ça ! qu'elle m'a dit Zira, un peu excédée. Et puis ils feront pas attention.

On a attendu alors.

La petite porte a fini par s'ouvrir de nouveau et l'infirmier est sorti en repartant à droite. Derrière lui, il y avait un homme assez grand avec une barbe grise de quelques jours, qui nous a demandé d'entrer dans son bureau minuscule. On a obéi. On a envahi le bureau et le barbu a refermé la porte.

Une fois coincés entre les quatre murs de son bureau, on a rien pu faire nous que de s'asseoir en face de l'homme qui s'est présenté à nous comme un psychiatre. Tout de suite, il s'est mis à nous questionner à propos de Mars :

— Qui êtes-vous exactement pour mon patient ?

Il a commencé par avancer sa tête toute dure près du visage de Zira, mais elle a gardé son calme Zira et elle lui a fermement répondu qu'elle est sa copine et que moi j'étais son fils, voilà.

— Bon... qu'il a fait le psychiatre faiblement, en se balançant sur sa chaise en cuir noir qui grinçait du tonnerre. Bien... Bon... alors... ça va pas bien ah non on peut pas dire que c'est la grande forme.

Il m'a regardé :

— Votre père ne va pas très bien, vous comprenez ?

C'était un peu sadique la manière dont il m'avait dit ça, mais j'essayais de pas y faire trop attention, vu que tout ça c'était faux, et que Mars était pas mon père. Et puis de toute façon, j'avais pas de père, et puis je refusais d'en avoir un maintenant à mon âge, c'était trop tard pour la tendresse et tout le reste. J'en avais jamais eu un moi de père et puis je m'en foutais bien : vous m'avez compris ? Oui vous, tous les pères des autres gosses qui veulent m'avoir, c'est non, y'en aura pas un qui me prendra avec lui. Et que même il y en aurait un devant moi pour me dire que c'est lui mon père, pour de vrai, que je croirais bien qu'il ferait ça pour faire plaisir à ma mère, rien que pour l'approcher et se la faire.

— On peut le voir ? qu'elle a demandé Zira au psychiatre à propos de Mars.

— Pas dans l'immédiat, mais vous pourrez le voir bientôt, ne vous inquiétez pas. C'est qu'il présente un sérieux danger pour autrui, vous comprenez ? La violence avec laquelle il s'est débattu lors de son interpellation témoigne d'une grande animosité et d'un état psychiatrique grave qui demande avant tout un traitement adapté à ses névroses, et surtout, il lui faut du repos. Un repos médicalisé.

Moi j'écoutais et je disais rien. Je savais pas quoi dire, je savais même pas ce qu'il venait de dire en fait le psychiatre. Il a croisé ses mains tout en continuant de jacasser et Zira, comme elle était plus âgée que moi quand même, elle arrivait à tenir la conversation avec le psychiatre :

– Est-ce qu'il pourra bientôt sortir ?

– Je vous répète Mademoiselle qu'il est dangereux. J'ai justement là sous les yeux l'ensemble de son dossier médical, et j'ai lu que ce n'est pas la première fois qu'il fréquente ce genre d'établissement, le saviez-vous Mademoiselle ?

Là elle est restée bien étonnée Zira. Alors le psychiatre il en a profité pour prendre de l'avance et on a appris comme ça que Mars il y a cinq ans de ça il avait passé près de six mois en réanimation dans un autre hôpital, après s'être tiré une balle dans la bouche, oh pas grand-chose, c'était une toute petite balle paraît-il, un petit flingue à grenaille que les gens gardent chez eux pour épater les cambrioleurs, mais le problème c'est que la balle elle était restée dans un coin de sa tête, elle était venue se loger à un millimètre d'une grosse artère vitale qu'il nous a dit, le psychiatre, en insistant lourdement sur le mot « vitale ».

– Voilà, qu'il a continué le psychiatre, on lui a fait un scanner et on s'est rendu compte que la balle approchait doucement de l'artère, avec le temps. Et c'est tout l'équilibre du patient qui en prend un coup dans ce cas-là. Il apparaît peu à peu un syndrome cérébelleux qui se creuse sérieusement avec les années. C'est la balle qui le titille, elle tourne elle tourne et elle avance micromètre par micromètre et elle va tôt ou tard lui bloquer le cerveau, et tout sera fini, vous comprenez bien Mademoiselle ?

Je me demandais quand même s'il nous racontait pas des histoires le spécialiste de l'intérieur des têtes des autres, et tout ça pour nous effrayer et qu'on y renonce à notre projet de le faire sortir de ce putain d'asile Mars. Parce qu'il nous en a dit des trucs dégueulasses encore au sujet de son cas délicat à Mars le cinglé de psychiatre, mais au bout d'un moment Zira, elle s'est levée et elle a demandé à le voir quand même, parce qu'elle en avait le droit aussi et que pour moi, son fils, c'était important quand même de le voir.

Le psychiatre il s'est fait songeur, il s'est caressé le bout de sa barbe grise en admettant que c'était bien triste d'avoir un si gentil fils et de pas être à la hauteur. Et puis il s'est arraché de son fauteuil en cuir et il lui a dit à Zira qu'il était d'accord pour qu'on le voie Mars, et puis que de toute façon, on pouvait bien le voir Mars, même dans le sale état dans lequel il était.

— Vous allez le trouver un peu changé, bien sûr, les muscles mous et le regard absent et des réflexes au ralenti. C'est à cause des médicaments. Mais il vous reconnaîtra certainement et puis son propre fils, quand même...

Alors, il nous a fait sortir de son bureau le psychiatre, et puis il nous a invités à le suivre, alors on l'a suivi sans discuter. Il faut toujours suivre quelqu'un dans ce gros monde de dingues : on est suiveur et puis on est suivi, on est derrière et puis on est devant, mais ça nous apporte rien de plus, on fait que suivre, et à la fin du tour, quand on s'arrête eh bien c'est quand on est mort. C'est bien absurde, mais là au moins on est sûr de ne plus suivre personne et puis plus personne ne nous suivra jamais plus, et c'est bien comment ça finit.

On a suivi le psychiatre le long d'un long couloir aux murs qui saignaient un bleu maladif, un de ces bleus qui fait croire que c'est le ciel mais qu'on sent trop vite que c'est de la mauvaise peinture et que ça peut pas être le ciel en fait, on peut même pas rêver que ça l'est. Il y avait sur notre trajet tous les souffrants de la cervelle dispersés un peu partout dans le désordre et qui végétaient et se parlaient à eux-mêmes, c'était ce qu'on appelle la folie.

Le psychiatre il nous a refilé à un infirmier et puis il a disparu sans nous saluer dans la chambre d'un patient qui se faisait des siennes et se plaignait de sa tête qui se décollait de son corps.

L'infirmier qui nous a pris en charge nous a fait entrer dans une chambre un peu plus loin, elle était toute carrée et très petite. Il y avait un lit en fer blanc dans un coin et un homme assis dessus, les bras pendants dans le vide, vidés, et le dos voûté, et la tête penchée vers le sol et qui bougeait pas. On a bien reconnu Mars quand il a levé la tête en nous cherchant du regard, mais il avait drôlement pali de la figure et puis quand il nous a regardés, c'était comme le trou complet dans son regard, c'est vrai, on aurait dit que c'était pas lui, je veux dire le vrai Mars, qui était en train de nous scruter comme une larve.

Immédiatement, Zira elle s'est jetée sur lui et puis elle l'a embrassé avec passion. Mars il s'est laissé faire en faisant des grands yeux quand même, parce qu'il comprenait peut-être pas trop bien pourquoi on l'embrassait comme ça. Zira, elle lui a parlé doucement dans l'oreille en portant un terrible sanglot dans la voix qui lui serrait les cordes vocales. Et puis Mars il s'est réveillé à l'intérieur, il a fini par le prononcer doucement son prénom à Zira, alors ça l'a fait pleurer Zira. J'étais là moi aussi, debout, devant Mars. Il m'a regardé et il m'a souri : « ça va... ça va... »

Il m'a demandé en mangeant des syllabes ce qui s'était passé et si je lui avais ramené ses rasoirs. Je lui ai répondu qu'il m'a jamais demandé de lui apporter des rasoirs. Il m'a dit alors que c'était pas grave si j'en avais pas.

– Ils m'ont mis là parce que je suis perdu mais non pas ici, non mais là-haut ? Où là-haut ?

Y'avait des mots qu'il fallait entendre plusieurs fois de suite pour vraiment bien les comprendre. Heureusement, peu à peu, ses pensées sont devenues moins molles :

– J'ai tout un tas de médicaments à avaler, sinon je tremble trop, qu'il gémissait Mars, j'ai mal au crâne, au cœur et là- dedans dans la tête, et mal aux jambes, et aux pieds, mal au foie, et aux yeux, derrière les oreilles et puis devant et puis dedans et puis ma bouche est toute encrassée, je sais pas pourquoi, et puis j'ai la tremblote, tu vois ?

Il avait tendu ses bras vers nous et ils tremblaient ses bras, oui. Il avait mis les paumes de ses mains vers le plafond blanc cassé de la chambre maintenant, et ça tremblait toujours. On entendait des cris effroyables qui venaient des autres chambres en écho, ça foutait une trouille terrible.

Zira elle a demandé à Mars :

– Qu'est-ce qu'il faut faire pour te sortir de là ?

– C'est l'autre, qu'il lui a dit Mars, elle va venir parce qu'elle s'occupe de moi, et elle a signé pour moi, pour nous.

On cherchait absolument à comprendre tout ce qu'il bavait Mars.

– Qui ? Mais qui Mars ???

– Séverine ! Bah oui ! Parce que c'est ma femme qu'il a lâché Mars. Mais c'est vrai alors ? C'est pas vrai, hein, c'est pas vrai, qu'il nous a répété Mars, elle ment c'est ça ?

Il avait plus toute sa tête d'accord, et peut-être à cause des médicaments, le corps suait comme pas possible et son âme étouffait, elle avait bien du mal à la retrouver sa place d'avant dans toute cette chair gonflée de médocs. Je pariais qu'on pouvait prendre n'importe qui dehors et le foutre là-dedans avec Mars et les autres, il deviendrait vite comme ça, monstrueux, délirant pour un moment avant de partir dans le pays des fantômes.

Tout à coup, l'autre taré, le psychiatre, il a surgi dans la chambre de Mars. Il a demandé à Zira de venir échanger quelques mots avec lui à l'écart de son malade. Ça a duré presque dix minutes pleines cette conversation privée et alors durant tout ce temps j'ai pu bien l'examiner Mars, bien au fond des yeux. Il me fixait sans me voir je crois, c'était une impression bizarre d'être observé par quelqu'un qui ignore par moment qui vous êtes, alors que vous vous tenez là, bien vivant en face de lui et que même vous avez connu les mêmes histoires et qu'il ignore même de quelle histoire il s'agit et même quel est votre nom. Je savais pas vraiment ce qu'ils lui avaient fait ici à Mars, il murmurait des choses que je comprenais pas très bien. J'avais un peu peur aussi à côté de lui et y'avait pas de fenêtre dans cette putain de chambre nue et puis on pouvait pas respirer. Les infirmiers lui avaient enfilé un drôle de pyjama vert à Mars et qui était deux fois trop grand pour lui et qui sentait fort la naphtaline. C'était une vache d'odeur que je connaissais bien à cause d'une fois où j'y étais allé à l'hôpital, à cause d'une opération qu'on m'avait faite au dos. J'avais tellement souffert.

Ah voilà, j'ai rien dit de tout ça mais maintenant que j'y repense, c'est étrange ce que j'ai chopé comme maladie il y a des années de ça, c'était une sorte de blocage de la colonne vertébrale, je pouvais plus grandir quoi en un sens. Plus grandir, c'est bien tout ce qu'on peut demander de mieux à cette chienne de vie, de ne plus grandir et qu'on nous laisse tranquille ; finir petit, voilà une bonne chose.

J'étais resté des semaines à l'hôpital, allongé comme une règle de classe, à me faire trifouiller par tous les débutants en médecine qui s'étaient intéressés à mon cas. Quand je pouvais bouger, j'allais me distraire à l'atelier de sculpture le matin, j'ai même taillé un bateau dans de la pierre que j'ai offert à ma mère, elle avait été contente je crois. Mais ça n'avait pas servi à me guérir tout de suite pour autant, non, il a fallu avoir recours à des piqûres pour ça, pour que ça se débloque enfin et que je reparte dans le bon sens, que je me remette à grandir comme les autres. Comme j'ai été couillon de m'être laissé faire comme ça. J'ai rattrapé un peu mon retard sur les grands, pour me remettre suffisamment dans la moyenne, pour conserver des chances de devenir un homme un jour, abject et méprisant. C'était plus possible pour moi de mourir enfant, comme je l'avais désiré si souvent tout au fond de mon lit, quand le sommeil venait pas.

Parce qu'il y en a eu durant ces semaines terribles des gosses comme moi et qui y sont restés eux sur le carreau. On nous disait rien d'abord, je veux dire aux vivants, on nous racontait qu'ils étaient rentrés chez eux, parce qu'ils étaient guéris, mais c'était pas vrai, ils étaient morts en fait les petits, à cause des hormones des autres cadavres qui n'avaient pas marché sur eux. Mais on jugeait que tout ça n'était pas bien grave, vu que des mioches il en venait par kilos des ventres des femmes et tous les jours de l'année alors dix de moins, comme ça, sur une erreur malheureuse, on pensait qu'on verrait pas la différence. Et puis il paraît qu'il faut faire avancer la recherche par tous les moyens, et que c'est sur les erreurs qu'on apprend à avancer, oui. Comme disait ma mère, les ordures des gouvernements se sentent pas plus responsables que les paquets d'imbéciles de voyageurs qui passent des moitiés de vie dans les souterrains de la ville ; ces ordures-là ils sont là pour faire la loi, et dire comment tout doit marcher et au passage, on peut bien tuer son ennui en tuant les autres, les plus fragiles d'abord, ceux qui se taisent parce qu'ils ont trop peur.

Il y avait aussi ces nuits affreuses où j'avais un cafard monstre, coincé entre les quatre murs de ma chambre blanche, où je pleurais sans m'arrêter sous les draps, tandis que j'entendais monter les monstrueux gémissements des gosses qui étaient en train de se faire arracher du monde qui les avait vu naître il n'y avait pas si longtemps que ça. On a vu ce qu'on a vécu, un point c'est tout, et ça paraît bien suffisant pour avoir le mal de la vie après, et ça s'arrête là. Ça rentre à l'intérieur et ça n'en sort jamais plus.

Ma mère venait me rendre visite un jour sur trois, à cause des cadences infernales du travail qu'elle avait à ce moment-là. On la laissait pas partir le soir avant minuit, et les jours où elle n'existait pas près de moi en chair et en os, je me taisais, et puis je me cherchais un nouveau copain quand l'ancien il était mort la veille à cause des hormones déglinguées, ou alors je m'inventais quelqu'un de bien et qui voulait m'accompagner un bout, dans l'horreur, un enfant imaginaire et qui restait avec moi et qui me tenait la main, on a tous fait ça.

J'avais un peu fermé les yeux pour penser à tout ça et quand je les ai rouverts, Zira, elle était là, dans la chambre avec nous, et elle avait pas voulu me déranger. Elle était déjà en train d'habiller Mars avec ses fringues de quand il était dehors.

Et puis elle m'a raconté son entretien avec le psychiatre :

– Il pense que je suis sa maîtresse parce qu'il y a une autre femme qui s'occupe de Mars et que c'est sa femme, qu'il m'a dit, sûr de lui.

Moi j'ai bien sûr tout de suite pensé à Séverine, forcément ça pouvait être qu'elle. Mars lui appartenait enfin alors, et elle lui avait même dit une fois au « Nerf à Cheval », j'étais là.

Il était encore sacrément sonné Mars. Pourtant elle en voudrait encore de lui, la Séverine, et le garder rien que pour elle, au fond de sa grande solitude, la Séverine.

Zira, elle a rajouté que le psychiatre lui avait dit de rester encore cinq minutes avec Mars et de partir après, parce que sa femme à Mars, Séverine, elle allait bientôt se pointer pour signer des papiers encore et il voulait pas que ça fasse des problèmes dans son établissement.

– Oui, qu'il avait dit, les malades sont déjà assez fragiles comme ça, fallait pas en rajouter.

Mais Zira elle voulait pas s'en aller sans Mars.

– Je sais pas comment on va faire pour le faire sortir, moi que j'ai dit à Zira.

– T'en fais pas, il y a une issue de secours au bout du couloir, qu'elle m'a dit pour me rassurer Zira. C'est une issue pour les agents qui font le ménage et les infirmiers qui partent pour une urgence. On a qu'à passer par là et puis on descend jusqu'au sous-sol, et puis après on verra.

En lui enfilant son pantalon à Mars, Zira elle lui a déchiré un peu le pyjama vert en dessous, et elle a remarqué que sur la cuisse de Mars, il y avait un gros hématome, et que ça saignait un peu aussi :

– Qu'est-ce que c'est ça, Mars ?

Mars il a baissé les yeux sur la petite blessure, et il a répondu à Zira qu'il savait pas.

Zira a insisté :

– Je crois que c'était aux Urgences avec les flics je crois mais je suis pas sûr...

Tant pis, Zira elle lui a boutonné son pantalon en répétant qu'on le soignerait une fois rentré au squat. On a levé Mars ensemble avec Zira et moi je voyais toujours pas comment on allait s'y prendre pour sortir tous les trois sans se faire attraper. J'ai encore fait part à Zira de mon inquiétude à ce sujet. Elle m'a dit qu'elle connaissait bien les asiles, à cause des visites qu'elle faisait à son père :

– Ce qui manque le plus aux malades, c'est la clope. C'est le premier des interdits dans ce genre d'endroit. Tiens, voilà mon paquet, il est plein, tu sors dans le couloir et tu cries que tu as des clopes et tu verras qu'ils vont tous venir vers toi.

Je comprenais pas trop bien ce que ça voulait dire mais je me suis exécuté. Je me suis montré dans le couloir et j'ai aperçu quelques malades au loin : y'en avait deux de chaque côté du mur qui n'allaient pas trop bien dans leur tête, ils essayaient de porter le mur sur leur dos, mais le mur il bougeait pas. J'ai levé le paquet de clopes en l'air et j'ai crié : « Cigarettes ! »

Y'a tout de suite trois malades qui se sont tournés vers moi et avec des yeux ivres d'un bonheur nigaud, ils se sont mis très vite à avancer dans ma direction en ouvrant grand la bouche. Je leur ai donné une clope à chacun, et puis les autres malades ont fini par rappliquer rapidement aussi et leur nombre a grossi, six, dix, quinze, ils se sont agglutinés autour de moi, chacun voulait sa clope dorée, et ils ont commencé à gémir, en s'accrochant à mes fringues.

– Oh chacun son tour ! que j'ai crié.

J'ai distribué tout ce que j'ai pu, mais ils s'agitaient de plus en plus les malades, et y'avait les infirmiers qui étaient en train d'arriver pour calmer la cohue et qui se demandaient ce que voulait dire tout ce bordel.

Derrière moi y'avait Zira qui portait Mars à bout de bras. Ils étaient déjà arrivés tous les deux au bout du couloir. Moi je les voyais me quitter, j'avais peur, et puis Zira elle m'a appelé, alors j'ai jeté les dernières cigarettes par terre et les malades ont été les cueillir par terre, en hurlant. Le couloir était maintenant bouché. J'ai rejoint Zira et Mars et on a foutu le camp tous les trois par l'escalier de secours, par lequel il fallait descendre maintenant, jusqu'au sous-sol.

Comme on allait vite en descendant les escaliers, et Mars il avait du mal à suivre le rythme. Il s'est même foulé un peu la cheville. Mais Zira, elle lui a dit qu'il fallait continuer, parce qu'on y était presque au sous-sol. Il y avait une porte qui donnait sur le parking de l'hôpital, on a marché encore pour trouver la sortie, elle devait bien être quelque part, et au bout de notre quête, on a fait face à un gros type assis et comme plié en quatre dans une cabine minuscule en fer. En nous voyant, il est sorti de sa cabine et il s'est avancé jusqu'à nous. Il nous a demandé ce qu'on faisait là, et il a ajouté que c'était interdit de passer par là à pieds. Et puis il voulait savoir qui on était d'abord. Il sentait l'alcool et quand il s'est approché trop près de nous, je me suis senti obligé de tourner la tête, par dégoût. Il puait vraiment de la gueule, et puis la façon qu'il avait de s'adresser à nous, de mélanger des mots avec des postillons, c'était atrocement dégoûtant. Zira, elle s'est expliquée mais le gros type il a voulu qu'on le suive à la Direction, et puis il savait bien que Mars, il portait le pyjama vert de l'asile sous ses vêtements.

– C'est un malade, qu'est-ce que vous faites avec lui ?

Mars il a regardé le type avec un œil bizarre, il a fait celui qui allait mieux, celui qui avait la permission de sortir de l'asile.

Mais le gros il en croyait pas un mot. Il a commencé à gueuler sur nous :

– Non, pas question !

– « Papa », laisse-nous partir...

C'était Mars qui avait balancé ça, et le gros type il a été surpris tout à coup et les yeux dans les yeux avec Mars il lui a dit :

– Pourquoi que tu m'appelles « Papa » toi ?

– On veut partir Papa, allez...

– Je veux pas que tu me dises Papa, mais qu'est-ce que tu me veux ? J'ai rien fait moi !

– Pourquoi t'es là Papa ?

– Arrête ! Je vais appeler le Directeur !

Zira a refilé au gros type tout le pognon qu'elle avait sur elle pour qu'il nous ouvre la porte.

– Allez soyez chic.

Le gros type a serré le pognon dans sa main et il a dit qu'il allait nous faire sortir. Ah ça, quand il est question d'argent, les gens ils font plus de chichis, ils obéissent tout net.

Mais Mars il a continué à lui dire Papa au gros type, et il en pouvait plus le gros type :

– Faut que tu la fermes Mars ! lui a ordonné Zira.

– Allez tirez-vous avant que je vous dénonce, qu'il a hurlé le gros type, pour conclure.

On est sorti par là où s'évadent les bagnoles.

– Au revoir Papa... qu'il a fait Mars au gardien, dans un dernier élan de connerie.

Il était déglingué Mars. Il jouait pas.

La porte du parking de l'asile s'est refermée derrière nous, en faisant un boucan terrible de tôle. On savait pas trop si c'était un cauchemar qu'on était en train de faire ou si tout était vrai.

Le jour était en train de fuir, comme toujours, à la même heure. Mars il a respiré un grand bol d'air, comme s'il était en train de redécouvrir l'oxygène. Et puis il s'est écarté violemment de l'emprise amoureuse de Zira. Il nous a fait face en nous souriant. Et nous on a cru qu'il était redevenu comme avant, on s'est laissé avoir, surtout parce qu'on avait plus assez de force pour penser à quelque chose qui ressemble au pire.

On a été très vite encerclés par la nuit, la vicieuse, toute indifférente qu'elle était, comme toujours, elle nous est tombée dessus comme la guillotine, c'est rigolo, et nous on essayait de lui échapper, mais elle était partout ; elle voulait nous couper en deux. On se serrait les uns contre les autres, et on se tassait davantage que la nuit nous écrasait, plus forte bien sûr que nos chairs toutes molles. On exposait nos peaux tremblantes à un petit vent frisquet bien méchant et dans toute cette soudaine noirceur, on avait plus que les lumières des réverbères pour allumer nos figures, mais c'était une sale lumière, la pire lumière de toutes, celle qui n'a rien à voir avec le soleil, celle qu'on a fabriqué pour nous voir de travers, avec plein d'ombres mauvaises, une gueule de monstre toute grimée par l'ampoule jaune et écœurante à force.

Comme elle nous faisait honte la lumière de la ville, elle nous guillotinait chaque fois qu'on passait dessous sans nous demander même notre avis. Je m'y ferai jamais. Mars ça lui en a fait encore une sale figure à Mars quand il a brûlé sous un réverbère verdâtre, et en le reluquant d'un peu plus près, on le voyait encore dans sa chambre à l'asile, encore avec des yeux de dingue totalement affolés et on avait vachement peur avec Zira.

Il nous a dit qu'il boirait bien un coup et qu'on pourrait aller chez Ben, voilà, parce qu'il s'y sent bien et s'il se souvient de tout ça, des nuits passées chez Ben, peut-être que ça lui en ferait du bien de se remettre debout dans le fond de sa tête, et pas qu'il devienne encore pire que ce qu'il est maintenant. On pouvait aussi lui répondre non mais on était tout près de chez Ben, parce qu'on était sorti au métro La Bouche à cause d'un accident de voyageur, un suicide quoi, qui avait tout arrêté. On avait fait un long trajet qui nous avait remontés du Sud vers le Nord, de l'asile à la vie de la rue, celle qui vaut pas mieux que l'asile : un voyage tout ce qu'il y a de plus banal, sans rien à voir, mais qui avait remis à Mars les idées en place.

– Faut que je me remplisse un peu le gosier, qu'il nous a dit. Avec toutes les saloperies qu'ils m'ont refilées à l'hosto, j'en peux plus, et avec toute cette saleté d'eau municipale que j'ai dû m'envoyer par litres, pour les faire passer les cachets. Faut que je boive autre chose que de la flotte, on va aller au « Nerf à Cheval », c'est encore là que je suis le mieux !

Mais Zira, elle faisait un peu la tête, alors Mars il l'a attrapée par le bras :

— Allez viens ma belle, on y va, on rentrera après et puis on dormira ensemble, allez rien qu'un verre et puis c'est tout...

— Bon si ça peut te rendre comme tu veux, bien dans ta tête et tout, je suis d'accord Mars, qu'elle lui a fait Zira, mais sans y croire vraiment tout au fond.

Une fois entré au début de la rue de La Chaudière, et tout en avançant alors vers chez Ben, Mars il s'est mis à faire une drôle de tête tout à coup : « Le Nerf à Cheval » était fermé, l'entrée était complètement murée :

— Où est le bar, merde ? qu'il a hurlé Mars.

Il a gigoté la tête de tous les côtés.

— Où il est Ben, hein, dis-moi ? qu'il m'a fait en me secouant par les épaules.

J'ai dit que je savais pas où il était Ben.

— J'ai pas remis les pieds ici depuis la dernière fois avec toi Mars.

Il était bien vrai le mur en brique rouge qui était planté à la place de la vitrine du bar de Ben, par où on rentrait nos fesses. Il n'y avait peut-être plus rien derrière le mur non plus, que du silence mort. Elle était finie la fête à l'intérieur, et tout le monde avait disparu pour de bon.

Mars il est bien resté cinq longues minutes tout seul prostré devant le mur de brique qui avait remplacé « Le Nerf à Cheval », sans comprendre pourquoi donc il existait plus le bar.

— C'est à cause des impôts ou de ces sales flics, ou d'une gonzesse, qu'est-ce que ça peut être d'autre ? qu'il marmonnait Mars, en essayant de se convaincre de ce que le réel lui refilait devant les yeux. C'est pas son cancer qui l'a repris quand même et qui nous l'a emporté ?

Nous, à un moment, on lui a dit à Mars qu'il fallait partir, mais il a refusé de nous écouter, alors on est quand même parti vers la rue des Poings tous les deux avec Zira, en remontant dans la direction du squat, à La Rappel. Une fois loin, Mars il nous a rejoints en nous regardant un peu méchamment, parce qu'il osait pas nous dire qu'il avait peur de rester tout seul et puis il s'est énervé, parce qu'il voulait absolument trouver quelque chose à boire, qu'il allait pas tenir comme ça à jeun jusqu'à La Rappel. Il était un peu en retrait derrière nous. Zira elle m'a pris par la main et on avançait tous les deux devant, et à un moment Mars il s'est éclipsé dans une épicerie, et on s'est arrêté et on a tout entendu à l'intérieur de l'épicerie :

– Donne-moi une bière, mec ! qu'il lui a fait mauvais à l'Arabe de l'épicerie, qui avait l'air d'un gentil pourtant au premier abord et vu comme il lui souriait à Mars.

Mais j'ai remarqué qu'ils souriaient tous comme ça les Arabes des épiceries, parce que c'était bon pour le commerce et y'avait que ça qui comptait finalement.

Il lui a donné sa bière l'épicier à Mars, et il a sifflé Zira :

– Eh Zira ? File-moi de quoi me payer ma bière !

Elle est revenue sur ses pas Zira, et elle a payé pour Mars à l'épicier arabe qui tendait sa main ouverte depuis une minute au moins. Mars il a décapsulé sa cannette de bière et il l'a bue d'un seul trait, en marchant tout à côté de nous.

Faut raconter que comme ça, tout au long du chemin, il a bien dû s'envoyer une bonne dizaine de cannettes de bière Mars. À chaque fois qu'on croisait une épicerie de nuit, c'était bon pour un coup, et à un moment, forcément, on s'est mis à le porter Mars, parce qu'il était complètement fait. Et même pire, il s'était mis à pleurnicher aussi depuis peu, en nous parlant de l'asile et de tous les malades qui étaient avec lui et qu'il fallait sauver, si on en avait le temps un jour. On aura jamais le temps de les sauver, même un seul, et il le savait Mars et ça le déprimait vraiment et puis y'avait sa mère, celle de la morgue, qui revenait le hanter à l'intérieur de sa tête :

– Mais non Mars, c'est pas la tienne de mère ! que je me tuais à lui répéter.

On a coupé par la rue Fancolas. On l'avait donc bien sur le dos Mars et il faisait son poids le salaud ; la bière c'est pas que de l'eau, c'est quoi ce mensonge ? Et puis à quoi ça rime de se mettre dans un état comme ça ?

Mars avait bien du mal à respirer maintenant, et il se faisait engueuler par Zira, comme quoi elle avait pas que ça à faire de s'occuper de lui, et de le tenir en vie, jusqu'à ce qu'il redevienne clair, un vrai homme quoi, et qu'elle allait pas encore lui pardonner comme toujours.

Et puis on a revu enfin la rue Rabelé et le paquet de merdes de chiens étalées un peu partout sur le trottoir incolore, et sans faire gaffe je m'en suis pris une sous la godasse. J'avais pas fait attention voilà, sous le pied droit, c'était pas du bonheur que ça voulait me souhaiter pour la suite, bon et alors tant pis.

Mars il miaulait encore tout un tas de mots incompréhensibles :

— Et pourquoi Ben il est parti sans moi, et pourquoi il m'a laissé seul ce chien ?

Tout ça voulait plus rien dire. C'était fou de voir dans le cas de Mars tout ce qu'on pouvait régresser en si peu de temps, il était passé de l'homme à l'enfant Mars, en quelques jours à peine.

On s'est cogné contre le bon vieux 14 de la rue Rabelé.

— Chut ! Tais-toi un peu ! qu'elle lui a ordonné avec sévérité Zira à Mars.

Alors lui, il s'est tu d'un coup et on a fini par y rentrer dans l'immeuble, au 14 de la rue Rabelé. Au bout du couloir, Mars il s'est remis à geindre et Zira lui a mis une tape sur la tête, mais il a continué à garder la bouche ouverte.

— Ouais c'est par là allez !

Mars il a pris un autre escalier au coin de la petite cour. Et Zira elle était vachement en colère, elle m'a dit :

— Moi je rentre, j'en ai marre ! T'as qu'à le ramener au squat Mars ! J'en peux plus !

Elle est partie de l'autre côté, et je me suis retrouvé tout seul à le suivre Mars.

Et j'ai fini par le rattraper :

— Où est-ce que tu vas Mars, bon sang ?

— C'est pas le bon chemin là-haut, suis-moi, qu'il m'a fait Mars dans son délire autoritaire.

Une fois dans les étages, il a tapé à une porte.

— Faut passer par une autre porte ! Pour pas se faire choper ! qu'il m'a chuchoté Mars, en crachant des postillons mauvais.

— Mais on peut passer par la fenêtre de cet appartement.

— Qui est là ? qu'une voix toute tremblante a braillé de peur derrière la porte.

Mars il a pas répondu. Il a changé de porte, il a tapé encore sur la nouvelle porte, et là elle s'est ouverte en grand la porte. Y'a eu deux visages de femmes qui sont apparues. Elles le connaissaient Mars.

— Ô notre bon Mars, c'est toi ! Tu nous l'as retrouvé notre Mirou hein ? C'est pour ça que t'es là ?

— Non je l'ai pas retrouvé Mirou ! Pas du tout !

Elles étaient déçues les deux femmes, et je savais pas de quoi il était question. Et elles nous ont claqué la porte au nez.

Mars il m'a pris à part pendant qu'on continuait notre chemin sur le palier :

— Putain de filles qui s'aiment comme des baudruches, qu'il m'a fait.

C'est moi qui l'ai buté leur petit clebs, il chiait dans toute la rue, il se prenait pour un vrai cador ! Allez, c'est ça, dis-moi que je suis un salaud ! Hein que j'en suis un ?

Il me secouait comme un sac de billes Mars.

— Mais moi j'en sais rien Mars ! On peut pas être un salaud parce qu'on a tué un chien, je sais pas.

Il puait de la gueule Mars, à cause de toutes les bières qu'il avait bues, ça me donnait un tournis d'enfer et ça me faisait un cœur bien gris à l'intérieur. Mais alors il s'est mis à brailler encore dans les couloirs des étages Mars, et y'a eu un voisin qui est sorti sur le palier et qui a demandé ce qui se passait, si on égorgeait pas quelqu'un des fois et Mars il lui a envoyé une droite bien sévère en pleine tronche, et c'était fini.

Une autre porte et puis une autre, je l'ai supplié d'arrêter de taper aux portes.

— Viens Mars, on va chez Bibi et puis on rentre ! — Non, qu'il m'a fait, catégorique. C'est par là !

Et il y a eu une nouvelle porte qui s'est ouverte forcément, et une petite fille de rien du tout, de six pommes à peine qui s'est montrée et qui voulait qu'on aide sa mère turque, parce qu'elle parlait pas un mot de la langue qu'on avait besoin ici pour se comprendre nous. Elle avait reçu une lettre des impôts et la petite fille l'a tendue à Mars, et Mars il l'a lue la lettre en marmonnant comme pas possible :

— C'est les huissiers, qu'il a dit à la petite fille, les huissiers ! L'expulsion ! Ils vont venir tout prendre ; les meubles, la télé, les gosses, tout, traduis ça à ta mère, tout ! Brûlez tout ! Ne laissez rien !

La petite fille affolée s'est enfermée chez elle, juste après que Mars lui a franchement botté le derrière.

C'était pas qu'elle parlait pas la langue d'ici la mère turque, non, elle parlait plus aucune langue en vérité. Si j'avais bien compris ce que venait de me cracher Mars, c'était à cause de son mari, un petit Turc lui aussi et bien salaud celui-là, un vrai paysan. Il l'avait tabassé six mois auparavant sa femme et sur une dernière droite elle était tombée sur la tête la mère turque, et y a un truc qui avait pété dans son cerveau. Et depuis elle était toute bloquée pour parler la mère turque, elle ne réussissait qu'à lâcher des grands miaulements insupportables. Il la tenait son mari. Elle était comme en prison la mère turque maintenant, avec plus personne ni pour la comprendre ni pour la plaindre.

C'est la concierge qu'on a fini par croiser dans les escaliers, celle du 14 de la rue Rabelé, toute paniquée. C'était la mère de Poulet en plus, et elle avait l'air d'aller pas bien du tout, elle criait : « Au secours ! Au secours ! », tout en trimballant des grosses larmes sur la figure, des torrents :

— Faut descendre, faut m'aider, qu'elle hurlait la mère de Poulet. On est donc retombé au rez-de-chaussée avec la concierge.

— C'est mon petit, mon tout petit, il se balance dans sa chambre mon petit, faut le sauver !

On est entrés dans la loge et au fond d'un couloir tout noir, après la cuisine qui sentait fort la morue, y'avait la chambre de Poulet, toute minuscule, tellement minuscule que j'étais sûr que même un chien n'en voulait pas comme niche. Quand on y a foutu le pied dedans, dans la chambre de Poulet, c'était déjà trop tard. Il était pendu Poulet, il se balançait de tout son corps au bout d'une corde, tout raide. Mars il l'a décroché de la poutre infectée de termites. Il s'était pendu avec une corde à linge Poulet, bien solide, et il avait le visage tout bleu, mais pas du tout comme le ciel, plutôt comme une casserole qui a trop pleuré sous le feu. Et ses yeux étaient tout retournés, elles avaient complètement disparu les pupilles, c'était tout blanc à l'intérieur de ses yeux, il avait plus de regard, et ça m'a fait comme un choc moi. Et puis aussi, il bandait Poulet. Mais ça c'était normal, que m'a dit Mars. C'est toujours comme ça.

Elle hurlait comme une furie la mère de Poulet.

— Mais qu'est-ce que vous avez fait ? Il faut me le rendre mon petit !

Et patati patata.

Mars il a couché Poulet sur son lit crasseux et il a essayé de le ramener parmi nous, je veux dire de notre côté, celui où on respire, en lui appuyant violemment sur le torse, mais ça a servi à rien, parce que Poulet, ça faisait bien longtemps qu'il respirait plus et qu'il était parti ailleurs.

Mars il lui a dit à la mère de Poulet qu'il n'y avait plus rien à faire et qu'il fallait appeler une ambulance maintenant pour qu'on vienne le chercher Poulet, que c'était vraiment fini, et surtout qu'il pouvait pas rester ici, c'était fini.

— Mais pourquoi qu'il a fait ça, mon petit ? qu'elle a craché en chagrin la mère de Poulet en se perdant elle aussi.

Mais Mars il voulait un grand verre d'eau. Il en pouvait plus.

— Ils ont coupé l'eau, qu'elle nous a dit la mère de Poulet et pour toute la journée, mais vous croyez qu'il a soif mon petit ?

Elle déglinguait. Moi j'ai insisté auprès de Mars qu'on ferait mieux de rentrer si on voulait pas devenir tout à fait dingue à notre tour.

On a essayé de quitter la loge, mais c'était difficile, parce qu'elle nous retenait avec le peu de force qui lui restait la mère de Poulet. Elle délirait, et elle répétait sans cesse que c'était pas vrai pour son petit, qu'il allait se réveiller et qu'il lui faisait une mauvaise blague, comme il savait souvent lui en faire. Pour qu'elle nous abandonne, Mars lui a affirmé qu'elle devait sûrement avoir raison, et qu'on avait été tous trompé par la blague, et qu'il allait bientôt se réveiller Poulet mais qu'il allait falloir quand même être très patient, parce que c'était une blague très longue qu'il nous faisait Poulet, une de ses meilleures.

On a repris la route enfin, et moi j'étais encore bien secoué par la fin de Poulet. Et Mars aussi quelque part, et je l'entendais dire :

— Il a réussi à faire ça tout seul, à se foutre en l'air, alors que nous on a les jetons de se foutre en l'air. Ça prouve bien que c'était un homme, quoi qu'on puisse penser et entendre de lui partout dans le quartier. Et puis tiens, il en a retrouvé une de cervelle au milieu de tous les morts qui se croyaient des fameux cadors avant de passer l'arme à gauche ! Il est comme tout le monde, maintenant, c'est bien !

On a voulu passer par chez Bibi mais il répondait pas Bibi, alors que je lui jouais « Au clair de la lune » sur la porte. Rien à faire, il était pas chez lui Bibi, mais ça se pouvait pas, parce qu'il sortait jamais. J'ai pensé qu'on s'était peut-être trompé de porte alors, j'avais plus toute ma tête moi aussi.

Alors on est redescendu dans la petite cour du 14 de la rue Rabelé et encore plus bas, dans les caves, parce que Mars il m'a dit qu'il y avait une issue par le sous-sol, et qu'il fallait péter un mur.

Mars il a attrapé une pioche qui traînait dans la cave et il s'en est servi pour abattre le mur en question, tout au fond d'une cave humide. Il a fait une ouverture par laquelle on a pu se faufiler tous les deux et en poussant encore une pierre et du bordel, on est enfin passé dans le squat.

Y'a Zira qui nous attendait, droite et un peu sévère. Elle nous a juré qu'elle était passée par chez Bibi elle et qu'il lui avait ouvert la porte à elle oui, et que même elle l'avait embrassé pour la première fois de sa vie et que ça l'avait rendu tout gai Bibi, un point c'est tout. On s'était donc peut-être bien trompé de porte après tout, avec Mars. On était bien fatigué de toutes ces conneries-là.

Elle a trouvé de l'eau Zira et Mars il est tombé dans ses bras, comme un quelconque fruit trop mûr tombe d'un arbre. Elle l'a allongé sur le canapé, et elle lui a refilé l'eau. Mars il s'est nettoyé tout l'intérieur avec la moitié d'une bouteille d'eau du robinet de la ville. Il a fermé les yeux après. Il respirait encore, oui. Il a chuchoté qu'il avait mal à une jambe, la gauche :

— Je veux pas qu'ils m'amputent ces salauds, qu'il crachait Mars.

— Mais non, personne ne t'amputera, qu'elle lui a juré Zira, tout en l'embrassant tendrement dans le cou, comme pour le rassurer. Tout ira bien, Mars, t'en fais pas.

– Je veux pas, non je veux pas...

Zira elle lui a soigné sa petite blessure à la jambe, d'une main délicate, avec du coton et de l'eau chaude. Mars il était tout calme, et moi je me suis assis sur un tabouret, un peu à l'écart, et je les regardais tous les deux, en me mettant à être simplement triste.

Je me disais que j'allais peut-être jamais pouvoir la raconter leur histoire, et la mienne aussi tant qu'à faire, et l'histoire de ma mère aussi, et celle de toute ma peine, parce que j'avais peur d'oublier trop vite tout ce que je vivais au présent, parce que le présent ne tenait pas longtemps en vérité dans la mémoire des gosses, tout comme dans celle des plus grands aussi, parce qu'il y avait de la place que pour le passé, celui qui compte pour se dire qu'on était quelque chose, et de la place que pour l'avenir, celui auquel il faut croire pour se dire qu'on aimerait valoir mieux, et même si on est incapable de voir devant, en tout cas en ce qui nous concerne vraiment, à l'intérieur.

Y'a jamais de place pour le présent, dans la vie.

Zira elle a d'abord trempé Mars dans une eau vachement glaciale, et il a encore bu beaucoup d'eau après ça et j'ai trouvé qu'il allait de mieux en mieux. Il se tenait devant moi, et se séchait le corps sur le canapé avec une longue serviette rouge. Et puis il m'a demandé où est ce qu'elle était Zira ? Je lui ai dit qu'elle était partie dans la chambre et qu'elle l'attendait, oui. Il a haussé les épaules, mais il savait bien qu'il devait la rejoindre maintenant Zira mais il avait pas envie tout de suite. Il voulait s'allonger un peu d'abord sur le canapé et puis se parler aussi à lui-même, pour savoir où est-ce qu'il en était lui.

Il y avait une photo que Mars avait sortie du tiroir de la petite table, devant le canapé. C'était une vieille photo, peut-être bien qu'elle datait d'au moins trente ans, une de ces vieilles photographies au format carré avec des coins arrondis comme on en tirait à l'époque, et avec des couleurs trop appuyées. Il y avait une femme plutôt jolie à l'intérieur de la photo, avec un joli sourire sur une figure ovale et bien dessinée.

– C'est ma mère, qu'il m'a dit Mars. Alors elle lui ressemblait bien la morte de l'hôpital Mouchat, hein ?

Moi je lui ai dit que non, qu'il avait confondu, vraiment.

Elle était en maillot de bain sur la photo la mère de Mars et elle était appuyée contre un grand palmier. Elle était vraiment jolie la mère de Mars. Sa peau avait rougi comme il faut, grâce au soleil sûrement, et elle avait des cheveux mi-longs, bouclés et très noirs.

Longuement, cambré et muet, Mars a fixé la photo qu'il connaissait par cœur, comme il me l'avait juré. Il savait tout de cette photo, oui il savait tout, il avait déjà relevé tous les détails que le clic avait fixé pour toujours : l'arbre, chacune des feuilles de cet arbre, le soleil au fond qui descend sur la mer, toute bleue la mer, le sourire de sa mère, tellement blanches les dents de sa mère, tellement belle tout entière. Il devait se dire Mars qu'elle devait l'aimer vachement fort sa mère celui qui avait pris la photo pour montrer un sourire comme ça, et c'était pas son père, y'avait jamais eu de père je crois. Non, il savait pas du tout qui avait pris la photo, la seule chose qu'il savait Mars, c'est que le temps avait déjà passé, plus vite qu'on respire, et qu'il pouvait plus le retrouver en vrai ce visage d'avant, celui de la photo.

Le temps qui passe, toujours le même, qui emporte tout avec lui, c'est pas nouveau, mais moi je m'y fais pas, et quand je le regarde très fort en face le temps, chaque minute qui s'évapore, c'est comme un couteau planté dans mon cœur, j'ai une peine terrible, le vrai désastre. Si je fermais les yeux moi et que j'essayais de la voir ma mère, même si elle était pas encore si loin que ça dans le temps, il m'en fallait des efforts incroyables pour me souvenir tout à fait de son visage, celui bien vivant qu'elle portait, celui de tous les jours, quand elle bougeait. Il faut bien le dire que c'est difficile de s'imaginer les gens qui sont plus là, surtout si on veut les imaginer en train de bouger, là c'est encore plus compliqué, surtout quand y'a pas le cinéma pour aider.

Tout passe et on y comprend rien. Plus rien à dire là-dessus. C'est définitif.

Mars il a mis un doigt dans sa bouche et c'est une dent carrément qu'il s'est arraché de la gueule.

– Putain je perds mes dents !

C'était une dent toute noire et bien pourrie avec ça qu'il a déposé sur la petite table Mars.

– Tu vois, qu'il m'a confié Mars, tu sais à quoi on reconnaît qu'un homme n'est plus un homme ? Quand il commence à perdre ses dents, garçon.

Il a éclaté de rire après parce qu'il s'en foutait au fond de finir par mourir comme les autres, avec ou sans dents, c'était pareil.

Et puis Zira, elle l'a appelé Mars depuis la petite chambre où elle s'était retirée, toute fichue sur les bords. Mars lui a pas répondu, alors elle a insisté Zira. Il se taisait et au contraire il m'a cherché du regard Mars, et il m'a carrément dit qu'il savait ce qui était arrivé à ma mère et il voulait me le dire tout de suite, tout net, sans prendre de gants. Je lui ai répondu que je préférais pas en parler maintenant avec lui. Mais Mars il savait pourquoi je voulais pas en parler de ma mère et il s'est pas gêné pour le faire savoir :

– Je vais te dire, garçon, tu veux pas admettre qu'elle s'est suicidée ta mère, un point c'est tout et c'est tout ce que tu as à savoir et à jamais oublier de toute ta vie !

J'ai un peu de colère qui est montée en moi quand j'ai reçu les mots de Mars, comme une droite au beau milieu de la figure, mais elle est restée à l'intérieur, au fond de moi, la colère, parce que j'avais bien envie de pleurer aussi. Et même si je le savais pour ma mère, je voulais me taire, mais on va pas croire des choses pareilles quand on se le dit à soi-même ?

Zira voulait Mars :

– Mars ? Mars ?? Mars ??? Tu viens ????

Mars il avait pas envie d'aller la rejoindre Zira :

– Vas-y toi voir ce qu'elle veut, garçon. On reparlera de tout ça demain matin, de ta mère et de la mienne, on aura du temps, on aura tout le temps, garçon, tout le temps, on sera encore là tous les deux sur cette terre qui pue nos chairs !

Il me tardait de comprendre avec Mars pourquoi j'avais tellement de peine dans la vie, oui, bon sang qu'il me tardait de savoir tout, et tout ce qui me faisait chialer au bout.

Et puis il a fermé les yeux Mars et moi je me suis levé du petit tabouret et je suis allé jusqu'à la chambre, chez Zira, pour voir ce qu'elle voulait, comme il me l'avait demandé Mars.

Je suis apparu derrière le rideau épais en velours noir, je l'ai ouvert et j'ai découvert la petite chambre où j'avais fait des rêves jolis il y a tantôt. Zira elle était cachée sous les draps, elle a montré son visage tout doux et elle a levé les yeux sur moi. Je crois qu'elle s'est étonnée de me voir à la place de Mars, mais elle a pas dit un mot à ce propos. Au contraire, elle m'a plutôt dit de refermer le rideau derrière moi et de m'approcher d'elle.

– Viens, qu'elle m'a fait doucement.

Alors moi doucement je suis monté sur le lit et puis d'abord je me suis expliqué pour l'absence de Mars, que c'était lui qui... et puis non ! Il fallait que je me taise, parce qu'après tout qu'elle m'a dit Zira, elle voulait pas savoir, simplement elle avait pas envie d'être seule, elle voulait pas dormir toute seule non plus. Elle était nue sous les draps, je le savais, parce que les draps ils étaient un peu transparents, et j'étais prêt moi à lui dire que je voulais rester avec elle cette nuit, qu'on était tous les deux et qu'on serait plus jamais seuls tous les deux.

– Viens contre moi...

Je me suis donc approché encore d'un peu plus près, et sa main a pris la mienne. J'ai posé la tête contre ses seins, oh je les voyais bien, ils ressemblaient à deux petites poires et comme ils sentaient bon, comme elle sentait bon tout entière Zira, j'arrivais pas à comprendre comment qu'on ne pouvait pas l'aimer Zira.

Elle m'a dit ensuite Zira d'enlever mes vêtements et de me glisser sous les draps, avec elle. Je suis resté bloqué tout à coup. Alors elle m'a aidé Zira, elle m'a enlevé mon tee-shirt et puis mon pantalon mais moi je voulais bien garder encore mon caleçon, encore un petit peu. J'ai mis tout mon corps sous les draps, mon corps a tremblé de mille trouilles quand il a touché la cuisse toute chaude de Zira. J'étais un peu gêné à cause de ce qui commençait à se passer dans mon caleçon. J'ai senti que ça montait et j'ai eu peur que mon caleçon éclate. Et justement, elle voulait que je l'enlève mon caleçon, Zira, pour me libérer tout à fait. Je l'ai prévenue, en lui disant que mon truc là il était un peu dur, et qu'elle devait le savoir voilà, parce que j'avais plus rien à lui cacher. Oui.

— Approche-toi bon sang... encore... tu as envie de moi ?

— Je crois que oui. Je dois avoir envie Zira...

Pour de vrai, ça faisait longtemps bien sûr qu'elle me faisait de l'effet Zira, depuis la première fois que je l'avais vue, ici, au squat.

— Il faut que tu restes tout contre moi...

— Oui Zira oui...

Je peux pas raconter tout dans les détails, mais il a fallu commencer lentement, comme une fleur sort de son petit pot de terre. D'abord je lui ai longtemps caressé la peau, elle aimait ça, si douce si électrisante qu'elle était sa peau, et je me disais que ça serait bien si je pouvais rester comme ça avec elle toute la vie, et même si elle durait qu'une nuit et le jour d'après la vie, que ça serait quand même avec elle que je serais et que ça compterait comme pour une éternité.

La nuit nous grignotait sans relâche. Elle voulait pas que j'y retourne au salon voir Mars, Zira, et pour moi, de toute façon, il en était plus question puisque j'étais là, avec elle.

La seule chose que je me suis dit à ce moment-là, pour me grandir, c'était que ça serait une vachement bonne idée de lui faire un enfant à Zira, et que c'était pas idiot de penser ça.

Elle m'a dit d'entrer en elle, d'entrer, sans penser à rien d'autre. Et pourtant, j'ai pensé à mille choses de ma petite vie éparpillée quand je suis entré en elle. Comme ça m'a fait des frissons dans le dos, d'un coup c'est monté par derrière, j'avais jamais ressenti autant de bien au fond de moi et que ça pouvait être une sacrée bonne excuse pour y rester sur la terre, parce qu'on pouvait y faire ce genre de choses, entrer et sortir et entrer encore et que ça me donnait envie de vivre très fort, avant, pendant et après, et bien au-delà de tout ce qui existe déjà sur la terre, de bon ou de mauvais, c'est pareil.

On est resté des heures l'un dans l'autre sans bouger, j'avais déjà fait en elle, et j'avais vachement honte de l'avouer. Et puis comme elle voulait pas que je sorte d'elle, on s'est endormi comme ça, l'un contre l'autre. J'avais donc tout le temps de rêver à comment qu'on l'appellerait notre gosse à nous, celui qui aura nos deux visages dans une seule figure, une moitié d'elle et une moitié de moi, je pouvais parfaitement tout imaginer. Tiens, s'il pouvait garder ses yeux à Zira et puis s'il pouvait avoir la forme de mon nez, ça serait bien. Mais pourquoi donc j'étais en train de me demander pendant que je dormais moi, pourquoi donc tous les autres ils font des enfants, hein, si c'est pas pour se sentir moins seuls, hein ? Tous, Ma mère, moi et les autres, c'était pareil, qu'on faisait les uns dans les autres avec une facilité naturelle. Avec la même idée, celle de répéter plus tard à l'enfant qu'on a fait venir comme on a toujours été seul au bout du compte, depuis toujours, et combien il faut qu'il soit seul lui aussi, une fois devenu grand à son tour, et assez seul pour le pousser à ce qu'il le dise enfin tout ce qu'il a sur le cœur d'atroce, à l'enfant qu'il fera à son tour, et ainsi de suite, c'est d'un banal...

C'est comme ça aussi qu'on finit par avouer ce que Mars me disait à propos de l'absence de sa mère, dans le fond de son cœur à lui, depuis trop longtemps :

– Dis-moi garçon, tu crois qu'on peut vivre quand on a pas reçu de preuve d'amour ? Dis-moi, on peut, hein ? On peut ?

S'il est question d'amour entre Zira et moi, on pourra en donner alors à notre enfant de l'amour, celui qu'il a pas eu Mars et puis encore plus que ça, tiens, s'il se sent pas assez aimé, on en aura toujours encore en réserve de l'amour et on le défendra contre tout le monde et contre tous les autres de la terre qui sont contre l'amour, contre nous, contre le môme à nous et puis voilà.

Dans mon rêve, tout était clair et on avait perdu personne en chemin. Il fallait juste qu'un petit morceau de la terre pour tous les gentils du monde qu'on mettrait tous ensemble, si ça se trouve ce serait quand même vachement plus simple. Moi j'y pensais souvent à cette petite idée ridicule et elle en avait fait du chemin depuis que j'étais tout petit, mais jusque-là j'avais jamais vu nulle part où ça s'était fait. Peut-être que ça existait quelque part mais qu'on le savait pas, parce qu'il fallait pas que ça se sache, à cause des méchants. Mais il faudrait leur dire aux gentils aussi qu'ils nous ont oubliés, ou peut-être bien qu'on est pas assez gentil Zira et moi, qu'on est déjà devenu comme les autres enflures, du poison, des miettes, et qu'on peut plus y aller dans le pays des gentils, on est déjà souffrant, contaminés par tous les méchants qui ont circulé tout autour de nous depuis trop longtemps. Eh bien, on serait quand même malheureux de savoir qu'on irait jamais dans ce pays-là, à cause des autres.

Je suis resté tout au fond de mon sommeil mais je la sentais Zira. Elle m'avait dit qu'elle avait joui un peu, oui, et puis qu'on ferait mieux la prochaine fois, bientôt. Moi j'avais entendu comme ça lui avait plu, mais je savais pas si je pouvais faire mieux que cette nuit- là, j'avais aucune espèce d'expérience de ce genre et c'était bien la première fois que je faisais ça alors je savais pas, non, j'essayais de rêver très fort que j'y arrivais à être meilleur, et Zira elle était là, elle respirait comme de la musique classique, et moi je voulais qu'il n'arrête jamais de jouer pour nous l'orchestre de cette nuit-là, la nôtre, elle nous appartenait.

Mais tout finit par finir à un moment ou à un autre bien sûr, c'est le jeu idiot qu'on joue toujours ici, et c'est la nuit d'abord qui a filé comme une lâche, et c'est le jour qui est revenu de l'autre côté du monde et qui a tout emporté, pour nous voler tout ce qu'on avait sur nous, Zira et moi. C'est la même et ennuyeuse bataille qui dure depuis que la terre tourne sur elle-même, comme un bilboquet : le jour se venge toujours de la nuit et inversement, et même si ça fait déjà trop longtemps que ça dure, ils ne se lassent jamais les deux d'en découdre de la même façon, c'est pathétique mais c'est surtout désolant pour celui qui vit jusqu'à cent ans, toujours voir la même comédie...

Il a fallu ouvrir les yeux à un moment, parce que le jour donc a fini par passer et par se mettre entre Zira et moi, pour former sur le matelas comme une auréole moche. Elle a ouvert les yeux à son tour Zira, elle était toujours nue. Elle a commencé immédiatement par se gratter les yeux avec une violence inouïe et puis elle m'a cherché en m'appelant par mon nom, pour savoir si j'étais bien là. J'ai dit que j'étais là :

– Je vois flou, je vois tout flou partout ! J'ai mal aux yeux, j'y vois rien, qu'elle me répétait, complètement affolée Zira.

– Arrête de te gratter les yeux comme ça, Zira, que j'ai répliqué dans l'instant. T'as été voir un toubib ?

– Non, y'a personne qui pourra savoir ce que j'ai, je veux pas de toubib ! Où tu es que je te touche ?

Je me suis collé contre elle. – Je suis là Zira... Sa main m'a caressé doucement les lèvres ;

– Oh oui c'est bien toi, petit. C'est bien toi...

Et puis c'est là que j'ai eu la mauvaise idée de tirer un peu le drap pour la voir toute nue Zira, pour y croire encore, mais ce que j'ai vu c'est du sang. Y'avait beaucoup de sang autour de Zira qu'elle perdait des cuisses il me semblait. Je l'ai alerté Zira, je voulais savoir si elle était blessée ou quoi. Elle m'a répondu gênée que non, qu'elle n'était pas blessée, et elle a tiré le drap vers elle, pour se cacher à nouveau :

– Je suis... je suis embarrassée, euh, indisposée, enfin merde j'ai mes règles !

Je savais pas moi alors moi je lui ai dit :

– T'es enceinte, ça y est ?

Elle s'est fâchée tout à coup :

– Mais non pas du tout, qu'elle m'a fait, ça peut pas être possible, j'ai mes règles, je peux pas être enceinte, je peux pas, tu comprends ? Je me suis dit que ça allait peut-être s'arranger, que ça passerait et qu'après elle serait enceinte de moi alors. Parce que s'il s'était rien passé cette nuit, j'ai pensé que c'était assez triste dans ce cas-là. Je croyais bien qu'on allait faire un môme à nous, mais que si on y était pas arrivé alors c'était pas la peine d'y vivre sur la terre, si on était incapable de passer la vie qu'il y a en nous à quelqu'un d'autre. Zira elle m'a demandé de lui trouver une serviette ou quelque chose dans ce genre pour se nettoyer. Je lui ai dit qu'il fallait que j'aille dans la cuisine. Elle m'a supplié de revenir très vite auprès d'elle, pace qu'elle avait encore peur de rester toute seule. J'ai filé dare-dare. J'avais peur moi aussi, tellement peur que Zira me voie plus à cause qu'elle se grattait trop fort, elle voyait plus rien. Et j'étais plus très sûr maintenant de pouvoir rester avec quelqu'un qui voyait pas, et puis j'étais peut-être pas prêt à aimer tout court, en fin de compte. J'étais peut-être pas capable de donner de l'amour moi. Mais qu'est- ce que je racontais ?

J'étais dans la cuisine et y'avait pas de serviette, y'avait que des torchons sales pour Zira, elle méritait pas ça. Alors je voulais bien savoir ce qu'il fallait faire maintenant. Tout était calme dans le squat. Une sorte de silence qui rendait dingue. Je m'étais à peine rhabillé parce que le reste de mes vêtements se trouvait dans le salon, vers le canapé, là où Mars il s'était endormi la veille, juste après m'avoir demandé d'aller la consoler Zira, pour lui.

Et puis, franchement, qu'est-ce que je pourrais bien lui dire moi à Mars maintenant ? Qu'on a rien fait avec Zira et qu'on s'est juste endormi l'un près de l'autre, mais qu'il s'est rien passé de plus que le sommeil qui avait fini même par nous écœurer d'aller plus loin ? Il pouvait me croire puisque tout le reste était secret entre Zira et moi et qu'il y aura pas de gosse, un qui bouge vachement, un gosse de nous, pour prouver le contraire.

Quand je suis parvenu jusqu'au canapé, j'ai aperçu Mars, il était assis dessus, il s'était pas allongé sur le canapé, non, et il dormait encore parce qu'il avait les yeux fermés. Je l'ai regardé un moment sans savoir quoi dire, et s'il fallait que je le réveille ou non. Sur la petite table, devant lui, il y avait la photo de sa mère en maillot de bain et une feuille de papier aussi. Je l'ai regardée de plus près la feuille, y'avait une écriture bleue qui était presque en train de disparaître. Je voulais lire ce qui était écrit dessus, alors j'ai pris la feuille entre mes mains et j'ai commencé à lire : c'était à propos d'une histoire de bagarre dans un collège de la ville, un rapport écrit par la main pleine de maladresse d'un élève. Je connaissais ça moi aussi, on m'en avait fait remplir aussi des trucs comme ça au collège quand j'avais fait une connerie qui plaisait pas au proviseur. C'est Daniel Toroel cette fois-ci qui avait rédigé ce foutu rapport, Daniel Toroel c'était le premier nom de la première vie de Mars.

En haut à gauche de la page, c'était marqué :

« Élève déclarant, Nom : Toroel, Prénom : Daniel, Classe : néant, le 18/04, Heure 16h30, Lieu des faits : Collège/Cour de récréation. »

Et puis sur toute la page, y'avait l'explication écrite par Daniel, dans sa langue, un peu confuse, un peu avec des fautes :

« Vincent me prend du gâteau en me l'arrachant des mains et puis Sébastien me dit qu'il y a des miettes partout et je dis que c'est à cause du connard qui est à côté de moi et Vincent me frappe, crache par terre et lance ma B.D que j'avais empruntée au C.D.I par terre sur le crachat. Alors je touche son pantalon et le crachat avec et je cours. Il me retrouve devant la porte du cours d'anglais et me gifle plusieurs fois et je lui dis de me taper encore si lui il veut et il sera encore plus puni mais il continue et je vais le taper mais il me répond : vas-y, tape et tu vas voir. Alors je lui réponds : t'es sûr ? et lui il dit : vas-y, vas-y ! Alors je le tape et il me poursuit et il me gifle encore. Alors je rentre en cours et je le dis à la professeure mais elle s'en fiche complètement. »

Pour moi c'était clair, Daniel il avait rien fait, mais personne n'avait écouté sa version des faits, et c'était la punition. Mais moi j'ai pensé qu'il devait plus s'inquiéter Mars à cause de cette bêtise de sa première vie. Si c'était ça qui l'inquiétait, alors je le prends avec moi le papier et je le déchirerais et je le jetterais très loin et tout ça sera bientôt oublié, et c'est pas la mère de Mars qui tombera sur ce rapport, je le jure.

Sur la petite table, j'avais aussi remarqué près du cendrier rempli de mégots froids et mouillés de clopes un billet de cinquante étalé de tout son long. Tiens, que je me suis dit, c'était bien de cet argent-là que j'avais besoin, exactement celui que j'avais dépensé il y avait pas si longtemps que ça, l'argent de l'oncle Jules. Je pouvais peut- être les lui demander les cinquante à Mars pour partir, en lui promettant mordicus de les lui rendre dès que je serais arrivé chez l'oncle Jules. Oui il me les donnera les cinquante l'oncle Jules et je les enverrai à Mars. Je lui raconterai un bobard pour ça à l'oncle Jules et puis tout rentrera dans l'ordre, mais fallait d'abord partir pour ça.

— Tu me les prêtes Mars ? que j'ai osé lui demander en gardant la tête haute moi.

Oui, j'avais un peu poussé dans les graves le son de ma voix pour qu'il m'entende tout à fait bien Mars et qu'il se réveille d'un coup sec. Mais il m'entendait pas Mars, il se réveillait pas. Je me suis approché et je me suis assis sur le canapé, juste à côté de lui et j'ai crié très fort :

— Oh Mars tu te réveilles ? J'ai besoin de cet argent pour partir ! Dis, tu me les prêtes les cinquante ? Dis ? Tu veux bien me les prêter ?

Mais il bougeait pas Mars, alors j'ai mis ma main dans la sienne, elle était tournée vers le plafond du squat sa main, comme s'il mendiait. Et j'ai ressenti un truc bizarre, sa main était toute froide à Mars, et je sentais rien d'autre que du froid, comme si tout le corps de Mars avait été vidé de son sang. Je suis resté bien deux minutes pleines ma main dans la sienne mais rien se passait, y'avait plus de courant, c'était comme s'il était plus là Mars et qu'il restait que sa peau et ses os sur place, pour essayer de nous faire douter. J'ai retiré ma main de la sienne, et je me suis dit que c'était peut-être fini et qu'il était mort, voilà.

— T'es qu'un sale con, Mars, si t'es mort ! que j'ai crié.

J'ai voulu le provoquer sérieusement avec ça mais il a pas réagi pour autant. Mars il était déjà dans le monde de ma mère et puis de la sienne, et dans celui de Naboum et puis dans celui de ce dingue de Dynamo, parce que fallait bien des salauds dans son genre aussi là- bas, et puis dans le monde de la mère de Dynamo et dans celui de Poulet aussi, parce que même les moins malins ils ont leur paradis. C'était bien possible qu'il les retrouve tous Mars, ça ou finir dingue, finalement, ça valait mieux pour lui que je me suis dit, il était bien entouré au moins, parce que les morts sont plus nombreux que les vivants, depuis le temps que ça dure.

J'ai fini par l'attraper le billet de cinquante et par m'évaporer tout à fait par le trou du sous-sol qu'il avait eu à la pioche Mars et j'ai retrouvé la rue Rabelé et je me suis éloigné pour de bon de la rue aux merdes. Avec la petite aube, je me suis convaincu qu'il fallait que j'aille jusqu'à la gare Des Passes, là où les trains roulent jusque dans le sud. L'odeur de merde de la rue Rabelé m'a pas lâché jusqu'à l'entrée du métro La Rappel. Après je lui ai fait croire à la sale odeur que je reviendrais la voir bientôt, que je l'abandonnais pas, c'était promis, qu'elle n'avait pas d'inquiétude à avoir à ce sujet, que je parlerais d'elle partout, mais qu'il fallait qu'elle me laisse partir maintenant. Je me suis mis derrière un type costaud pour entrer avec lui sans payer dans le métro, parce que j'avais pas de monnaie pour m'acheter un ticket, et il en faut toujours sinon faut acheter un carnet entier, voire deux ou trois, ou une carte au mois. Y'avait les premières rames qui fendaient le quai en deux, et la fin de l'aube qui emmenait les gens tout gris qui dormaient encore à moitié et qui allaient se taper des boulots de chiens, comme vider les poubelles de la ville. Alors j'ai coupé par la Porte de Candacourt, pour me laisser conduire par la ligne 4 jusqu'à la station de la Gare Des Passes.

J'étais debout dans le wagon de tête, et j'ai approché mon front contre la fenêtre qui donnait sur la cabine du conducteur de la rame.

J'ai fait de l'ombre en enroulant mes mains tout autour de ma tête. J'ai aperçu les contours du corps du conducteur dans sa cabine toute noire et illuminée de petits boutons fluorescents qui clignotaient et devant lui je voyais le tunnel et on accélérait ensemble et c'était déjà une autre station et puis une autre encore et une autre. Et une dizaine de stations se sont succédées sur le même ton, et moi je suis resté les yeux collés contre la vitre teintée du wagon de tête. Comme je me sentais seul et bien, j'oubliais tout ce qu'il y avait derrière moi, parce que c'était devant qui comptait, comme le métro qui avançait et qui se posait pas de questions. J'avais déjà plus le même âge qu'il y a un jour, une heure, une minute, c'est de la poussière que je laissais derrière, je n'existais plus derrière, j'étais devant moi, toujours devant.

Et puis descendre plus bas encore, dans le fond du souterrain, en manquant de s'étouffer, et enfin remonter au bout, et se poser sur l'escalator tout plat, pour se laisser promener comme un sac poubelle, avec ceux qu'on croise et qui venaient où j'allais et où c'était pareil, et les autres qui se tenaient comme des bâtons immobiles, emportés avec moi par le tapis roulant. Ils tremblaient pas d'un cil, j'étais épaté. Ils voulaient pas avancer par eux-mêmes, ils voulaient plus rien, ils étaient tous bien fatigués d'en être arrivés jusque-là. On se laissait tous emmener comme des morts par la mécanique jusqu'à l'entrée de la gare, chacun ignorant ce que l'un pensait de l'autre. Moi on devait me regarder comme un gosse banal qui allait à l'école.

— Mais pourquoi il part si tôt pour l'école ? qu'ils devaient se demander quand même curieux les gens.

Ah il veut pas arriver en retard, c'est bien il est prévenant, il ira loin le gamin...

Mais voilà, ils avaient même pas remarqué que j'avais pas de cartable dans le dos. C'était pas à l'école que je me rendais, moi je foutais le camp pour de bon d'ici et fallait que je garde mon secret, parce que j'avais des chances de réussir cette fois-ci, et je partais seul de cette grande prison, et même pour tout dire, je voulais plus savoir où est-ce qu'ils l'avaient mis ma mère. De toute façon, elle pourra plus bouger d'ici, quoique je fasse pour elle, ça marchera jamais.

J'étais arrivé de nouveau dans le grand hall de la gare Des Passes, cette gare témoin de ma première fuite avortée, quand j'avais pas eu le courage d'y aller chez l'oncle Jules et que j'avais en plus dépensé tout l'argent qu'il m'avait envoyé. Et puis tout à coup, effrayé, j'ai mis la main dans ma poche, et je l'avais encore le billet de cinquante, j'avais rien dépensé cette fois-ci. À croire que l'expérience épouvantable que j'avais respirée pendant tout ce temps dans la ville m'avait servi enfin à quelque chose, et surtout m'avait protégé de toutes les sales tentations. J'étais plus un idiot de consommateur, en quelque sorte.

J'ai fait quelques pas dans le grand hall de la gare, et puis j'ai approché d'un guichet. Là j'ai demandé, sans frémir un seul instant, un ticket pour aller dans le sud chez l'oncle Jules, et on m'a répondu qu'il y avait de la place. Le premier train partait à six heures vingt- sept. J'ai payé et j'ai attrapé le ticket et la monnaie en retour, sept trente. C'était encore assez que je me suis dit pour prendre un café dans la gare, un peu plus loin, où il y avait un petit bar qui s'appelait « L'attente ». J'y suis allé, calme mais déterminé, tout en écoutant l'écho lassant des pas des petites foules encore endormies qui allaient et venaient, bien accablées, dans l'immense gare, rejoindre les premiers trains qui partaient se défenestrer dans les banlieues éteintes où les habitudes tristes sont tellement à leur aise, et qu'ils vont tous retrouver après s'être fait éventrés par le travail de la nuit : ils sont morts de fatigue, ce sont plus que des corps qui servent plus, et qui connaissent même plus la joie de vivre. J'étais sûr qu'ils n'arriveraient plus jamais à échapper à leur propre prison, tous les inconnus du coin, les éboueurs, les gardiens de parking, les réceptionnistes solitaires des hôtels de luxe et compagnie, tous ceux que je pouvais pas regarder dans les yeux, parce que leurs yeux traînaient tous par terre.

J'ai commandé un café à « L'attente », un vrai bar de gare. Le barman il m'a dit bonjour mollement et puis il a hésité à me servir, mais j'avais quand même bien droit à un café noir, même à mon âge. J'ai posé de l'argent sur le comptoir. Et j'ai eu mon café noir, comme les autres. J'étais comme tout le monde, maintenant.

Et puis j'ai levé la tête en soufflant sur mon café noir, parce qu'il était trop chaud et j'ai croisé un miroir. C'est mon visage que j'ai surpris tout à coup dedans au-dessus du comptoir. Diable ! que j'ai pensé, comme j'avais changé ! Je me reconnaissais même plus. J'avais le menton qui s'était allongé. Ou peut-être pas. C'était mon nez. Et ces quelques poils sous les narines que je devine ? C'est pour compter mon âge et pour laisser au trou celui que je n'ai plus ? Mais je n'avais pas les joues plus roses la dernière fois ?

J'espérais que ce n'était pas encore l'homme qui écrasait de tout son énorme poids le mioche que je portais avant, aussi fort que j'espérais que Zira s'était rendormie, tranquille et sans peur, aussi fort que j'espérais qu'elle dormirait assez longtemps pour oublier que j'avais existé tout à côté d'elle, assez longtemps pour oublier que je n'avais pas pu la sauver. Et Mars qui voyait plus le jour que j'étais en train de regarder, et toute cette fichue histoire qui n'avait peut-être été qu'un mauvais rêve parfois délicieux et moi qui n'étais plus assez petit pour croire vraiment que j'étais le seul témoin du grand chaos qui nous entoure. Peut-être que j'avais poussé sans m'en apercevoir, avec un pied dans le vide. Je continuais bizarrement à me regarder dans le miroir, même si ça me foutait la trouille, j'avais l'impression de voir plus qu'hier et je pouvais pas supporter ça. À quel âge on finit par voir tant de choses et puis même les choses les plus insupportables ? À quel âge on nous dit qu'on a un visage qui ressemble à tous les autres ?

D'autres foules entraient dans la gare et chassaient les premières, elles remuaient de partout, avec des bruits comme des insectes, et la lumière du jour elle pleurait dans le grand hall de la gare, en passant au travers des hautes verrières rongées par les fientes de pigeon. J'ai baissé la tête en me laissant vieillir tout seul dans le miroir au-dessus du comptoir et j'ai attendu que le jour trace une grande ligne sur la pierre froide, devant les trains, plus loin.

J'avais plus de café, simplement parce que je l'avais bu entièrement et pourtant à peine senti dans le fond de ma gorge. Je me suis remis en route, allez en avant vers le quai, où les trains filaient vers le sud. Je me disais en moi-même qu'ils pouvaient ressembler aux trains du nord les trains du sud et aux trains de l'est, et puis même aux trains de l'ouest, ils partent toujours quelque part les trains et c'est ça qu'il faut savoir d'abord, peu importe où, ils partent, c'est tout. Mais alors si le sud pouvait ressembler au nord, et l'est à l'ouest, un monde nouveau serait possible, plus rien serait comme maintenant : on en rêve.

Je me disais des choses stupides comme ça moi, rien que pour me réconforter, parce que je savais pas où j'allais en vérité, et je rêvais que tout allait se passer comme tous les autres, comme tous ceux qui ont connu et soigné avant moi les mêmes blessures, passé tristement les mêmes jours à attendre les mêmes nuits. Ils ont tous fini par grandir les traîtres, le monde a ouvert ses bras comme des pinces rien que pour eux, et ils ont décidé d'y entrer dedans, tous, même sans savoir où ils allaient, les yeux crevés et le cœur mort, ils y sont allés et ils sont contents, pour la plupart.

Il faut attendre l'heure du départ, j'ai encore une bonne demi- heure à vivre ici, à quoi je peux penser d'autre pour tuer le temps facilement moi ? Que j'avalerais bien une bonne tortilla, celle de Zira, ou celle d'une autre, si elle sait au moins la faire comme Zira. Et puis je voudrais plein d'autres choses.

J'ai avancé vers les trains. Qu'est-ce que je pouvais faire d'autre ? Et si je me retrouvais dans la peau de cet homme qui me faisait face, à quelques mètres ? Je me suis arrêté et je l'ai regardé, cet homme qui se tenait debout, dans un beau costume tout gris, près de sa fille, qui devait avoir à peine sept ou huit ans. Il comptait ses habitudes, l'homme, il levait la tête pour guetter le numéro du quai s'afficher sur un écran riquiqui, et monter dans son train. Sa fille s'accrochait à son pantalon repassé à merveille, pas un pli, et ça l'agaçait, il grognait sur sa fille comme une bête sauvage, alors qu'elle voulait des mots, et ça lui faisait du mal dans le cœur : « Papa ? Pourquoi tu parles comme un monstre ? »

— Les hommes parlent tous comme des monstres, ma petite ! Tout le monde parle comme ça !

C'est ça que j'avais envie de lui dire à la petite fille, alors que les mots sont tellement beaux et nécessaires. Il y avait des morceaux de cet homme dans le ventre de sa petite fille mais il l'ignorait. Il avait tout oublié.

Bon sang mais est-ce que tout est à sa place alors et qu'il y a rien de mieux à faire ici pour espérer mieux ? Tout est en place, oui, bien en place, les bonnes comme les mauvaises choses, et ça me fait rire, en fait. Tout est à sa place, et rien ne manque. Et rien n'est nécessaire, puisqu'on finit par tous devenir des monstres. Seulement, il faudra le dire, faudra le crier, et l'écrire même si on peut, et tout enfoncer dans le fond de son ventre. Et pourtant, je veux vivre. Je veux vivre oui. Mais si les hommes veulent que je les laisse tranquille, tout comme ce père qui refuse de parler à sa fille, alors qu'elle répète sans cesse :

— Je veux... je veux... je veux...

Et lui il s'emporte contre elle :

— Moi aussi je veux... je veux... je veux vivre tout de suite ! Moi aussi ! Je veux vivre tout de suite !

Mais personne ne vit. Tout le monde dort. C'est bien vrai ce que je dis. Et moi aussi alors j'ai commencé à avoir sommeil et alors comme je voulais pas, j'ai bougé, j'ai sauté, j'ai cherché une autre place dans la gare.

Mais comment je pourrais dire qui je suis moi ? Comment, hein ? Et comment pourrais-je le dire avant d'être convaincu que je suis finalement mortel ?

Qu'est-ce que j'aurai comme âge un jour ? J'imaginais qu'on me traite de vieillard bientôt et même en protestant, rien ne changeait, j'étais bel et bien un sinistre vieillard. J'aurais vu tant et tant d'années, et je n'y croirais pas. Mais c'est impossible ! C'est impossible d'être arrivé jusque-là ! Et comment je pourrais me convaincre que je suis celui que j'étais il y a longtemps alors que je détesterais ma vieille figure ? Mais quel est ce monde maintenant qui m'entoure et qui est tout petit maintenant ? C'est le même qu'avant voyons ! Mais pourquoi suis-je encore en vie alors ? Pourquoi je bouge plus, pourquoi je crois plus en rien ? J'ai assez souffert quand même pour mériter mieux !

Certainement pas ! C'est pas encore assez ! Non ! Pas assez !

J'aurai peut-être un jour alors plus rien à raconter, que je me disais moi, alors il fallait que je me dépêche d'en raconter des choses et tout de suite, sans perdre de temps et tant que je les avais encore les yeux pour voir clair, et aussi le cœur solide pour tout recevoir sans tomber, puisque la fin vient tellement vite, et qu'on peut l'empêcher de venir nous prendre tous, les uns après les autres. C'est comme ça qu'on est tous, au fond, en fait, et c'est bien cruel. Alors il faut se dépêcher de tout dire, avant qu'on nous le ferme le clapet pour de bon, avant qu'on emporte tout dans le silence, qu'on s'arrête de respirer, avant qu'on sache plus du tout à quoi ça ressemble la vie.

Et puis après, de l'autre côté de la vie, là où on respire plus, qu'est-ce que je ferai ? Et juste avant d'arrêter de respirer, qu'est-ce qui se passera, hein ? Et puis si j'y arrive à l'âge de Monsieur Duvirier et puis après aussi, mais de quoi vais-je mourir, à mon tour ? Il y a tellement de choix, chaque pas est dangereux, attention on tombe, mais on avance aussi. Et si je suis vieux moi aussi, tout au bout de la vieillesse moi aussi, et que mon cœur s'enfuit comme un voleur fatigué qu'en a marre de fuir les flics, et qu'il me laisse tout seul dans ma chambre triste, comme un légume pourri, tout seul ? J'aurai le temps de me dire que j'ai eu pas mal de temps en fait pour vivre, et ça me suffira bien largement, mais je me poserai des questions : tiens comment est-ce que je ne suis pas mort avant ? Il y a tellement de possibilités, je le répète, comment est-ce que je n'ai pas été emporté avant, par un suicide, une maladie génétique rare, une rupture d'anévrisme, à cause d'un trop-plein d'alcool, ou par une dépression sévère, par un chagrin susceptible et rancunier, par un cancer solitaire et bien armé ? Et puis tout aurait été plus simple, je n'aurais pas connu le bout du bout et cela m'aurait ravi, je suis un lâche, et parfois bien heureux de l'être dans ce cas-là. On se croit plus courageux en restant en vie, mais ça vaut rien en vérité, d'agir avec du courage et de rester coûte que coûte debout puisque la fin est déjà toute présente dans le premier cri du nouveau-né. Il faut rire, c'est tout.

Je sais que je dois le prendre ce train, comme je sais que je dois la prendre la vie, telle qu'elle est. Il est arrivé ce train glaçant de l'horizon bouché par de gros nuages noirs, je le voyais entrer en gare. C'est à ce moment que j'ai sorti de ma poche, celle qui n'était pas encore trouée, un bout de papier chiffonné. J'ai déplié le papier et j'ai découvert un numéro de téléphone écrit d'une main tremblante, j'ai reconnu l'écriture fragile de ma mère, et ce numéro de téléphone, c'était le nôtre, elle me l'avait donné pour que je m'en rappelle, au cas où je me perds dans la rue, comme je suis perdu tantôt, au cas où il m'arrive quelque chose qui a à voir avec un grand malheur, par exemple sur le chemin du retour, du collège à chez nous. Je relisais le numéro et je me disais qu'elle était peut-être vachement inquiète ma mère, c'est vrai, et qu'elle était peut-être revenue chez nous, pour m'attendre, ce serait bête de pas y croire.

J'ai demandé à un homme dans un coin du grand hall de la gare si je pouvais téléphoner à ma mère avec son téléphone portable à la noix. Il a bien sûr d'abord commencé par ronchonner. Alors je lui ai expliqué que je m'étais perdu et que ma mère était morte d'angoisse de me savoir loin d'elle, sans nouvelles. Il m'a dit alors qu'il comprenait et il m'a passé son téléphone, tout en gardant un œil sévère sur moi. J'ai composé le numéro de chez nous sur le téléphone du type, pendant qu'une voix féminine, tout en élégance, annonçait le départ imminent de mon train. J'ai entendu la sonnerie de chez nous dans le téléphone et j'ai attendu, dans le vide. J'ai attendu des dizaines et des dizaines de sonneries, parce que je me disais que ma mère allait bien finir par décrocher tôt ou tard, parce qu'elle devait être occupée à autre chose rien que pour un petit moment encore. Mais le téléphone a sonné encore. Ma mère décrochait pas de l'autre côté et ça foutait bien les boules. Et puis le type a insisté pour récupérer le téléphone, parce que ça servait à rien de s'acharner, et parce qu'il avait aussi un train à prendre pour aller travailler. Alors j'ai fermé le téléphone et je le lui ai rendu. J'ai pensé qu'elle reviendrait plus à la maison ma mère, c'était sûr mainte-nant, et il valait mieux vivre avec cette idée maintenant, parce qu'il n'y avait plus rien d'autre à espérer de ce côté-là. C'était bien fichu. Tout raté. C'était la perte. La perte. Mais je voulais plus avoir peur de ça maintenant. Non. Plus du tout. Avant je disais toujours à ma mère que j'avais peur, mais je savais jamais de quoi, j'avais même inventé un mot ridicule pour ça, pour ma trouille à moi, je disais que j'avais la trimballe, c'était tellement fort comme peur et à la fois tellement invisible, alors j'avais fait un mot rien que pour moi. Et ce mot, je l'avais senti la pre-mière fois quand j'ai suivi ma mère au milieu d'une foule et que j'avais les jetons de lâcher sa main, j'avais la trimballe, voilà, la trimballe, et c'était plus fort que tout ! Plus fort que d'être seul et de savoir si celle qui m'avait couché et levé tant de fois s'était balancée au bout d'une corde, pour un dernier tour de balançoire. Parce que c'était ça que j'étais en train de comprendre : pour tuer la trimballe, il fallait se racon-ter une histoire, il le fallait oui, avec des gens dedans, et avec tous leurs os et toute leur chair, l'histoire de la perte, une sacrée bonne histoire, et en finir une bonne fois pour toutes, et basta !

Fallait donc plus que je reste sur place, à trembler comme un dingue, non fallait que je bouge ! Vite !

Et je l'ai pris avec moi mon petit cœur et je me suis lancé tout entier sur le quai et le train ronronnait doucement et il m'attendait, c'était certain. Et sitôt le premier wagon que j'ai croisé, je l'ai pris d'assaut, je suis monté dedans et y'a eu personne pour me retenir dans le cafard, c'était trop tard, j'avais réussi, j'étais dedans.

J'ai traversé plusieurs compartiments sans m'arrêter, en comptant toutes les places vides que les futurs voyageurs pollueront bientôt, tous ceux qui m'accompagneront jusque dans le sud. Je me suis déporté un peu loin en avant encore, là où je pouvais être seul pendant encore un petit moment, avant qu'ils arrivent tous. Je voulais bien être quelqu'un moi, mais je voulais surtout d'abord qu'on me laisse tranquille.

Je me suis assis dans un coin, contre la vitre du wagon, et j'ai pensé à la vie, tout simplement, à cette vie qui est comme un enfant, un enfant qui se croit plus grand que le monde qui l'entoure, fichtre oui ! Je voulais la prendre ma place mais alors dans un tout petit monde moi, que je défierai pas pour le plaisir, mais pour vivre.

J'ai gardé mes yeux ouverts autant que j'ai pu, et y'a eu des grosses gouttes de pluie qui sont venues s'écraser contre la vitre du wagon qui me portait, ça venait comme un torrent, de dehors, vachement fort, mais j'étais au chaud, à l'intérieur. J'ai appuyé mon coude contre le rebord de la vitre. J'aimais faire ça et mettre mon menton sur la paume de ma main renversée, enfin je le faisais surtout dans le métro, parce que j'avais jamais pris le train, celui qui va loin en vrai. Et puis j'ai regardé dehors. J'ai tout observé, toutes les choses de la ville devant moi étaient bien cimentées au sol. J'ai respiré tellement de silence à ce moment-là. Personne finalement n'est venu me rejoindre dans mon compartiment. J'ai entendu les portes automatiques se fermer brutalement et le train démarrer doucement, tandis que je sentais la fatigue me fermer les yeux peu à peu. Je glissais avec le train le long des grilles mortes dehors et bientôt il y a eu la fin du quai et tout était en train de disparaître derrière moi. Je quittais la ville tout bonnement, et je me retournais même pas pour la voir finir. Et puis un tunnel interminable a fait tout mourir tout autour de moi, et a même dévoré toutes les dernières couleurs du souvenir que je portais encore sur ma figure, mais j'ai pas eu la trimballe cette fois non c'était fini. Tout finit par passer, même la peur elle finit par se lasser au bout du compte, quand on se laisse aller.

Alors je me suis enfoncé dans les profondeurs de mon petit corps, où il faisait toujours un peu nuit, comme il faisait nuit à l'intérieur du wagon, comme il faisait nuit aussi dans la boîte de Maman j'imagine. C'était tout noir chez elle oui, comme chez moi maintenant, sauf que chez moi j'entendais toujours des petites choses vivre tout autour de mes oreilles molles qui flottaient dans l'air. Et puis d'abord, y'avait le bruit incessant des roulements du train qui brûlait dangereusement les rails déjà bien usés en dessous, et tout ça voulait dire que j'étais encore vivant moi.

Oui c'est ça, mais oui c'est ça, je me rappelle que j'étais toujours en vie, avec un petit cœur plein de force, pétillant, et prêt à servir encore, plus jamais provoqué par cette fichue trimballe. Plus jamais. Et même si j'avais les yeux fermés maintenant, j'étais dans le monde, bien dedans, tout entier, face au risque, et sans vraiment penser à rien d'autre, je me laissais bercer comme un tout petit de rien du tout par les secousses de la machine tapageuse qui fonçait à toute allure vers ma grande aventure : la vie.

Et moi je disais rien, vraiment rien du tout, je me laissais emporter, bien heureux cette fois, tout en bafouillant dans le sommeil que je voulais bien raconter plus tard comment je dors quand je voyage et comment c'était hier, quand j'étais là, à mon âge, ignorant le jour qui suit et qui s'en va déjà. Enfin là, je résume.

Paris-Groningen-Schiedam 2006/2007

* 9 7 8 2 9 5 6 8 4 6 4 0 6 *